阿　来 主编
巴金文学院签约作家书系

黑天使

林雪儿◎著

四川文艺出版社

图书在版编目（CIP）数据

黑天使/林雪儿著. —成都：四川文艺出版社，
2012.9（2022.1重印）
（巴金文学院签约作家书系）
ISBN 978-7-5411-3545-3

Ⅰ.①黑… Ⅱ.①林… Ⅲ.①小说集－中国－当代
Ⅳ.①I247

中国版本图书馆 CIP 数据核字（2012）第 208064 号

Hei Tianshi
黑天使

责任编辑	贾　波（alaabo@126.com）王其进
责任校对	汪　平
封面设计	邹小工/经典记忆
版式设计	张　妮

出版发行	四川文艺出版社
社　址	成都市槐树街2号
网　址	www.scwys.com
电　话	028-86259285（发行部）　028-86259303（编辑部）
传　真	028-86259306

读者服务	028-86259285　028-86259287
邮购地址	成都市槐树街2号四川文艺出版社邮购部　610031

排　版	四川胜翔数码印务设计有限公司
印　刷	永清县晔盛亚胶印有限公司
成品尺寸	210mm×148mm　1/32
印　张	10.25
字　数	240 千
版　次	2012 年 9 月第 1 版
印　次	2022 年 1 月第 2 次印刷
书　号	ISBN　978-7-5411-3545-3
定　价	45.00 元

编委会名单

主任
朱丹枫

主编
阿来

执行主编
赵智

编委成员（按姓氏笔画排列）

朱丹枫 吕汝伦 牟佳 阿来 陈小海 罗勇
赵苗 赵智 胡焰 黄立新

序

阿来

　　我们说如今是文化繁荣的时代，通常是以生产的规模与数量而言。

　　这样的数量与规模，常常是由于定制性的生产。

　　我们甚至可以说，今天的文学已经进入了定制时代。

　　由出版商定制的长篇小说批量出版。电视剧脚本、网游脚本和卡通脚本大量生产。特别是属于非虚构的我们称之为纪实文学或报告文学的文体，目前大多由企业团体和政府部门所定制。正是由于这种定制，造成了今天的文学特殊的繁荣景观。

　　在为这种繁荣景观倍感鼓舞的同时，我们心中也怀有一种隐忧。原因在于，各种各样的文学定制，是在大面积收获数十百年文学探索与原创所积累下来的那些成果：思想的，技巧的。因为各种文学定制需要尽量面向大众的写作，有了这样一个特定的前提，定制的写作从艺术角度而言，通常会成为降低难度的写作。不是创造新的方式，而是消耗已有积累的写作。在这种文学生产形态中，最原创，最具探索性的写作常常被忽视。

　　原创文学与定制生产之间的关系，犹如自然科学中基础理论研究与应用技术的发明的关系。如果没有前者，后者的繁荣是难以想象的。如果要找一个更浅显的比喻，就譬如大自然，如果没有众多看起来无用的草木，也就无法生长出那些有用的植物：可以建造房屋的大树和富含营养的果实。所谓可持续发展理论的一个重要方面，就是提醒我们，对于这个世界的一切构成，不能只关注当下就能被充分利用，产生各种利益的部分，更要关注使那些"有用"的部分构成得以发展，得以呈现的基础条件。

文学的持续生产，也要仰赖于文学最基本部分的建设。这个建设是帮助新人涌现，是期待新人带来的新作品，带来新的感受力，产生出新的思想方法与表达的艺术。

基于这样一种认识，四川省作协巴金文学院，取得四川省省委宣传部的大力支持，和四川出版集团·四川文艺出版社合作编辑出版"巴金文学院签约作家书系"，着力发掘富于原创能力的新锐作家，资助出版他们在文学创新方面的文学成果。这种举措的唯一目的，就是为四川文学长远的可持续发展，做一些计之长远的人才培养与新的艺术经验积累方面的基础性工作。

【目录】

做土地的主 / 001

黑天使 / 018

恶之花 / 053

春树的树 / 070

没事你就看看河流 / 092

天堂的紫丁香 / 128

琴声悠扬 / 138

天使泪 / 156

爱情公棚 / 197

永远的新娘 / 226

再拿什么感动你 / 252

梦里薛涛 / 260

雪　地 / 279

亲爱的宝贝 / 286

做土地的主

"回家种菜。"

夏天云打来电话的时候,我正听一个同事津津乐道她半夜起来偷菜的事,我忍不住讽刺一句:"夏天云,你不会半夜起来偷菜吧。"

夏天云诡异地笑了,这是他一贯的作风。声音信号不好,断断续续的听起来像鬼叫,瘆人。

我挂断他的电话,问那个同事种菜的步骤。同事说去开心农场,申请一片土地和种子,种下去、施肥、捉虫就有收获。同事加了一句:"像真的种菜一样,很安逸的。"

"为什么不去土地上种菜?"我问。

同事历数网上种菜的好处时,夏天云又来电话:"叫你妈回家种菜。"我骂他无聊,他却严肃地说,他去了我老家,"荒啊!"他像诗人那样抒情,然后就挂了电话。

荒。我被这个字弄得心神不定。下班回家,看母亲定定地坐在电视机前,我问她看什么?她皱眉说昨晚做了个奇怪的梦,家里的房子倒了。我知道母亲是想家的。但是家是空的,父亲早逝,兄弟姐妹都在外。

我对母亲说我们回家。母亲的眉结打开了，霍地一声，从凳子上站起来，挂倒了凳子，冲进里屋开始收拾她的衣物。

离家不到半年，我站在院子外，不敢相信房子在没了人气的环境中竟会以这样的速度衰败。院门上挂着的铁锁长满锈斑，杂草疯长湮没了院墙，闲置的菜地更是荒草丛生。这哪像个家啊，倒像是聊斋里狐狸鬼怪们出没的地方。

母亲的眼红了一阵，而后三下两下扯净井边的杂草。井水很丰盈，母亲洗了把脸，说她要去找梅桂香拿钥匙。我知道母亲不是真要去找钥匙，她想去见见乡亲。从我们踏入村子，就没见过一个人。

我喝了一口井水，有浓浓的芒硝味。我坐在一棵杨树下，望我的乡村。乡村在明晃晃的太阳下，看起来很不真实。连片的秧田，和藏在竹林里的房舍，产生一种类似千年万年的寂静之感。加上荒了的家，我真有时空错位之虞，极想有本书，能抵住胡思乱想。我拿出小灵通，想给夏天云打电话，手机却没有信号。我想在手机上记录目前的感受，写下一个荒字，却接不下去。

不知道母亲去了哪儿，也不知道乡亲去了哪儿。乡村没有声音，只有土地，栽了秧子和玉米的土地。

我甚是迷惑，不知道身在哪段时间的长河里。

人是换着来的，只有土地一直在这儿。土地并不辽阔，我却想到旷远这个词。我站起来，对着土地大声地叫"妈"，因为母亲不在家，我就尽了最大的力来喊：

"妈……"

"妈……"直到喊得自己流出眼泪。

还是没有声音，也望不见一个人。我去找梅桂香，门开着却没有人，他们去了哪儿？包括我的母亲。

我走到河边，听细小的水流声，河谷依然很宽，只是快断流了。这河怕是流了千年百年的，想不到它会在我的生命历程里死去。回想曾经的浩浩荡荡，我一下想到土地，它们也会死吗？

种菜，只能在网上。

可是土地会死吗？不再生长庄稼，甚至任何植物。

土地会死，我把自己吓着了。"回家种菜"，也许夏天云说的种菜不是在网上，而是真的回到土地上。

有一块自己的土地。我开始计划土地上的事情。

母亲还没回来，太阳已经威力大减，在种了秧子的土地上投下大片大片的阴影。明暗不一的秧田，色块非常有层次。我在秧田边蹲下来，想给秧子拍照，发现秧子的中间鼓鼓囊囊，正胚珠暗结，秧子不再叫秧子，该叫稻子了。看似无声，可这土地上正发生着多大的事情啊。我退后一步，不想惊动正孕育生命的稻子，凝神倾听好像听到一种生命的大合唱。

渐渐地有嘈杂声取代了天籁之音。母亲和梅桂香出现在田埂上。

深绿色的稻子在风里像浪一样荡漾，母亲和梅桂香仿佛在船上。我一直望着她们，她们划过来的时间很长。梅桂香很憔悴，我问夏天云是不是还在山上？她只是对我点了点头。

梅桂香打开门，默默地帮母亲打扫院子。母亲的脸上明写着一种兴奋，步履轻快，可是面对梅桂香，她却把自己压抑着。

梅桂香走了，母亲才说夏天云疯了。

"夏天云？不可能。"我想起他的电话，断然说。

夏天云是梅桂香的男人。我们一个村子里长大，小学和初中还是同学，我知道那家伙经常干一些出格的事，但他不会疯。

母亲说："这次是真疯了。我也看见的，他一个人在山上，衣服都不穿。"

我问母亲是不是刚才去了山上，母亲的表情有些尴尬，补充说，全村的人都看见了。

我忍不住笑起来，母亲不无自豪："幸好你们当初没成一家人。"

我收敛了笑："妈，你英明，知道他要疯。"

可是母亲却没想一想，我虽然没嫁给疯子，却嫁给了坏人。被人遗弃的女人有什么权利说自己嫁对了呢？

母亲数落一大堆夏天云的不是，大概是梅桂香倒给她的苦水。可到最后母亲深深地叹了一口气："可惜了。"

夏天云小时候聪明俊秀，嘴甜又顽皮，是乡邻的开心果，大人们总喜欢抱他，常惹同龄孩子忌妒。后来他身上长了一种米糠样的皮肤病，大人们嫌弃他，还不准自家的孩子和他一起玩。夏天云在六岁那年，知道了孤单的味道。母亲不知从哪儿听说，山上有一个上百年的水塘里的泥能治夏天云的病。夏天云的父亲先是背泥回家，给儿子糊了一身。后来夏天云独自去水塘，用红泥在身上使劲揉搓，除了眼睛，他把自己变成个泥人。皮肤病奇迹般的好了，母亲很高兴，总带他到我们家玩。夏天云在我们家又像回到过去被宠爱的样子，但是他却不和其他人玩，还常去水塘泥里滚，说是喜欢泥土味。

读小学的时候，我们同班，我和梅桂香一块儿上台表演舞蹈，他给我们唱歌。同学们明里暗里都把我的名字与他的名字连在一起喊。夏天云的父亲说要与母亲结亲家，母亲也是欣然接受。夏天云初中毕业考上中师，脱了农皮。脱了农皮的夏天云，一放假却总是扎进土地。收割季节，他比他父亲更欢喜抱着沉甸甸的稻子在田里奔跑。他家谷子收完了，他又跑到我的田里，帮我割谷子。泥水湿了他的衣裤，他干脆坐在水田里，他说泥浆穿过他的脚趾很舒服。他父亲见他和我一起说个没完，豪气冲天放话说，他的儿子只能找一个城里人做老婆。母亲觉得受了伤害。到我也端上铁饭碗的时候，夏天云的父亲找我妈说我们的事，我妈就有些不乐意了。我和夏天云频繁地通信，说得最多的是我们共有的土地，他总是幻想要在土地上种什么。母亲看见那些成札的信封，悄悄为我们算了一卦，说我绝对不能嫁给夏天云。

　　我也不会嫁给夏天云，他对土地过分的依恋，让我很难理解，甚至从心里认为他就是个走不出去的农民。我对母亲说我有朋友了，母亲说要比夏天云好才行。我只是点头，谁比谁好，这是个很难判断的事情，说谁与谁有缘更合适。我和夏天云是无缘的。我们通信，什么都谈，就是不谈感情。后来我带了一个男朋友回家，请夏天云过来一起吃饭。那天他的话最多，说得最多的是好些国外名字奇特的书，他总是问我男朋友，看过吗？

　　我男朋友总是回答没看过。

　　他有些无趣，然后没完没了地讲我小时候淘气的事，我男朋友很认真地问他，是不是也喜欢我？

　　夏天云笑了好一阵，说才不呢，看她瘦得，就像我妹。

　　我男朋友用爱惜的目光看看我，说他要把我喂好。那时候我特感动，觉得男朋友像太阳那样照亮了我。我柔情似水的样子让夏天云反感。夏天云讥讽说，恋爱会让女人变得愚蠢。

　　吃饭的时候，夏天云醉了，说他喜欢梅桂香。喜欢她的名字，喜欢她跳舞时翘起的小手指。

后来夏天云总在信里说梅桂香，他叫她玫瑰。那个时候夏天云像一个诗人，每天他都写短句为他的玫瑰。我看过那些诗，虽然注明写给玫瑰，可是凭我的感觉，玫瑰只是一个喷发的承载体。

他们结婚的时候，夏天云的父亲在婚礼上喝多了酒，骂儿子不给他长脸，说他祖祖辈辈都是面朝土地背朝天，好不容易出了个夏天云，却讨个农民老婆，他的孙子还会是农民。梅桂香早就知道公公不赞成她的婚姻，但是她忍着，她喜欢夏天云，更渴望夏天云有一天能把她带出农村。

可是梅桂香没想到，历经种种磨难，在为公公婆婆送终之后，夏天云却辞了公职，气得梅桂香喝了农药。

夏天云辞公职之前，已经是县委宣传部副部长。梅桂香托我去劝他，让他把她带出去。梅桂香说："他听你的。"

我真认为自己有点面子，专程去见他。我们约在一个咖啡厅见面，想不到咖啡厅里也有麻将声。夏天云一坐下就讲了个笑话，说有个中国人去法国的公园，看到公园里绝大多数的人都在读书。中国人感叹地说，中国公园里绝大多数人在打牌。陪同的法国朋友指着前面聚在一起的人说，我们法国也有打牌的。走拢了，一看却是几个说中国话的中国人在斗地主。

话音刚落，一个穿超短裤的女人晃着一双白花花的腿从麻将室里出来上卫生间，女人很意外的样子，热情地和夏天云打招呼。夏天云的表情像一个小偷被当场捉住的样子。当女人频频回头看我时，夏天云故意把头靠近我，悄悄说，遭了。女人和吧台的小姐叽叽咕咕，眼睛却瞟着我们。夏天云突然对女人大声说："我告诉她，你是我的情人。"女人开怀大笑："夏天云，借你十个胆，你敢吗？"夏天云笑得更夸张，我说他不厚道。

夏天云却说："猪。"

"刻薄。"我哼了一声。

夏天云收了笑，很疲惫的样子。我问他什么时候把梅桂香接出来，现在他有这个能力。夏天云说，梅桂香在农村，领导觉得他清政。我说他不可理喻，他却问我："净土在哪儿？"

我没好气地说："天堂。"

他说他在考虑重新写诗。

"为玫瑰？"我不怀好意。

"为土地！"他眼里闪出光亮。我不否认他有这个能力。但是写诗要有心情的，他有这样的心么。

那天我们谈得并不愉快，因为大多数时候他在沉默，他的眼光停在我脸上，有一种居高临下的审视。

事隔不久他就辞了公职。梅桂香有很长一段时间，认为我对夏天云辞去公职负有责任。因为迫使夏天云辞职的原因是纪委接到举报，说他和女人约会，梅桂香认定那个女人是我。

我没有辩白，说不清楚还不如不说。我只佩服夏天云的勇气，社会上有诸多关于他辞职的说法，向社会挑战、经济不清白、权力受到排挤、乱搞女人等等，我倒觉得他主动出来，比别人踢出来好。

只是出乎我意料的是，他竟然回到农村。做一个农民，也许劳苦只是小事，可是能耐寂寞么，尤其是在城市活过、看过之后。我想他待不久的，回到乡村，不过是逃避他的辞职在城市引起的流言的旋涡。

他回家之后，我们联系不多。只是从母亲嘴里知道他的一点消息，说他不是当农民的料，上好的土地不种粮食栽些花花草草。到了春天我回家，夏天云的田里是一片杜鹃，花骨朵儿结满了枝头。夏天云送我一株，说这花叫绝代佳人，粉白双重花瓣镶宽边红色花裙。

"再过半月回来，你看这地里，你想象这地里……"夏天云越说越激动。

"天上的云到了土地上。"

"好！"夏天云旋转一圈，笑得像个孩子。

梅桂香嘴一撇："疯子。"

半个月后我没回去，我在一个叫乐山的城市，看到街道两边开满杜鹃花，红红的像火一样。夏天云的绝代佳人却总是不绽放。我打电话问他，他却沮丧地说，花开了却不是他的绝代佳人。

我不知怎么觉得好笑，我问他诗写了吧，他骂了一句怪话。我好长一段时间没有理他。

后来听母亲说，夏天云种席草，租了几家人的田全种了席草。夏天云发了点小财，那些人家见有利不再出租他们的田地。夏天云开始种青菜、芹菜、莴笋、萝卜等等。只是嫌土地太少，不够他施展。母亲说他经常喝酒，一把花生就能喝一晚上，常喝醉。梅桂香总是和他吵，家不像家。唉，母亲总是以这个叹词结束。

我一旦产生对夏天云的同情，就会主动给他打电话。情形却和母亲说的不一样，夏天云拒绝同情。他总是讽刺我生活在汽车尾气，人的臭气，化学物质的毒气，混浊的空气里还自以为是。"你不知道你多可怜"，他说这话让我反感，总是以我自讨没趣而结束。

偶有电话，夏天云没头没脑地讲一些不可思议的事。像发疯的树啊，人迷路啊等等。我说他神，他纠正我说是神性。他问我相不相信冥冥中有神？

我笑他越来越像农村老大爷了，他反说我浅薄，根本就不知道农村。别以为在城市有个体面的工作，就做出上等人的样子，其实精神上你就是个矮子。

　　我们在电话里吵，没有结果，我们找最恶毒的语言彼此伤害。有很长一段时间我们没有联系。

　　春节我回老家，到山上祭拜完父亲，心情有些沉郁，想往山里走走。天气阴阴的，浓浓的雾霭罩着松林，湿得滴出水来。山脊上看不出去，偶尔听到鞭炮声，知道那是上坟的人放的，大意是通知土下亲人，送钱来了。人死了真有另一个世界吗？我不相信，但是对着父亲的坟茔，花花绿绿的冥币燃烧的时候，我还是希望父亲能收到，在另一个世界有钱用。一路前行，我的思想总是纠缠在坟地的意象里，想起夏天云讲过的人在坟山迷路的鬼故事，背后就有些发凉。不知不觉到了村里遗弃的公棚附近，看见公棚在冒烟，还隐约听到一个女人的笑声。早就听说过公棚闹鬼，我打了个寒噤。想前去探个究竟，身体却不由自主地往回走，越走越快，最后跑着下山。

　　回家之后，喝了杯热茶，坐在灶门前烧火，漫不经心地对母亲说，公棚在冒烟。母亲说有什么奇怪呢，夏天云为了一个女人跑去山里了。

　　夏天云为女人跑到公棚去了！我大声地笑起来，觉得全身的血脉流通了。对母亲说了刚才的情况，母亲却没笑，说梅桂香可怜，头发都白了。

　　"那女人是谁？"

　　母亲说她也没见过，听说是城里的。

　　村里有许多关于那女人的传说，说她长着一双狐狸一样的眼睛，笑声淫荡，在山上裸体。传说终归是传说，村子里的人面薄，谁也没去夏天云的公棚做客，因为梅桂香劝大家孤立夏天云。

因为好奇也因为和夏天云可以大吵的那种说不清楚的亲近，我一个人上了山。见到夏天云时，他正在种了葱子的苗圃里扯野草，很细也很无聊的活，他却做得认真。

我站了好一阵，他才看见我，眼睛亮了一下，扯下耳塞，"我知道你会来。"

我看着这块苗圃，不知道要好多天才能把这葱苗里混生的野草扯完，"怎么不打除草剂？"

夏天云鼻子哼了一声："亏你还生在农村，当自己是城里人了。"

我讨厌他说话的口气，好像他多伟大似的。

"哪能与你比，你是个人物呢，闹了这么大的动静。"

"你来看戏？"夏天云问。

"算是吧。我先看看道具。"我讽刺说。

夏天云踮着脚尖出了苗圃，陪我进了公棚。公棚的屋顶已经换成青瓦，只是风化的土墙还在。西侧墙角堆着金灿灿的玉米，一台粉碎机下磨了一堆玉米粉。东侧是一个石磨，石槽里还是湿的。我问："还磨豆浆？"

"屋头人喜欢喝豆浆。"夏天云故意把屋头人几个字说得很重。

"你屋头人呢？"

"出去玩去了。"

"哪儿玩？"

"城里。"

"离经叛道的生活就这样啊？"

"你想的怎样？吹箫？弹琴？写诗？"

我没说话，看着夏天云眼角的皱纹和脸上松懈下来的肌肉，我很想好好地说话，"这样活着值么？"

夏天云站在能看到他的土地的地方，问我当家做主的感觉怎么样？我一时没弄明白他想表达什么，他脸上的表情很丰富。

我问："你真喜欢那女人？"

夏天云说对女人的心早死了，他又用那种审视的目光看我。

我又问："她比梅桂香好？"

夏天云的目光掠过他的麦地，望着空蒙的某处，狡黠地笑："她湿得快……"

我恍然时，夏天云放肆地大笑。我骂夏天云流氓。说我要下山了。夏天云忽然间又一本正经，百般挽留。他在厨房里燃了一块树根，我们围火而坐，说到小时候的趣事，治好他病的水塘，泥土的味渗透了他的生命。到午饭的时候，他到屋后的菜地里砍了娃娃青菜，煮腊肉。他熟练地择青菜，能听到青菜清脆的剥裂声。他说，绝对绿色。煮好的青菜还泛着一层新鲜的绿，我吃得很多。夏天云有些得意，细说他的麦子、油菜、青菜、萝卜。说完了他大声唱歌："我们曾经终日游荡在故乡青山上，我们也曾劳燕分飞远隔大海重洋……"

我不否认，心中某个地方咯噔一下，如果选择过这样简单的生活，是不是也很好。女人一直没有回来，我就像一个主妇那样帮他洗了碗，扫了地。夏天云的情绪很好，他唱小时候我和梅桂香跳舞的那首歌，让我跳舞，我说不好意思，他说："这世界是你的，看你的只有土地。"

我说："还有你。"

夏天云神色黯然地自嘲："我忘了你只是来看戏的。"

我不示弱："你在演吗？"

"每个人都通过演来掩蔽真实，包括土地。"

如果说每个人都是演员，这话一点都不新鲜，只是说土地也在演戏，我不明白。

我是带着不明白下山的，下山的小路两边全是一种速成的称为巨桉的树，记忆中的土地有过厚实的烟叶，有过姹紫嫣红的棉花，还有花生和红苕，现在只生长巨桉。巨桉下面不生长其他植物。土地是在抗议么？或者土地拒绝供奉它的肥沃。

终归，我的生活不是直接在土地上获取，青春年少时我就离开土地，等我带着年迈的母亲也离开土地时，对土地的感情只剩下故乡一个词。可母亲在城市待了不到一年，就变得迟钝而抑郁。

从城市回到家的第二天，天还没亮，我的母亲就在屋后开始挖地。我睡不着，起床怨母亲弄出的声音大。母亲歉意地放下锄头，说她先割草让我再睡睡。母亲割草，手里的镰刀像书法家的笔，龙飞凤舞。母亲的灵巧让我很难与城市里她的蹒跚连在一起。母亲身后的土地在晨光中露出皮肤来，我动了心，帮母亲挖地。土地很松软，黑中泛着红。母亲的兴致很高，说她不去城里了，她要种菜。母亲说："别让地荒了。"

地荒，土地种菜与生长杂草不一样吗？我问母亲，母亲只是朴素地说地越种越肥，只有懒汉的地才越种越荒。我想土地的荒与心灵的荒是一回事吧。太阳出来的时候，我已经把地翻了一遍。梅桂香提着行李来到我家："现在的人日怪得很，城里的人都想到乡下种菜，其实是日子过厌了，想换个新鲜。"

我停了锄头："精辟。"

梅桂香骂了一句："你们城里女人才是精×。"

我一下想到夏天云的城里女人，对梅桂香宽容地笑笑。梅桂香交给我母亲一把钥匙，说她想了一晚上，她要去城里当保姆，让我母亲帮她看家。

她问我请不请保姆，我说不请。梅桂香试探说，你一个人过，习惯不，忙不过来我帮你。我很不好意思，像是亏欠她一样，说我可以帮她找其他事做。梅桂香的眼睛突然潮红，哀叹一声："狗日的夏天云……"

母亲说："他都那样了，也可怜见的。"

梅桂香恶狠狠地说："报应。"却托母亲偶尔去看看夏天云，别死了都没人知道。

"夏天云真疯了？"我问。

梅桂香苦笑了一下："本来就是个疯子。"然后提着她的行李去了城里。

母亲去街上买蔬菜种子时，专门吩咐我不要去山上，说夏天云要打人。

母亲越是这样说，我越是不相信。母亲前脚走，我后脚就出了门。我换下裙子，穿了母亲的衣服，戴了帽子和太阳镜，像搞地下工作那样，悄悄潜入公棚附近。

公棚很安静，周围的树林像一道天然的屏障，圈在形状不规则的菜地周围。夏蝉有一声没一声地叫，明晃晃的太阳照着沉甸甸的灯笼椒和红番茄，玉米地边的豇豆已经成熟，天天去菜市买菜的我觉得夏天云的日子奢侈而富足。我摘了一个番茄吃，甜酸生津，大热的天极过瘾。我忍不住又摘了一个，再吃的时候就觉得背后的玉米地里有些异响，回望一眼，风正飒飒而过。我试探地叫了一声："夏天云。"

夏天云突然从天而降一样出现在我面前，我惊叫一声。他的眼睛里充满警惕，斥喝："谁？"

真疯了？糟了，我心里直叫苦。我试图稳定他的情绪，我说给他钱。他的眼睛像狼那样发出凶光，指着我的眼镜，我取下镜子，他忽然哈哈地大笑起来。说实话，我不好判断他是不是真疯？

我神色惶恐地等他笑完，他越发笑得直不起腰。一会儿他才说，举起手来前面走。我乖乖地举了手在前面走，我听到他那压抑不住的笑声，我心里犯嘀咕，他是装的。当我走到公棚里，看见桌子上放了一本凯鲁亚克的小说《孤独天使》时，我确信他在玩我，因为不久前我在电话里提过这本书。我像梅桂香那样骂了一句："狗日的夏天云。"

夏天云笑道："谁叫你装神弄鬼。"

他压了一杯番茄汁给我，我一口气喝完了。看他放在桌子上的水果压榨机和红酒。我说："你的日子很惬意嘛。"

夏天云只是盯住我笑，我扯了扯身上不合身的衣服。夏天云说："别动，有虫。"他走到我面前，拂掉衣服上软体的毛毛虫，然后猝不及防地抱住我。有那么片刻，我的心像要跳出胸腔外。我说了句自己也弄不清楚意思的含混的话："热。"

夏天云急促地说："热。"

我挣脱他的拥抱，离开他远一点坐下："你真疯了。"

"你的脸红了……"

我又说疯子。夏天云转过身，抓起《孤独天使》念道："我独自来到孤独峰顶，将所有人抛诸脑后，将在这里独自面对上帝或者我佛如来……"

我镇定了一点："你已经违背了上帝的意志。"

夏天云笑起来："上帝说首先不要违背自己。"

我住了口，我争不过他。我的眼睛四处寻找，问他屋头人是不是又去打麻将了。夏天云轻淡地说走了。我用幸灾乐祸的口气说："这种结局一开始就注定了是悲剧的。"

夏天云哼了一声："本来就没有开始，无所谓结局。"

我固执地问那个女人的情况，夏天云没有说的兴致，被我缠不过才问我记不记得上次在咖啡厅见到的那个女人。我当然记得，说："女人的眼睛很野。"

"人更野。不过只是图刺激。她认为和我生活在山上，就是对庸常生活的反抗。她在山野里裸奔的照片发在她的博客，点击率很高。那才是个疯子。"

我忽然有些悲哀，夏天云我行我素地活着，那个女人比他更张扬。而我的日子却是今天是昨天的重复，明天还和今天一样。

疯子也许更幸福！

我问他看了《孤独天使》，有没有悟透活着的意义。他说不可能看一本书就悟透，活着有些不能实现的愿望，而你一直在实现这个愿望的路上，每一天就不一样了。

我没有实现的愿望是什么呢，我可怕地发现我已经没有了愿望。

夏天云见我有些落寞，打开一间房子让我看。说实话，在这破败的山野小屋看见这些东西，我还是吃惊。一部锃亮的摩托车，户外帐篷，登山鞋，哈尔斯的水壶等户外用品。最奇怪的是桌子上的电脑，桌面是开心农场的网页。

我大笑，极奇怪地问："你也上网种菜？"

夏天云掩饰说他教网友种菜。

"寂寞了吧。"我说。

夏天云说是，那个样子像中学生。他说也许是因为小时候得病，在泥土里滚久了，说不清楚生命对土地那种奇怪的依赖，好像土地是生命的一部分，回到土地才有身体齐全的感觉。回到农村以为可以按本真活着了，可是梅桂香一直唠叨她的城市梦，只能再逃。那女人实际上是他逃到山上后才来的，当然她带来了很多驴友。隔一些时间他会和一些驴友出去，他们也会来，带来很多城市的东西。

"没有一个人能独自面对上帝。"夏天云说。

是的，凯鲁亚克在孤独峰当了六十三天的山火瞭望员，还是迫不及待地逃离孤独峰，湮没于生活的洪流。我相信夏天云也是，有谁能够真正地孤独。人是社会的，我没有任何理由责备夏天云回到社会。

"你没疯。"我说了句废话。

夏天云问我有没有没有实现的愿望，我想了想说想有一块种菜的土地。夏天云笑了笑，嘴角又浮起来一丝嘲讽，说带我去看新修的公路。

"你会爱上土地。"他说。

我搞不清楚，他葫芦里卖什么药，但是看着他在太阳下油亮的健硕肌肉，我还是乐意与他同行。

新公路在翻过两座小山之后，是一条正在建设中的高速公路。还在挖路基，公路上摆放了挖掘机、压路机，但是没有工人。夏天云问我看见了什么。

我说："路。"

夏天云使劲地摇头，面带嘲弄，说："孺子不可教也。"

我弯腰抓了一把沙土撒在他身上，土落在他背心上。夏天云索性脱了背心，躺进路边的沟里。

"土地。"他说。

其实我看见了的，土竟然这样红，如剖开的西瓜，在阳光的照耀下像要浸出血来。山被剖开了，没有石头只有沙土，红色松软油润的沙土，尖锐的工具挖下去，就像刀插进熟透的西瓜。

鲜红的土地！

忽然想长眠，想与土地融为一体。想与夏天云在松软的沙土里拥抱，然后……

面对剖开的向远处延伸的红，我有些发呆，发痴。

夏天云用他的背心包了一包纵深切割的红土，回到他的住处。他说面对土地，他就像一个老农民那样离不开。他种菜的土地也是红的，只不过经过了说不清朝代的翻种，红得不那么纯粹。他说山切开之后，他才明白，土地的力量在深处。他要让他的土地不重复地生长植物。

"做土地的主。"他说这话时像这片土地的王。

太阳落山时，来了一个收菜的，夏天云让我帮他摘菜，说比你网上种菜有意思。我没有告诉他我不在网上种菜，只是觉得他虽然在山上但是离俗世的生活并不远。夏天云的菜比菜市的菜贵得多，收菜的人却乐陶陶的，说城里人喜欢这菜，没有农药，绝对绿色。

我摘了茄子、青椒和空心菜，明白告诉他这是归我的。夏天云开玩笑说："随便你要什么，包括我。"

我骂他狗嘴吐不出象牙。临走时他送我一瓶他包回的红土，又问我有没有什么没有实现的愿望，我说："再抱抱我。"

他很认真地看着我，说："让它在路上吧。"

黑天使

1

我们约会的时间改为两月一次了，主要是曾越，觉得别处更需要他。

可是刚刚才见过半月，曾越打来电话，说他想见我。

我正在写作，虽然没什么灵感，但是每天必须敲出点文字安放自己。

晚上江边茶座见吧，黑，别人看不清你。我说。

现在可以吗？曾越迫不及待。我关了电脑，有些摸不准曾越要说什么？但还是有一种隐隐的激动，为一次可能出乎意料的谈话准备好足够强大的心智。

什么地方？

随便。我诧异他说随便，从来都是他首先找好一个够黑的地方，再打电话给我。

那沙滩长廊见。我脱口而出，带着一种恶作剧。对于习惯在黑暗中坐着的两个人来说，把心灵的秘密晒在阳光下需要勇气。

我想看他有没有勇气。

沙滩长廊在江边上，我到达时，已经坐了一些人，打麻将的是多数，尤其是女人。我选择最后一个位子，曾越要到达这个位子，必须穿过那些女人的目光。我内心涌起一种小小的得意，看看曾越是不是像他所说的那样在女人心中有分量。

果然生动。曾越不停地接受那些女人眼光的抚摩，甚至有人站起来和他握手。曾越今天显得特别冷傲。走向我的曾越，一时间满足了我做女人的虚荣。阳光下的曾越算是个风度翩翩的男人。

曾越坐在我对面，却是个害羞的男人，他的眼光不肯与我对接。

在你面前，我像被剥光了。他说。

你是医生，不剥光也知道藏着的器官、血管，小到细胞。我说。其实我也有些难为情，对于这种阳光下的见面，是考验他也是考验我自己。

但是灵魂是遮着的。你看得清我，我却看不清你。

我是牧师啊。

黑天使。曾越说。我们都不自然地笑了一下。曾越把眼光给了只有几只飞鸟的江。

我等着他说下去。曾越打破秩序的约会，也许有出人意料的事情。为了让他有勇气，我要了一瓶干红。

曾越开始喝酒，还是不肯把眼光给我，甚至碰杯的时候，他的眼睛也望着江上某处。江水在阳光下升腾起一层水雾，对岸的高楼像蜃楼似的恍惚。在这种阳光强烈的天气里我总是觉得一切都像假的。我和曾越如此近地坐在一起，却觉得不如黑暗中他离我更近。黑暗中的那个曾越才是真的，他敞开的灵魂里，我看到自己。

曾越不说话，只是喝酒，我耐心地等待，也同样望江。江面上两只鸟上上下下缠着飞，有个男人在拍照，并高声对他的女伴说，情人鸟。

曾越的眼光也追着那两只鸟。我说，有些事并不是我们看见的样子。眼睛和镜头一样只摄下表象。谁说那是情人鸟，也许本来就是陌生的，遇见了，说说话，各自回到原点。

曾越望我一眼，他的眼睛里有许多内容。他说，在阳光下看你，真的很陌生。

其实我和你就像两只陌生的鸟，遇见了说说话。而我正是那种可以在暗处谛听的人。我说。

曾越重复了一句陌生，然后直直地看着我。说，如果你说的是假象呢，或许那就是一对情人鸟。

我重复了他的话，阳光下看你，真的很陌生，好像我们只是在另一个时空见过。

曾越不说话，陌生这个词伤了他，也伤了我自己。灵魂的敞开与倾诉，接纳与谛听，长达十年，我们的心曾在黑暗中互相触摸。

曾越几乎喝了一瓶红酒的三分之二。黄昏已经来临，打牌的男女大都撤退。曾越有些醉了，故作轻松地讲些笑话，但是掩盖不了他的心事。

我问他是否找个黑暗的地方。

没有黑能容下这样的丑恶？一个叫李芬芳的女人，说我对她性骚扰。怎么可能，想起就恶心，你说怎么可能？曾越很激动，声音越来越大。

我警惕地看一眼周围，只有沙滩长廊的老板娘从远处望着我们。我知道曾越已被职业宫刑，面对这样无稽的指控，不仅荒唐更令一个男人难堪。

你知道我，只有你知道我。曾越说着说着，有些哽咽。我想伸出手抚摩他，可是远处或者不知处的眼光，使我的手停在半空中。

2

十年前，经历一场情感劫难，我从供职的小城离职，流浪到这个城市时正是夏天，三江汇合的气势震慑了我。有一段时间我天天在一个叫肖公嘴的地方喝茶。肖公嘴正对岷江、青衣江和大渡河，三江汇合，水天相连，是个看水的好地方。就是在那里，我见到曾越。他总是在人们都要散去的时候，来到江边，泡杯茶，而且要茶老板关了灯，独自面对渐起的黑暗。他不说话，只是对着三江发呆。他的白衬衫像暗夜的月亮，晕得周围染上一层薄薄的光。我在光里坐了许多个晚上后，他问我是哪儿人。我只说外地，多远的外地，我等着他继续问我。他却不问了。他让老板把远处的灯也关了，老板不乐意。他问我可不可以跟他走。我很茫然，这个城市于我是陌生的，我只是想来看看大佛，因为三江让我多留了几天。我不知道他目的何在，但是他英俊的外表让我有些犹豫。他说，女人这个时候是不是总想到性。他的坦诚反让我无语。他又说，性对他来说很简单。俯拾皆是。只是想说话，对一个外地人。走了，话就丢在风里。

我喜欢他说话的语调，不紧不慢，还有那么一点淡淡的忧之类的东西。我跟着他转了很久，可他说没有找到黑。黑才会给他勇气。让我留下号码，说找到了打电话给我。

鬼使神差，就因为等他找黑，我在这个城市留了下来。给一家都市报写情感专栏，维持简单的生活。在这个城市我并没有什么朋友，很多次因为寂寞真想离开了，但是想到那个找黑的男人，我开始过一种看来很虚幻的等待的生活。

大约一个月后，那个电话终于打来，我还留在这个城市的事实让曾越有些意外，他说黑到处都是。

我们在一家酒吧的独立包间里见面，他把座灯拧到最小，我心跳加速等待他要举行的仪式。他问我做什么工作，我说写作。他说写作好，身心都自由。我笑出了声，说那是你没有写作。他问我写些什么，我说爱情。他哼了一声，说讨厌爱情小说。语气有点咬牙切齿。

你的情死了？我强调一个死字。

活着，活得茂盛。他说。

愣到我无语。

我爱那些女人。他把座灯微弱的光也灭了，我们坐在黑暗中，我看不到他，他也看不到我。黑暗中的对坐，让我觉得新鲜又紧张。

可以信任你吗？

至少我信任你。我说。

曾越说他必须信任一个人，就像信任教父。我听见他搓手的声音，等待他说下去。

他说，原来也看小说，特别是描写性爱的，但是做了医生，特别是男妇科医生之后，不敢看了。

他说，他一生最大的错误就是选择当妇科医生。当那些女人裸露大腿躺在检查床上，等他去做检查时，他是慌乱的。他的手碰触她们的敏感地带，她们因为疼痛而呻吟，他就会心惊肉跳，生怕那些女人跳起来指控他。他一边告诫自己，端庄无邪，把器官想成机器零件，一边又想起一些诸如雪白、凝脂、曼妙一类的词。尤其是年轻饱满的身体向他敞开的时候，性爱小说里的文字一行一行地跳出来，他心跳加速，自然勃起，身体被旺盛的情欲炽烤。他每天都在与自己作战，把自己弄得心力交瘁。

下班的时候，其他科同事开玩笑地问一句，这一天让多少女人脱了。他嘴上说羡慕就来当实习生，脸色却是红的。有时候朋友们一块儿喝酒，有人一本正经地问他，女人那地方是不是真的都一样。他嘴上骂流氓，却下意识地捏紧了做双合诊的两个手指，觉得手上的感觉有些异样。他说这样的时候多了，他就想逃，不想参加朋友间的聚会。可是妻子不放过他。妻子偶来兴致，要曾越把她当病人，她张开双腿躺在床上，要他做双合诊检查，然后突然拉着他的手，要他。曾越很疯狂，脑子里闪过的是白天某个女人的线条。到了白天，夜晚的情境加深了进一步的幻想。再去夜晚，有所悟的妻子总是问他别人和她的是不是一样。

这种工作对男人是一种酷刑。他说。

我不知道这种日子什么时候是尽头？曾越把手关节弄得啪嗒地响。

男人都是情欲的动物。可你是医生，医生！我不知道生谁的气，愤愤地说。

曾越说你了解男人吗？我现在就臆想你躺在检查床上的情景。

你无耻。我竟然愚蠢地相信一个男人，并且坐在黑暗中，说信任他。我站起来拉开门，光线溜进来，照亮曾越急红的脸。

曾越关了门，把我按回座位上，说对不起。请求我听他把话说完。他说对一个溺水的人，如不拉一把，这个人不是纯粹的人。

我坐下来，以一种旁观的心态看他如何表演。

他说他首先是男人，然后才是医生。

好多次，他转身进了卫生间让自己喷涌而出。可他无法原谅自己，无耻、卑鄙、下流，他用这些字眼骂自己，甚至想过骗了自己。曾越在黑暗中快速地说。

我颓然地陷在黑暗中，曾越的倾诉超越了我的人生体验，我不知道该说什么。曾越不说话时，两个人黑暗中的静坐就有一种奇怪的感觉。他臆想我是他的病人，我也在臆想他是我的医生，我的脸在黑暗中烧红。只是用不知羞耻掩盖么，人的思想真是很奇怪，生命本能的冲动怎样才会有一个好与坏的分水岭。

我拧开一点灯光。曾越还是关了。他说黑暗才能给自己一点勇气。上班的时候，他总是把灯开到最亮，检查室也好，办公室也好，他的灯比其他科室都亮，他让光亮照进内心的龌龊，可是最后发觉还是只有黑能让他心与身都平静下来。

曾越说谢谢你，让我说出来，听我说出来。

能听到一个人的内心，也算是幸运吧。我说，其实这并不是我的真心话。我并不想这样了解男人，道貌岸然总比赤裸裸好，想念的本身比本能的冲动更令女人动心。

本来光从门外伸进来一只脚，黑被稀释了的，可是因为曾越的话让黑更浓稠了。

曾越留下一个电话号码，在黑暗中带着黑走了，留我在光亮中想着黑，好像突然看到灵魂剥去外衣，裸着尖啸。

在黑暗中我把曾越的电话号码弄丢了，但还是为曾越留了下来，或者是为刚刚拉开幕布的舞台留下。

3

大约又过一月，曾越打来电话，问我是不是回家了，我说在肖公嘴喝茶。曾越的声音透着一种不安，说你怎么不回家。我没好气地说，我的家带在身上。曾越大概听出了那么一点反抗。说他知道一家新开的酒吧，叫什么陋室。我按他的指点去时，在点缀着小白花的青布中间看到曾越，氖灯柔和的红光照着他的脸，他望着墙上一朵形态暧昧的花，眼光纯净得像处子。一个多么安静的男人，谁知道他内心的海呢。

那一次曾越没有灭灯，我们各怀心事听一个歌手唱《酒醉的探戈》，我几乎忘记了曾越是妇科医生，觉得他更像一个文艺男人。等唱歌的人撤退，可以说话的时候，曾越接到一个电话，我听到一个女声。曾越抱歉地对我说，有事要走。我故作潇洒地耸了耸肩，其实心里失落。曾越说迷上了一个人。

我等待他说下去，他却说如果下一个月我还在这个城市，而他还迷那个人，就一定告诉我那个人是谁。

我走不了，何况我到哪儿去都一样，写作。再说这个城市有足够多的理由让我留下。有山有水还有那么多喝闲茶的人，当然更因为一个月后的曾越。

第三次见面，我就没有看清曾越是什么样子，黑黑的绒布在我进去时迅速地拉上。

你有没有疯狂地迷过一个人？曾越问我。

我心里迅速地闪过一件蓝格子的衬衫，心里有一丝的疼痛。但是我很快地控制了自己，故作轻松地笑说，迷白瑞德船长。

曾越笑出了声，白瑞德是个坏男人哦。怪不得有人说，男人不坏，女人不爱。

白瑞德船长能安定一切。我说。

曾越并不是要和我讨论，问我是假，不过是引子，想引出后话。他说他迷上一个叫麦薇的女孩子。麦薇是山东人，毕业于本市一所大学。第一次见她，脸色苍白，怀孕，妊娠反应重，没有人陪她来。她一个人坐在椅子上等，安静而无助的样子，让他想到雨中的梨花。曾越让另外的病人家属帮她交费，取药。在手术室醒来的第一时间，她拉着他的衣服叫哥，说梦见了海。手术室的护士和她开玩笑，海里是不是有曾越这个哥。她清醒了一些，放开了他的衣服，有一丝羞愧。术后她一个人孤孤单单地躺在观察床上，问她男朋友怎么没来，她的眼睛红了。他倒给她一杯水，让她把药吃了，然后把她的手放进被子里，她又叫了一声哥。曾越拍了拍她的头，给她交代术后注意事项。说一个月之内禁房事，她低声说要一张病情证明，写上一月内禁房事。他下意识地再望她一眼，发现她的鼻子长得挺直，眼睫毛很长。半月后她又来，像是变了一个人，化着淡妆，穿一条长裙，他脑子里闪过她躺在床上的样子，面上却不动声色地问她有什么事。她说来看看他，说要请他吃饭。他推说有事，她也没坚持，只是离去时，走到门口又回头，正好看到他看她的眼睛。

后来她又来过几次，说她肚子疼。其他医生给她看，她总说等他。其实他知道她不痛，但他不揭穿她，每次只是给她开药，不知为什么，他不想打开她的身体。也许这有点怪，他想把她排在病人之外。

秋天，他应一个朋友之约，自驾车去康定的木格措。刚下了雪，木格措蓝如宝石，经霜的枫树与雪相映，美得不似人间。他对着湖泊嘀嘀大叫的时候，好像突然听到麦薇叫他哥的声音。虽然只是一瞬而过。他放弃了和朋友们去骑马，一个人沿着湖边走。离人群越远，自然的声音却越强大，湖泊与雪峰美得有些森然，骨子里升起一种恐惧，一种在大自然面前渺茫无措的恐惧。就在这时，他看见了麦薇，一个人蹲在湖边，在雪地上写字。麦薇看到他也很惊讶，说上帝一定在的。她说她刚才对着湖泊喊他。曾越说他本来是个无神论者，但是木格措让他相信某种神秘的昭示。他们沿着湖边走，只有山鹰和风的湖泊，好像是专为远程而来的男女邂逅准备的幕布。曾越说他不知道说了些什么无用的话，只记得麦薇说他像她的哥。说她很小的时候，哥去了海上，再也没有回来。原来哥到了木格措这个大山里的海子了。麦薇的声音柔美得像杉树尖上挂着的雪粒，风一吹就化了，曾越只想听她说话，内心无来由地柔软而强大。一辆奥迪停在他们身边，一个男人摇下车窗，摆了一下头。麦薇来不及说再见，就上了车。曾越说如果不是泥泞的路上车辙清晰的痕迹，他一定认为自己在做梦。

他开始等她来看病，可是她好像消失了。好长一段时间后，她请他一块儿去省城听张学友的演唱会。她说很喜欢张学友关于爱情的那些歌，一路上她都在唱，"请你再为我点上一盏烛光，因为我早已迷失了方向，我掩饰不住的慌张，在迫不及待地张望，生怕这一路是好梦一场……"麦薇的声音太细了，她唱这样的歌并不好听，但是她很投入。等张学友开始唱时，她尖声地大叫，很可爱。等到演唱会结束，她的声音已经哑了，像只猫一样温驯地靠在他肩上。他装着睡着了，头和她挨在一起，想到她美丽的身体，心潮起伏。但是想到一张一月内不能同房的证明，像看到她背后那个如饥似渴的男人。不越雷池半步的状态，让他们之间生出纯洁。她低眉顺眼，像个听话的好妹妹，而他是名副其实的哥。那段时间很奇怪，他身心都趋于平静，眼前那些女人的身体不再魅惑他。和妻子间的那事也少了。妻子问他是不是爱上了别人。他当然否认，内心检视对麦薇的感觉不像爱。妻子恨声恨气地说，如果她发现了，会把他撕碎。他说她有理由这样做，妻子哼了一声。

他也哼，不过只敢在心里。他背着妻子，带麦薇参加朋友的聚会。麦薇的漂亮、年轻，连山东话都增加她的魅力。朋友们看着她都意味深长地拍他的肩，说他体面。他说他们只是兄妹，没有人相信他的话。朋友中有个人和分管卫生的副市长熟，在一次吃饭后副市长拍着他的肩说，听说你有个捡来的妹妹，叫她来，我们 K 歌去。可能是喝了酒，他给麦薇打电话，麦薇就像早在旁边等好了，几分钟后粉妆玉琢地就出场。那一晚他让麦薇多陪陪副市长。麦薇陪得很尽职，他虽然醉了，但是也知道醋意是怎么回事。第二天他值班，晚上麦薇来看他，他故意冷淡她，她笑说吃醋了。他说没权利。麦薇翻一本护士放在桌上的《爱人》，突然说她下腹痛，他看见她脸色都变了。他有心疼的感觉，把她抱到值班室，给她做体格检查。她却拒绝，说她痛经，一会儿就会好的。他弄了一只热水袋让她放在小腹上，陪她说话。那一晚，麦薇没走，他们身体挨在一起，麦薇用手就让他到了极致。麦薇是个漂亮女人，曾越强调说。

曾越，障碍被你粉碎了。我忽然冒出一句巴尔扎克的名言，曾越讲述的时候，是我不停地提醒他注意逻辑与细节。

接下来的日子对我而言像这个城市灰色的天空，难得有阳光灿烂的时候。曾越那边也许如火如荼。我只是开始写小说，编曾越的故事，并且让人生最美的场景像昙花，带着短命的色彩。

4

还记得麦薇不？曾越问我。

人的思想真的很奇怪，近在他身边的我，肯定想不到我的手放下的瞬间，思想正好在他和麦薇之间的故事中游弋。

好像是一个已经发霉的故事吧，我说。

曾越说，她又出现了。麦薇认识李芬芳。曾越又要了一瓶红酒，说只有醉了，才可以回避现实。

拜托，说完再醉吧，我拿开了曾越的杯子。

利普刀，听说过么？曾越眼光迷离。

手术刀吧。我老实回答。在妇科医生的字典里总不会是江湖上杀人的刀。

曾越从皮夹里抽出一本杂志，指给我看。我略略翻了一下，利普刀又叫超高频电波刀，电极尖端产生高频电波，接触身体后，由于组织本身阻抗，瞬间产生高热，以完成宫颈糜烂处理。

挺专业的，这利普刀怎么会引出性骚扰？我满腹的疑问。

曾越说是买德国的还是接受日本的赠送，这么简单的道理，为什么院长副院长还有医技科长，非买德国的，一百多万啦。而日本的赠予只需要出关税而已。这是什么道理？

我看着他，好像他说的是天方夜谭。

曾越说，我坚持要赠送的。医技科长却说如果赠予的利普刀不好使用，要我负全责。我负全责，有这样的事？

曾越的语速很快，激动让他的脸看起来更红润。

你可能断人财路了。我虽然没这方面的经验，但阅读让我看清了世事。不过你是妇科主任，有决定权吧。

曾越说程序上要经过他这一关。因为坚持要赠予的，买利普刀的事搁了下来。可是搁下的不只是利普刀，还有已经批准要买的器械也暂停了。曾越作为新提拔不久的妇科主任，找了多次医技科长，堆满一脸肥肉的科长总是不阴不阳地说，等等看有没有赠予的。

找院长，院长堆着一脸的笑，说他会督促医技科长。可是督促的时间长得让人灰心。他准备投降了，如果院长再征求他的意见，他不再反对买德国的。

前几天院长找他谈话，却不说利普刀的事，批评他当了妇科主任经济收入还停留在原来层面。他要解释，院长却说还要出去开会，下来再说。

回到科室，市卫生局一个科长打来电话，让他写一份关于买利普刀的材料。他拿不准科长做什么用，措辞谨慎，那个科长却有些生气，丢下一句，怪胎。

他搞不清科长是在骂这种事还是在骂他，心里特别窝火。一个描眉涂脂的中年女人却满脸殷勤，说她专门等他看病。他问她哪儿不好，女人盯住对面的女医生，好像有秘密似的不便开口。女医生借口说去病房，离开了。女人才递了张名片给他，说她是德国利普刀公司的业务员，叫李芬芳。李芬芳很专业地介绍完德国利普刀的优点，然后凑近他的耳边，说会按规则出牌。

他不知道她的规则，只闻到她口中浓郁的酸腐味，他往后挪了一点，说买哪一家利普刀医院领导决定，临床医生只要质量过关，又经济就行。

要你这个大主任提出申请，才合乎程序嘛。李芬芳说。

当然要赠送的。他没好气地说了一句。

李芬芳干笑两声，掏出一支兰蔻口红递给曾越，说送给你的女朋友。曾越警惕地看着李芬芳。李芬芳的目光很锐利，好像逮着他多大把柄似的，但是想到黑暗中的我，他仍有一丝不安。李芬芳竟然调笑他说他害羞。

曾越恼火地说，没事你可以走了。

李芬芳说不慌，她正有病要找医生。

他耐着性子问她什么病？

李芬芳说，做爱的时候下面干还出血。

曾越叫来一个实习生，李芬芳却不同意实习生给她做检查。给李芬芳做妇科双合诊检查时，李芬芳闭着眼哼哼，很夸张的样子。曾越觉得有一种被她猥亵的感觉，手上加了劲，李芬芳哼得更起劲，幸亏手里没有刀，否则，否则怎么样呢，捅李芬芳一刀？

在这种时候总是后悔当初选择妇科医生这个职业。亲戚朋友善意的惋叹，别人不怀好意的嘲笑，可以视而不见，可是工作中常常遇到李芬芳这种人，说不出的厌恶。

用消毒液反复洗自己的手，李芬芳边穿裤子边说，你弄得我好疼。

恶劣情绪竟在这一句似怨非怨的话里爆发出来，那是因为你的病很重。他说。

李芬芳的脸色变了，问是不是得了癌症？

看她脸上青一块白一块，曾越泄愤说，临床怀疑。

李芬芳裤子未扣，顾不上自己的形象了，惶恐地问怎么才能确诊。曾越建议她做阴道镜加液基细胞涂片，李芬芳再躺上去时，不再哼哼。李芬芳多花了三百多元，没一句怨言，增加收入也许就是这样吧。

李芬芳穿好裤子，却感慨一句，男人做妇科医生不好。

内心刚刚获得的平衡又被打破，李芬芳居高临下的话，让曾越特别反感。他说，你最好不要找男妇科医生看病，免得做噩梦。

他不明说是她做噩梦，还是自己做噩梦？李芬芳听出他的不快，快快地告别。

第二天，李芬芳打电话请他晚上吃饭，还说请了院长。曾越不说去也没说不去，只说你真敬业，病检结果没出来，就有心情请吃饭。

李芬芳说老总来了，再说得了癌症更要挣钱来治啊。

他没去，不是觉悟有多高，而是很讨厌那个李芬芳。

昨天，院长找他谈话，医院接到李芬芳投诉。说他利用做妇科检查对她进行性骚扰，还恐吓她得了癌症，让她承受了精神创伤，要求医院有个说法。

恐吓她得癌症，是有这个动机，但是并不违背临床常规，病人宫颈重度糜烂，有筛查宫颈癌的指证。至于性骚扰，他不愿做任何解释。这个提法就让他感到肮脏。

院长说李芬芳社会关系很广。

这是个法治社会。他很书生气地说。

院长做出语重心长的样子，说是为了保护他的名誉，希望避避风头。

医院怎么保护自己的医生，不能听信李芬芳把白说成黑吧。他不甘心地说。

院长说，说你性骚扰，你能解释清楚？

性骚扰，对李芬芳，可能吗？真是荒诞。

院长似笑非笑，竟然说李芬芳颇有姿色。

曾越血往上涌，骂了句卑鄙。

院长不慌不忙地抽烟，眼光在烟雾中挂着问号。他的心被院长的眼光扎得出血。试着问怎么办？

院长等烟抽完了才说，李芬芳要找媒体曝光，对你影响不好。

她是女人，脸皮就那么厚？

院长答非所问，问他以后怎样面对病人？你是男妇科医生。他把一个男字说得很重。

利用工作之便对女人进行性骚扰，这样的字眼是曾越最不愿正视的，不仅是亵渎还是污辱。曾越垮了，头脑里一片别人的指责声。

你是个好医生，我知道。可是有些事要变通才行啊。你主动认个错，我再找李芬芳谈谈。或者就要他们的利普刀。院长终于露出了目的。

利普刀，转了这么一圈，就是为利普刀。

是要李芬芳的利普刀，还是背负李芬芳性骚扰的罪名？曾越问我。

我知道曾越不是让我拿主意，他只是要说出来，该怎么做，他心里有底。

黑暗中的黑是纯净的黑，而阳光下的黑才是罪恶。曾越说他出来之前赠送利普刀的业务员悄悄告诉他，这种事很正常。很少有公立医院接受他们的赠送。

曾越的话再一次让我觉得自己幼稚，现实的黑超出我的想象。这种黑是阳光晒不透的黑。要李芬芳的利普刀，还是背负李芬芳性骚扰的罪名，曾越怎样走，好像我也有了责任。我说可以找人让媒体暂时不做报道，但是希望曾越写一份详细的材料。我知道自己虽是个作家，但是并没有什么话语权，不过在文化行业混久了，认识那么几个有话语权的人。我天真地相信，面对这种阳光下的黑，他们会和我一样义愤。

不要你插手这种肮脏。曾越说。麦薇说她可以帮我。

死灰复燃了，我酸酸地说。我本来以为麦薇和曾越的故事已经结束。

5

很久以前，我就在小说里，让他们的故事结束了的。人生总会经历一些故事，然后长大，然后老去。时间本身就是一杯忘情水，曾经的痛心痛肺，也会渐渐地淡去。小说中对曾越与麦薇的预言像是谶语，曾越的故事越来越偏离他预想的轨道。

那个值班室的夜晚之后，曾越利用外出开学术会的机会，带着麦薇去了北海。银色的沙滩，像在木格措一样只有两个人手牵手的海边散步，只是曾越的想象。他和麦薇一直待在临海的宾馆里，毫无节制地做爱。麦薇变化多端层出不穷的做爱方式，让曾越深陷其中，无力自拔。从北海回来后，曾越数次约麦薇，麦薇却总是忙，有时候根本不接他的电话，他只有等麦薇主动约他。回到这个城市的麦薇像是变了一个人，小心，被动，时不时地流泪，她咬住他的肩，叫哥，说带她走，去远远的海边。如果说在海边，麦薇像女王，那么现在的麦薇只是奴婢。曾越觉得自己越来越强大，越来越像个顶天立地的男人，他要为弱小的麦薇建一片屋，为她遮风挡雨。像所有被爱迷惑的人一样，曾越心中全是麦薇，甚至与妻子做爱的时候。

曾越床上的异常，引起妻子的警觉。妻子说必须开灯，让他必须看着她，必须叫她的名字，曾越竟然不能勃起，妻子恼怒地抓乱了他的颈脖。说他一定有女人了，说她一定会找出那个女人，让那女人知道她不是吃素的。

曾越知道妻子的厉害，与麦薇约会的次数减少了，但是麦薇却天天打电话来，要婚姻。曾越对妻子说离婚时，妻子只是说不可能，除非她死了。

妻子也曾是他的病人。曾越刚大学毕业还在外科转科时，妻子的父亲，一个不大却有实权的领导，因为阑尾炎住院。妻子作为患者的女儿，代表父亲与曾越交涉。她语速不快，但是说每一个字都像在咬。她的问题很多，曾越稍有不耐烦，她就会以指导者的身份说，要百问不厌才是好医生。曾越回避她，她却有许多问题揪着曾越问，还送曾越扇子一类的小礼品。医生们开玩笑说她看上他了。曾越说她不是他要的那种类型。等曾越到了妇科，她因为痛经找上了他，每个月她都会来，她问他要怎么才能好。曾越说，等结婚生育后也许会好起来。她以开玩笑的口吻说，你是医生，做好事做到底吧，当我的新郎。曾越有些尴尬，已经在保险公司干了三年的她，却说她喜欢曾越难为情的样子。她偶尔请曾越吃饭，对别人都半真半假地说，曾越是她男朋友。一个周末，曾越值班，她又来说痛经。曾越准备给她做检查时，她钻进他怀抱，说她想他很久了。曾越推开她，她威胁说，如果不和她好，就告他调戏她。他们走到一起，别人都认为曾越是高攀。只有曾越心里清楚，他在婚姻中始终处在他是入赘女家的地位。多年后，曾越问妻子，这世上有没有让她觉得不好意思开口的事情。妻子告诉他，当初她到保险公司，当街站在凳子上，对着陌生的人喊我行的时候，好久没法开口的，后来喊出来，再后来，没有什么说不出口的了。

保险公司培养出来的精英，自然怨曾越不够能干，不够聪明，但是妻子是离不开曾越的。妻子的嗅觉像狗，做事的果断与残忍却像狼。她找人跟踪麦薇，发现麦薇经常出入的是可以俯瞰三江的高档住宅。

妻子说麦薇形迹可疑，是只上门服务的鸡。

他不信妻子的话，虽然麦薇总是在他们缱绻缠绵时，接到电话马上离开。但是他们一起时，麦薇温良恭顺。他就是王，王犁他的土地，骄傲甚至蛮横。

妻子得到一张照片，麦薇和副市长一起从车里出来。照片上麦薇戴着墨镜。

妻子大声地嘲笑他，说他用别人剩下的。

妻子说她有能力把这事弄清楚，看看这小妖精，到底和副市长什么关系。

曾越想起很久以前让麦薇陪副市长的事，也许他们后来有联系。他没有问麦薇和副市长的事，只是和她一起的时候，更加野蛮，她曼妙的身体让他欲罢不能。

妻子却像着了魔，对他和麦薇的事不上心，却对副市长和麦薇之间到底有什么来了兴趣。有一天，她兴冲冲地告诉他，她为保险公司签了笔大单。她说她只是拿着麦薇和副市长的照片找了副市长，副市长就帮了她大忙。

他只有冷笑，保险公司已经把妻子训练成什么都行的人，和妻子在一起是和钱在一起，是和权谋在一起。对麦薇也只剩下身体的欲望。

有一天，妻子说这位副市长犯事了，纪委正调查他，他把包袱甩给你呢，还当宝贝。但是妻子却没把她掌握的情报捅出去，她说副市长倒了对她也没什么好处，如果副市长不倒，她有用。

可副市长倒了，麦薇是不是他情妇，曾越不知道。

麦薇失踪了。

妻子拿这事羞辱他，她不说副市长，只说副市长的名字，某某又老又丑，还包皮过长，你还和他进出同样一个地方。恶心。妻子甚至和他分床了，但是婚姻是维系的，性也是要的，在外人面前，她装出恩爱夫妻的样子。

曾越这些事并不是一次告诉我的，事情正在发生，我也只能等到一个月以后才知。对于这种一月见一次的交谈方式，我们都觉得非常有趣还有一点刺激，人生的好戏总要给予时间让它从容上演。一月一次的见面，黑暗中的谈话，变成我和曾越的一种生活方式。在他是释放，在我是源源不断的创作素材。

6

可是等到曾越的爱情终结，接下来的谈话，有些寡淡了。曾越似乎也认识到这一点，他在竭力带给我新鲜。后来他成了远近闻名的妇科医生，走到哪儿，女人的眼光都像是蝴蝶见了花，稠稠地黏上去。曾越也越来越放松，带荤的玩笑信手拈来。

可是曾越心中没了女人。

性病越来越多。

得病的女人也越来越多了，非良家女人转给男人，男人再转给良家女人。

每天面对得性病的女人，什么欲望都淡了。最彻底的打击是麦薇。她在失踪三年以后突然出现，紧身的连衣裙包裹曲线完美的身体，应该说更加有风韵了。她还那样，低低浅笑，她送给曾越一个很大的海螺。说她回家了。曾越没问她为什么失踪，她也不说。那个矢状的海螺让他想到她身体的深处，他拥抱她时，她却挣脱了，说她患了病。曾越本来对她就是身体的迷恋，听她这么一说，他脑子闪过许多梅毒的身体，他沮丧地放开她。麦薇不让他看病，他疑心更重，他不再相信女人的身体，仿佛都是坏的。

性趣淡了，妻子的怨多了。她先说他在外面做多了，然后叫他痿哥。妻子越这样叫，曾越越没兴致。等发现他自慰时，妻子对他彻底失望。

他也对自己失望。如果你爱一个男人，让他做妇科医生，如果你恨一个男人也让他做妇科医生。曾越调侃一句。

为什么选择做妇科医生？这是我一直想问，又怕他听出弦外之音的问题。

做医学生的时候，医科大学的男妇科主任被同事和实习生景仰，他头上罩着一层看得见的光环。遇到疑难重症，他镇定自若，有将军在战场的风范，他义无反顾报考了男妇科主任的研究生。男妇科主任对他说，一个长相端正的男人从事妇科学，比做其他科医生更易成名。他就是冲着这句话，在这么一个市级医院做妇科医生。琐碎而具体的基层医生的工作，绝没有坐在明亮的办公室里讨论肿瘤因子，基因突变，化疗方案那种尖端科学的自豪。他现在却要为最初理想化的选择付出一辈子。他那个时候写诗，曾经想过成为像渡边纯一那样的作家。

你已经是知名医生了。我安慰说。

曾越叹了口气，说未来还有摸得着的好处就是晋升。可总觉得前面不远处是断崖。

那段时间我正看史铁生的《我与地坛》，我想给曾越另一条路，和他讨论另一种有希望的绝望。曾越却说他看过，他说如果没有书，他早崩溃了。还说我做作家的敏感度不高，如果不看书，他怎么会风雨无阻每个月地约会。你在我心中不只是个女人，还是牧师。

牧师？我想笑。想想那些宗教题材的电影，牧师总是坐在黑暗之中，忏悔的人根本看不到。因为看不到才给忏悔者把灵魂剖开的勇气。

我们的约会一直进行，很多时候只是坐着，听黑暗的声音。黑带着无形的压迫，略带一点恐惧又有人同在的感觉让我如此迷恋。

曾越讲故事，门诊女人的故事。做作与朴素、富贵与贫贱、幸运与悲惨、温柔与泼辣，大千世界在那些女人的身上演绎。

曾越晋职了，门口挂上专家的牌子。

曾越当了妇科主任，要破常规，请我吃饭。我没去，不想破坏那种黑暗中的约会。他也没坚持，说每月一次的黑色相约，让生活有了一种奔头。我们像是维护易碎的玻璃那样，维护着黑暗的那一份神秘与纯粹。我只是在报纸与电视上偶尔看到他。甚至在饭店，看到曾越和女老板的合影照片挂在走廊里，旁边是些三流的明星。在曾越照片前驻足的女人最多，很多人指着照片说，曾医生啊，比明星还帅。然后相互间开些玩笑，说找曾医生看病去。

我把这些告诉曾越。

曾越说，面上的浮华，代价是阳痿。一个男人阳痿了，想想？

宫刑。我想到这个词，慢慢的宫刑，对曾越而言。黑暗中如何呢？我不知道怎么安慰。

越是黑暗，头脑里还原的图像越是清晰，长了梅毒的，生了尖疣的，正在腐烂的，塞满霉菌的，它们旋转着放大，让仅存的一点本能都消失。曾越说。

我背负曾越的沉重，文字也少了过去的抒情。

曾越的情绪却一次比一次好起来，他参加各种各样的学术会，被请出去讲学。对待病人，他更温和，更从容。

事业的成功，让曾越对牧师的需求越来越少，他说忙，毁了长达十年的默契，把约会改成两月一次。

7

两月一次约会，也许都多了，很多时候我们坐在黑暗中，无话可说。我不再是牧师，我们互相称对方为黑天使，我们听到彼此的呼吸，却没有说话的欲望。躺着，坐着，斜靠着，脸上如此地放松，心灵也如此地放松。黑暗让我们觉得进入一种永恒似的宁静。曾越说，死了是不是就是这样一种感觉。看不见，但是既无恐惧也无盼望，知道还有另一颗心在。那颗心在就安心。虽然约会的时间改为两月一次了，但是待在黑暗中的时间却越来越长，好像黑暗摒挡的不只是光线，还有红尘俗世。

沙滩长廊见过之后，我天天关注本市新闻。没有关于曾越性骚扰的消息，我把心放回肚里。过了一月，曾越的电话如期而来。仍在沙滩长廊见，好像两个在黑暗中待久了的生物，渴望阳光。

我被撤职了，曾越说。他的第一句话，总会让我措手不及。这种时候我只是倾听，让曾越唱独角戏。

曾越说，他是不愿意妥协的，接受哪一种对他都是侮辱。阳光下的侮辱，他接受不了。对女人充满情欲也好，极尽轻蔑也好，视而不见也好，那是关于灵魂深处的，只有他知道，我知道。可这阳光下的黑，所有的人都能看见。交给麦薇的材料不知怎么转到院长手里，他被撤职了，也许是好事，远离了。

李芬芳的利普刀进来了。

你利普了？这话变成病人之间好像是你吃了没一样的家常，甚至是一种身份的象征。某某女局长，某某男局长的夫人纷纷找来，要他给她们做利普刀。她们中一些人完全没必要做，可是某人做了，她也要做。这些愚蠢的女人把这当成那个地方的美容。

麦薇也在这个时候再次出现，因为举报材料的事，他多次拒接她的电话。但是她好像并不知道这材料转到院长的手上，她表现出吃惊，还骂了一句很难听的话，与她一贯的做派不相称，让他不知真假。麦薇说她要做利普刀，说有重度宫颈糜烂。他有时候弄不明白，为什么一个口口声声说喜欢你的人，非要把丑恶展露给你呢。麦薇宫颈重度糜烂，他老是想到她背后有多少男人。

还和你有关系吗？我忍不住问曾越。

曾越叹息了一声，说，其实根本就不了解麦薇。

他不再说话。我看见他眉间清晰的皱纹，我说，时光流得太快了，我们说话的时候，你叹息的时候，时间都在向前流着，并且永远不再来了。

没事，过去了。曾越说。

我笑了一下，知道有些事，并不是那么好过去的，有合适的气场总会发芽。

利普刀切什么呢？我忍不住问，因为我去省城一家医院看病，医生也曾建议做利普刀，当时是被其中一个刀字吓着了，说考虑好再去。那个医生也说了很多让我心惊肉跳的话，早做好，免得转为癌。当然我不会告诉曾越，放弃他这个著名的妇科医生而舍近求远，是因为我永远不想成为他的病人。

利普刀一般用于宫颈非典型性增生，可是现在乱了，只要是病人，就说宫颈有问题。谁能看清那儿有没有问题。曾越望我一眼，说奇怪啊，认识你十年了，你怎么没生过病？

上帝不让他的牧师生病。我调侃说。

谁是谁的上帝？曾越不屑地说。

医生是病人的上帝啊。我说。

曾越不阴不阳地笑，说上帝在尼采那儿就死了。他创造了女人，却让她的生命密码隐藏在深处，自己无法窥见。为欺骗提供可行，让医生成为杀手，上帝也会为她创造的女人哭泣。

如果头顶还有一片星空，心中还有一个准则，上帝就活着。我说了一句别人早说过的话。

曾越抬头看天，天压了厚厚一层云。他又按住心问，要什么，对这个世界要什么？如果什么都不想要了，生命是不是已经没有意义了。

我用哀伤的眼光望他，说时间是个魔术师，也许明天觉得活着还有想要的，看看起风也好。

曾越说，关键是今天，我还要继续去欺骗那些女人。有这样的今天，我能看到起风的明天吗。在这里还可以看天，天睁着眼。可到了单位，那种可怕的惯性，让你在罪恶里越走越远，越陷越深。就是我不做，一转身，别的医生已经把手术单交到病员手上了。

让他们腐烂吧，这个世界正在腐烂。曾越说这句话时，天空滚过一阵雷声，低沉而愤怒，像撕碎什么一样。白色的闪电撕破了我们的黑暗，我不再说话，只听雷声一浪高过一浪，暴雨如注，敲打窗玻璃。

8

我们又像从前一样，一月一次，找一个黑的地方，听他说话。只是这种感觉不像从前，黑暗中陌生还神秘。在阳光之下坦诚过的我们，即使坐在黑中，好像也能感觉对方的眼光穿透黑，看到对方了。

堕落了。曾越总是先点出他的主题，再开始铺陈，不像我写小说，总是想把要表达的藏着，让读者去猜。

随波逐流好，免得别人认为你是异类。利普刀切个宫颈算什么，你深入每一个行业去，就会知道腐烂的程度都该用利普刀来切了，表面却依然繁华。国家有政策，下面有对策。给你说个药吧，最先是种糖浆，因为国家调价降低了三分之一，变成胶囊，价长了三分之二；国家又调，又变成软胶囊，长了三分之二还多；国家再调，又变身咀嚼片，长得更多。真真是个怪胎，钱领导大家向钱。

利普刀切吧，只要病人想做。成了惯性时，病人不想做，我也会劝她们做。我说的话，病人爱听。

曾越，是你吗？我听得全身发冷，忍不住问。

曾越说只有现在坐在我身边的他才是真的。其他时候，他都被魔鬼牵引着，不由自主地说谎话，欺骗无处不在。

麦薇说我是她的唯一，你相信吗？一个女人说谎竟会有那样一种真诚的表情。

曾越说，也想相信麦薇一次。所以麦薇约他，他答应了。开车和她去到远郊，他们一块儿沿着长长的江堤走。麦薇那种时候就会说到她的家乡，说到大海，说她就像海中一叶小船，只有风平浪静的时候才能做自己的主。很多时候，大海是不平静的，她随波而去，但是她依然念着出发的海岸，想回到海岸，而他就是她的海岸。他问她，除了他还对谁说这样的话。麦薇就不说话。或者电话一响，就急匆匆往回走。他不要她走，说她有什么瞒着他，她说你不是也有事瞒着么，雷打不动的约会，一个月一次，还在黑暗中，为什么连光明都不敢要呢。他打了她一耳光。麦薇哭得很伤心，然后开始骂，他说他想不到一个女人骂人是可以作为武器的，他被麦薇骂得心服口服。觉得自己真不是个东西，不知道自己在哪儿、骗子、软蛋、自私还朝三暮四，根本不知道自己要什么。吵架之后，曾越说彼此心中这么一个形象，决绝的好，免得照见自己的丑恶。但是不到一周，他们又在一个高档会所见面了。一个朋友的生日，喝得醉意蒙胧的时候，麦薇一袭白色的丝绸服出场。她表演瑜伽，柔韧的身体圈成一团，像花蕾，然后打开，再打开，无可否认麦薇是美丽的，像一朵盛放的百合花。有一个动作要一个人牵着她，朋友们起哄，让他上去，他拉着麦薇的手。麦薇说，我交给你了。然后她展翅成了一只鸽子。那个时候，他觉得那个叫哥的麦薇又回到心里来。他们进了一个包间，在似有似无的光线里，麦薇裸体给他表演，身体好像没有了骨头，像面团一样可以重新调和。他的心复活了，管它是个什么样的泥潭，他都想像个雄壮的男人那样把自己深埋进去。可是他发现，心里的感觉无法呼应他的生理，那种生命极致的体验只能是过去的回忆。他重新正襟危坐，说他不朝三暮四，麦薇却说他有君子风范。

麦薇真这么单纯么，他更相信她和他一样在装。不愿意证实一种更残酷的东西，他阳痿，她身体脏。她说像他这样坐怀不乱的男人已经是这个世界的珍品，他真想扇她耳光，然后告诉她他阳痿。可是他撕不下面子，继续装。这是一个男人深度的悲哀，也许因为这种太监一样的生活，让他做利普刀手术的时候，获得另一种补偿，是一种对女人的惩罚吧。

可是多数女人是无辜的。我说。其实女人的无辜针对曾越一个人毫无意义，我在省城检查的，依然被告知需做利普刀。

最可怕的是安于接受这样的事实，做，还一直带着快意做下去。如果说以前还有一点不安，那么无意撞见麦薇和李芬芳手挽手一起进入品牌店时，我内心的厌恶与仇恨便交织在一起了，变成一种报复。我已经坦然对女人做这种切割手术了。曾越的声音并不带着快意，是一种无奈而悲哀。

曾越被障碍粉碎了，我想起变成甲壳虫的卡夫卡。但是我没有说出来，和他一样有一种深度的悲哀，为一种正在缺失的叫做正义和美好的东西悲哀。

心安么，能心安么？我说。

曾越说，你不觉得所有人都在欺骗也在被欺骗么，大米、清油、牛奶及房子，包括你的小说，所谓的美好与正义，所谓的爱与永恒，它们在么？

在的，只要还有人在，就想创造美好，就想这世间有他美好的一面。比如这黑暗中的你，如果没有了美好，你来这黑中的约会就没有任何意义，而你兴致勃勃地来，盼望这个日子，是因为你的心灵还祈求别处的美丽。千年前，我们的祖宗就感叹世风日下，但是一代一代依然延续到今天，不就是认为世间还有那么一点美好，值得活着么。我断断续续地说，对曾越，实质上是对自己，一些坎，必定要自己走过的。

曾越沉默了好一阵，才说其实他一直盼望着我相信世间是美好的，害怕因为他黑色的生活让我也感到生活的绝望。

你现在生活不愁吧？

富足了。

身体健康吧？

一切正常。

那么有资格绝望吗？我知道这个理由不充分，但是我说出来，我不想只是牧师，倾听。黑暗中的他，也会是我的支撑。

曾越说绝望是心灵产生的，不是躯体。那些自杀的有多少是因为躯体的不适呢。不过，你放心，我不会自杀，我没有勇气。再说，到了那边谁会陪我在黑暗中坐呢。

我的心动了一下，为他最后一句话。

有时想想，我们的现在是值得珍惜的。我们活着，牵挂的人活着，好像天长地久一样，和你坐在黑暗中，什么也看不见，但是好像什么都看得见。曾越越说越柔软了。他说前些天，有个母亲推着一个二十岁的女孩来妇科会诊。女孩子肤色白皙，眼睛很大，她母亲精心给她编了根长辫，一个美丽也爱美的女孩，但是无力走动了。女孩现在患红斑狼疮，而且还有很严重的尖锐湿疣。女孩母亲哭着说，女孩被男人骗了，女孩的舞跳得很好，可偏偏得这个红斑病，为什么不是她得，而是女孩得。家里几代人都没听说过这个病啊。曾越只能安抚母亲说，命吧。作为医生，对各种奇奇怪怪疾病发生在这个人身上，而不是那个人身上，也会有迷惑的感觉，好像有人生下来就是要来承受疾病的，这个时候，觉得得病的人是替健康的人承担了苦。曾越说他尽可能少收这个女孩的治疗费，并且给女孩讲笑话，有时候甚至想拥抱那个女孩，告诉她她会好起来。

曾越，美好在着。我说。

美好只是个人的体验吧。我想一个人身上，恶与美好并存，对方美好，会诱导相处的另一方美好。如果恶，对方会更恶。

每个人都不想恶的，只是被生活所逼，恶的一面出来才能对付更恶的生存。一个人在世间的命运，你很难用这一生来解悟。除了祝愿那个女孩子好起来，其实是无力改变些什么的。命运很偶然其实是必然。

你信佛？曾越问。

不是信佛，而是生活本身叫我这样想。比方，我之所以在这个城市生活，看似因为等你找黑，其实可能是前世，你听我说了很多话，这一世我必定要还你的。麦薇之所以对你那样痴迷不悟，可能也是因为要还你。

女人都感性吧，麦薇也这样说过，她前世欠我。曾越笑说。

我却没笑，这一世谁欠我，我又欠谁。

9

报纸上发一则新闻，说一个女人死在一个高档住宅里，女人有几个不同名字的身份证。留下一张纸条，破茧成蝶。我觉得这像个噱头，加上一句破茧成蝶，死亡有一种残酷的诗意。破茧成蝶，应该是一种美的再生，可是以付出生命这种形式破茧，是否过于儿戏。我去公安局了解女人情况，公安局以没有破案为由，拒绝告诉我一切细节。谜一样的女人激发了我的兴趣，我给曾越打电话，违反常规约他见面。曾越的电话却始终打不通。我很着急，也自嘲，对曾越，我不过就是个牧师的角色，他并不是我的黑天使。只有他需要忏悔时，我才能出现。

到了约会的时间，曾越的电话还是打不通。我一个人去我们约会的地方静坐，让黑暗像丝绸那样包裹我。寂静的黑暗中，我觉得我在往下掉，一直往下掉，到地的深处。我感受到一种压迫，黑暗中好像塞满灵异的东西。这个时候我听到麦薇的声音，说她往光亮中去了。我赶紧从黑暗中逃了出来，一枚小叶榕的叶子在我面前打个圈儿无声地落在地上。我捡起这片叶子的时候，一个念头突然到了心里，麦薇死了。曾越的麦薇就是那个破茧成蝶的女人。我一边这样想，一边告诉自己这是假设。

我在假设，坊间许多人也在假设。女人破茧成蝶的故事有多种版本。但每一种都与曾越无关。可是我就像中了邪一样，确信曾越是其中的故事。确信那个女人就是麦薇。

两个月后，曾越打来电话，他躲在黑中，我一进去时，他抓住了我的手。有一瞬间，我恍惚觉得他是个孩子。

麦薇死了。曾越说。

破茧成蝶。我说。

傻啊，破茧成蝶。她是被人害死的。是我害了她。曾越的声音打着战。麦薇……麦薇……曾越对着黑暗喊，好像麦薇站在黑暗的某一处。

我想起那一次黑暗中麦薇的声音，我说她往光亮中去了。我像抚摩孩子那样抚摩他的头，等待他安静下来。

曾越沉默，我听着黑在不安地流动。

许久曾越才说，麦薇一直不知道他为什么避开她，她不知道他已经阳痿。听说他从家里搬了出来，租个小房子住的时候，麦薇买了菜，到他家里，精心为他做菜，点上蜡烛，斟上红酒，说为木格措干杯，为北海干杯，曾越知道那是他们最温馨而狂热的地方。但是他很遗憾，他的感觉与麦薇不对等，他无法让自己心灵感动，更无法让身体感动。他的冷淡，让麦薇误解为矜持。麦薇带朋友到医院看妇科，他也借故推给别的医生。结果是每一个人都被告知需要做利普刀。麦薇有些怀疑。她不知道是带着什么心理，说她也要做检查。检查结果说她更需要做利普刀。麦薇才做过不久，她想这其中肯定有欺诈。麦薇说不做，医生不紧不慢地说转化成宫颈癌就晚了。麦薇给他打电话，好像他是那些医生的代表，质问是不是所有的医生只会做利普刀，没有利普刀之前，是不是所有的女人都得癌症。

曾越含糊地说惯性。

麦薇一改过去的温顺，大声说就为钱出卖灵魂。

他想起她的种种，阴阴地说大家都在出卖。

面对如此黑暗，还能装得像个天使。曾越，我看错你了。麦薇说。

你的良心可以放在星空下？曾越说。他不想把话说白了，对她来路不明的奢侈享受，他从来不问，并不表示他不知道。

麦薇在电话里停了好一阵才说，他是她生命中唯一爱的男人。他只是冷笑，一个阳痿患者，会是她的唯一。

蛹什么时候成蝶？曾越用讥讽的口吻说。

可能她听出来了。她说等着吧。她会举报的。

你让那个叫李芬芳的女人教你吧。曾越承认他的话恶毒。

麦薇不知通过哪个环节，让医院领导甚为不安，专门开了一个会，关于严格把关利普刀手术适应证，说是反映到市领导那里了。

可有些事就这么怪，会开了，手术照做。还把利普刀送到私立医院，报纸上大版报道，派人派技术对口支援农村。私立医院带着卡车到农村，打着免费体检的名义，把乡下女人一车一车往医院拉。体检的结果是九成需做利普刀。其中一个女人好像是麦薇的保姆。保姆找麦薇借钱说做利普刀，麦薇让她到中医院再看看。结果保姆是健康的根本不需要做利普刀。保姆到处游说，多数女人也起疑心，自己平日好好的，怎么就需要切那么一刀呢。口口相传比什么广告都管用。女人们不再那么轻信了，纷纷到中医院复查。麦薇觉得这场战役她胜了，但是曾越告诉她，中医院之所以说那些病人不需要做利普刀，是因为中医院没有利普刀，有的话结果一样，你别太天真了，不是某一个医生的问题，是整个社会的价值体系崩溃了。你能挽救什么？

麦薇说她救一个是一个。曾越说他也不知道为什么麦薇变得如此地固执，她竟然和她的保姆一起出现在那些体检的女人中，不厌其烦地告诉她们，利普刀并不是万能，如果身体没症状，是不需要做的。

奇怪的事发生了，再做体检时，女人们当时没什么，可回家后的女人普遍出现尿频尿痛，分泌物增多，只好自动来医院，接受治疗。

麦薇搜集了很多病人的情况，介入一种在她看来不可思议的黑。最终她拿着搜集的资料来找曾越，说如果还有一点良心，也不会容忍这样的事发生。曾越也不知道为什么会出现那种情况。悄悄调查每一个消毒环节，私立医院检验科一个医生告诉他，说是专门用污染了支原体的器械给病人做体检。检验科医生受不了这种欺骗，但要他为他保密，说他还要在医院做事的话。这太恶毒了，超越了作为人的道德底线，别说是医生。他无法相信这一切是真的发生在光天化日之下，可是麦薇搜集的病人情况，验证了检验科医生的话。

他没有告诉麦薇调查的结果，开始以他个人的名义向卫生局反映这件事。局领导也很气愤，说是一定会调查此事，如果证实，定会严惩。他不知道怎么调查的，又是谁在调查，结果是这事纯属子虚乌有。他还落着个诽谤民营企业家的恶名。

曾越把结果告诉麦薇。麦薇说她不相信，就没人能管得了他们。说她一定会为那些受害的女人讨个公道。大约一周后，医院领导找他去，说是上面有人要找他核实情况，还说没有确实的证据别随便说，必须为医生的名誉负责。麦薇也打电话，说他只有说真话，那些女人才不会白白受害，那种丑恶的欺骗才会停止。

你怎么说？我急问曾越。

当然说真话。可是检验科医生否认了，最后的调查结果是我在其中有个环节出了疑点，说我把没消毒的器械当成消毒的用了。

天黑了。我说。

黑。比这黑暗的黑更黑。曾越说。麦薇无法接受这样的结果，也许她和某人闹崩了，她喝了很多酒，说她比那些人都干净，虽然她卖身，但是比他们干净。她说，哥，我幼稚你也幼稚啊，怎么就没想到这其中都是一个网呢，一个很大很大的网，很多人串在一起，某个人一动，这网就会破的。我只不过是一只被网死的蛹，我走了，那网更完好。

麦薇哭得很伤心，说她要走了，变成一只蝶飞走。哥，你是我的唯一。

麦薇死了，破茧成了蝶。我无法平抑内心，我断了和一切人的联系，个人的力量太渺小，麦薇被网死，我们也会。

你害怕死吗？我问。

曾越不说话，长长地叹息一声。曾越什么样的回答都不会让我满意，这也是我问自己的，我怕死吗，怕或不怕都毫无意义。那一天一定会来的，只求那一天来临之前，我明明白白地知道自己活过，就像黑暗中的守护一样，清清楚楚地知道内心的影像。我是羡慕麦薇的，她说出了她想说的话，你是爱过的唯一，虽然曾越并没有回应她，她可以把他想象成消失在海上的哥，他可以是水手也可以是船长，那都是她自己的事。

我再次对曾越说，麦薇往光亮中去了，告诉他我那次独坐黑暗的体验。我听到曾越压抑地抽泣，他说你一定要好好的，两个人在黑暗中就不会往下掉了。

我突然有些感动，想把他搂进怀里，我甚至数次张开我的双臂，想拥抱他，贴近他的胸壁，听一听他的心跳，但是我那些动作只在黑暗中想象完成。我只是坐在离他很近的地方，听上帝迷途的羔羊喃喃自语。

10

现实版是死者麦薇的房间里被搜出百万现金，死了两个月，还有人往麦薇的账号里汇钱。人们想不通，这么富裕而漂亮的女人怎么会自杀，破茧成蝶，藏着玄机。市里一位要员被双规，谜底揭开，麦薇是要员派人所杀。

　　小说版是曾越告诉我的，麦薇这个人根本就是他的杜撰，不过想给我一个故事，让我留下来。说他想找一个人说话。仅此而已。

恶之花

周末值班，难得清闲，地产商人李桐打来电话，说是等我下班后，一起去看明珠。

李桐看过我利用业余时间写的一些文字，让我给他写传记。许诺完成以后，会付我高额报酬。他的许诺带着一种财富的炫耀，令我有些反感。但他讲的故事，让我产生了极大的兴趣。尤其是说他每周都会去明珠的墓前送花。我没有明确回答他，是写还是不写，只是告诉他，为了感受现场气氛，让他去明珠墓前送花时，带上我。

看了看时间，还有一个小时才下班。我站在十二楼的窗前，看森林般起伏的水泥盒子，向天张着长满结石的牙齿，城市的高处很丑。眼光掠过近处屋顶快要晒死的三角梅，望见远处的锦城明珠，三十多层的宝塔似的建筑，顶端镶嵌着一颗圆形的玻璃珠子，在阳光下熠熠生辉。如果在夜晚，明珠在闪烁不定的灯光下，更像一个绝色美人频闪她的眼光。除了李桐，没有地产商人舍得在无用的屋顶上下工夫。

翻阅本地报纸，一则新闻引起了我的注意，说是锦城明珠下起玻璃雨，砸伤了停放在楼下的高档汽车凯迪拉克。

李桐的锦城明珠？

李桐的凯迪拉克？

世上真有如此巧合么。

昨天晚上，李桐在喧闹的酒吧，高声讲他的故事。也许是喝了酒，他的声音带着一种亢奋：多年前的一个夜晚，汽车里强劲的音乐冲击耳膜，我好像带着凯迪拉克跳舞。午夜的公路没有人也没有车，给了我一个极好的舞台。明珠又是拍手，又是跺脚，如果汽车开个天窗，她会兴奋得飞上天去。巨大的撞击声响起时，还以为是音乐的另一种模式。车停了下来，我还懵懂。下车一看，凯迪拉克的右边被齐刷刷地削去。我恍然看见明珠只有半边身子。我高声叫她的名字，头撞残车，昏了过去。等我从医院醒来，警察在我身边，他们竟然怀疑是我故意把车撞向停在路边的大货车，想杀死明珠。

明珠，我怎么会伤她呢，她那么漂亮能干，她就是我生命的另一半啊。

明珠……明珠，李桐呜呜地哭。

明珠走了，我生命的另一半走了，我活着的意义减少了一半，钱找来还有什么意义呢。我的另一个楼盘停下了。我把明珠的母亲接来一起住。她的母亲就是我的母亲，我只想替明珠活着，照顾她的母亲。

我看着坐在李桐身边的另一个年轻女人秋子，露出不信任的神色。

李桐又说，你别看现在有个女人跟着我，可是没人能取代明珠。在我心里，明珠活着，我每周都会去看她，生前她喜欢百合花，我会给她带去，让她坟前的花永不枯萎。

秋子似笑非笑地说，是的。

我将信将疑，觉得这更像传说。于是提出要和他一起去看明珠。

医生，我停经三个月了。一个蒙脸女人的声音把我唤醒。

叫什么？我问，尽量让声音平静一点。

明珠。

明珠？我惊讶地问。望着她的脸，却只看到一双眼睛，应该说是一双很美的眼睛。

外地人？我想到有蒙脸习俗的维吾尔族。

这个叫明珠的蒙脸女人只是摇头，我给她做了必要的检查，发现她的右手臂也是空的。我更加迷惑，李桐的明珠是不是再生了。

我要她留下联系方式，说是为了追踪她的病情，实际上是给李桐留下。

下班后，李桐已经在医院门口等待了。一上车，我就闻到一股百合的香味。开车的正是秋子。李桐说那次车祸以后，再也不敢开车了。凯迪拉克修好后，一直放在车库。

秋子说，就开出来一次，楼上玻璃莫名其妙地碎了，把车身划了好多口子。

李桐突然暴喝一声，闭嘴。

秋子尴尬地向我做个怪相。我本来想说报纸上的新闻和一个叫明珠的病人，看李桐闷声不语，就打消了念头，只做一个局外人。

车驶入墓园，惊起一只大鸟，迅捷地从一棵枫杨树上向山冈飞去。李桐抱着百合望着鸟去的方向鞠躬。我和秋子跟在后面，有些紧张。墓园静悄悄的，四周的山冈也静寂，虽然太阳还挂在山头，仍然有一种黄昏即将来临的感觉。

明珠的墓，独立一处。在拥挤的墓群中，显得奢华。的确，还有一两朵百合开着，谢了的百合密密实实地围满墓地。李桐把枯枝拢到一边，点火烧了。让鲜艳的百合开在墓前。李桐跪在墓前，脸色苍白。他唤一声明珠，又虔诚又畏惧的样子，好像明珠真的在他面前似的。秋子挽着了我的手臂，悄悄说，明珠死了，但是她的影子一直跟着他。

回程的路上，仍然没有话，车里显得怪怪的。秋子打开音响，李桐又关上。问我想不想看明珠的照片。我想到那个蒙脸女人的眼睛，说不看也知道很美，就让她无形吧。

无形的明珠，激起了我的好奇心。一个美女与地产商人的故事也许并没有多少新鲜，但是绝色佳人离奇的死法，商人的痛惜与痴情，让故事有了那么一丝值得书写的元素。我在电脑上写下悲情明珠的小说标题，像往常一样，在百度里查查，是否有重名。一查，竟然查到了悲情明珠的微博。

> 我知道，你的心里依然洋溢着
> 早已根断的昔日深情
> 你的心依然如燃烧的炉火
> 被诅咒者的一点高傲
> 依然潜藏在你的胸中

没有微博主人的任何信息，可是这几句话像是明珠从坟墓里爬出来，对李桐说话。为什么被诅咒？我的心结着疑问。我准备给李桐打电话时，却先接到秋子的电话，说想见见我。我虽然暂时还不明白秋子与李桐的关系，但是他带着她去给明珠献花，应该不是一般关系。

秋子穿一条吊带裙，身子陷在酒吧的沙发里，如果不是脖子上的围巾，好像裸体坐在那儿。

我爱李桐。秋子说话时带着一丝挑衅的味道。

我盯住她，她大方地笑起来，脸上有一对酒窝，我说你很漂亮。

秋子快乐地说还行。她说认识李桐，是在一个朋友的饭桌上，李桐一直很沉默。饭后去唱歌，李桐唱的都是些伤感的歌曲。朋友告诉她，李桐原来是一个大学讲师，下海做房地产，还是个比较文学硕士。写几句青春小诗的秋子，从此迷上了成熟男人李桐的忧伤。

我们最初在一起的那些日子，李桐忘记了那个女人。秋子说。

明珠？我明知故问。

明珠会毁了他。秋子说这话时，有一丝痛的感觉了。我总认为真正的爱一定是痛的。李桐是个浑男人，放着眼前活泼可爱的秋子，却守着死了的明珠。

爱很辛苦。我安慰秋子。

李桐对明珠不是爱，不是，只是恐惧。秋子断然说。

不是吧，明珠墓前的百合花……我说。

那不过是安慰他自己而已。李桐害怕夜晚。一到黄昏，总要找人陪他吃陪他喝，喝茶聊天也好，唱歌也好，他总想有人陪着他过夜晚。可是朋友离去之后的深夜，更加孤独。他无法入睡，总是在房子里走来走去，把灯开到最亮。要天亮了，他才会睡去，然后整个上午昏睡。生物钟完全被打乱了，他的公司根本无法运行，因为他不想别人能找到他，除非他想找人。

是爱明珠吧。我不怕秋子吃醋，缓缓说道。一个男人如此的痛，让我也生出一份怜惜。李桐让我有了进一步走近的欲望，想了解他和明珠之间到底是怎样一份感情。

他和她都在伪装，一个为钱，另一个还是为了钱，不过互相利用而已，人死了，突然多出来一份梅花三弄的情字，可笑。秋子说。

我突然明白不能小觑了秋子，这女孩子明白得很。

你真的爱李桐？我问。

秋子笑嘻嘻地说，你会认为我喜欢他的钱。是的，要不然，我怎么会喜欢上他这个和我父亲年纪差不多的男人，为什么？得出的结论还是我喜欢钱。可是你错了，我就喜欢他这个人，没有理由。李桐不爱明珠，虽然他不承认，但是我知道。有时候他会对着镜子，咬牙切齿地骂明珠是婊子，有时候他会在纸上把明珠的名字打上几个叉。当然他不会当着我面，我是在他扑腾了一夜的废纸篓里发现的。

我不知道秋子说的是不是真话？如果是，李桐一定隐藏了秘密。

和秋子见过之后，怪事接二连三地发生。锦城明珠几十层高的大厦，许多人家的客厅玻璃莫名其妙地碎裂。业主们打电话找开发商，却找不到。电视台和报纸都在说这件事，请了专家，说是太阳暴晒的原因。可是到了雨天，也有人家的玻璃碎了，专家的解释显得苍白。锦城明珠有鬼的传说，闹得沸沸扬扬。两年前的那起车祸被人重新提起，言语里多是说锦城明珠之所以有今天，全是那个叫明珠的女人的功劳。她跑下的地皮，她跑的项目和贷款。传说里明珠绝世貌美。而明珠背后的那个商人故意撞死了明珠，明珠变成鬼复仇。是明珠让那些玻璃碎的。李桐不开机，怕那些业主找，但是他隐身在人群中，可能也听到传说。

李桐给我打电话，说你不会相信那些谣言吧，我怎么会害明珠呢。他的声音带着崩溃的感觉。

我约他说说话，他却说他没法平静。我给那个叫明珠的蒙脸女人打电话，电话却是空号。再进入悲情明珠的微博，又是一首诗：

> 但是，亲爱的，只要你的梦
> 依然没有映出地狱之火
> 而在不断的噩梦里
> 依然闪现出毒药，刀刃
> 依然迷恋火药和利剑

我反复地读，有了一种恐惧之感。李桐的明珠活着，可是活在哪里？

我打电话给秋子，说我必须见到李桐。秋子在电话里冷笑，说她也找不到李桐了。

李桐躲起来了，会不会犯傻自杀，我说。

秋子说，他不会自杀，这都是明珠她妈逼的。我就不离开，看这老太婆怎么玩法。秋子要我去她家吃饭，说她会做紫菜包饭。

我想看看李桐的家和明珠的母亲，就欣然前去。

秋子在门口迎接我。李桐的家在锦城明珠顶楼，整个楼层就他一户。附带的花园宽得能办舞会，城市美色尽收眼底，像是住在云端上。李桐有这么一个神仙似的所在，日子却过得那么苦涩，再次说明财富并不等于幸福。秋子俨然女主人的样子，头上缠了一根花头巾，特别俏皮。她一口一声姐姐，叫得我好像真有这么一个妹妹似的甜蜜。一个长相粗劣的女人在屋子里走来走去，眼光凶狠。秋子大大咧咧地说，明珠她妈。我下意识地看看女人，这样的妈，会生出天下无双的女儿？女人好像明白我的疑问，抱来一本相册，说李桐每天都要看的。

是你每天让他看。秋子说。

女人不理秋子，直接把相册放进我怀里。我翻开一看，大多是泰坦尼克号里男女主角一类造型的照片。明珠的确美丽，和秋子不是一个类型。秋子是女孩，而明珠是女人。我找镜头较近的照片，想看看明珠的眼睛和那个蒙脸的明珠有没有相同之处，但是我没找到。

女人拿走了相册，说没了女儿，但是李桐不会忘记明珠。明珠每晚都和他在一起。

你干脆逼死他，让他和你女儿做伴去。秋子带着笑脸说。

瞧你说的，我怎么舍得逼他，他活着，是为了尽女儿没尽的孝道。女人说。

又输了多少？秋子还是带着笑。

女人说，你现在不过是他寂寞时的玩物，还没权知道。女人也带着笑。

秋子咬了一下嘴唇，一字一句地说，你女儿真没福气，玩物都当不上了，让老妈丢人现眼，只有乞讨。

女人气得脸色发青，但是看我在此，也不好发作，只说等李桐回来再说。秋子哈哈地旋转身子，说第三回合，秋子赢。

女人走了，秋子让我看电视，说她要做包饭。我一个人留在宽大的客厅，突然听到一声异响。我推开书房的门，秋子却快步跑来，说别进他的书房，禁区。我只看见放了两面墙壁的书，看来李桐不止是个地产商人。

秋子做的紫菜包饭还不错，她边吃边数落明珠妈妈的狡猾。说她总是隔三差五跑来，称输了钱，并不直接要，而是对李桐说梦见了明珠。明珠在那边也不放心她，说她没尽孝。还说明珠在梦里说，李桐会替她尽孝，会让她晚年衣食无忧。哪是衣食无忧这么简单，她是剥削李桐，一拿就是几万。特别是这阵子，玻璃碎了，她来得更勤，说是要替李桐消灾，要得更多。李桐快让她逼疯了。

你知道明珠出车祸的事么？我问秋子。

不知道，我是后来才认识李桐的。

没问？

问过，一问，他就让我走。姐姐，也许你可以问他。秋子突然又拉着我，充满期待。

回家的路上，我看到明珠的母亲提了大包小包的生活用品，从对面的超市里出来。等我过了街，她迅捷地钻进一辆红色的小车，消失在城市肠子一样的小巷。

我心中的疑问越来越大了。

李桐没有消息，玻璃还在碎裂。没有人再敢从锦城明珠下面经过，楼下的门市都关了门。很多人都在找开发商，但是开发商李桐像是从人间蒸发了。

我能找到的只是悲情明珠的微博。但是很长一段时间，微博里没有新的内容。关于玻璃碎裂的原因，专家又有了另外的说法，说承建商使用的玻璃不合格。李桐只是开发商，承建商却是死了的明珠，于是人们更加相信报应。

一天下班的路上突然狂风大作，暴雨倾盆。我只得躲到一家单位的门楼下，看雨水很快积成小河哗哗在脚下流过，不知道什么时候能停下来。一个男人却从容地走在雨中，任狂风和闪电撕裂。男人让我产生许多猜想。待他走近了，却是李桐。我高声叫他，声音被雨声淹没了，我又不想冲进滂沱大雨，只得看着他消失在雨中。

雨说停就停了，像刀切似的，太阳又钻了出来，像是要抹掉刚才大雨的记忆。李桐在这时打来电话，说想告诉我真相。

李桐穿一件黑白相间的方格子衬衫，洁净得像大学教授。我说刚才的雨好大。他说是吗，我倒是梦见了大雨，好像还打了雷。

我看着他，想起他雨中的样子，难道是我在做梦么。我呵呵地笑。

怎么像秋子，没心没肺的样子。他说。

我停了笑，并不想揭穿他，问真相是什么？

李桐说他老家在重庆。本来在重庆一个大学教书，年轻时候也写诗，曾经立志做一个文学青年。因为妻子的父亲是省人民银行一名处级干部，说能富裕起来最快的办法是贷款。我下海做了房地产。最先小打小闹，后来生意做大了，妻子也下了海。妻子性格内向，做事却认真。几年积累下来也成了富人。可是心里却有一种失落，尤其是和一帮富人混在一起之后，我瞧不起他们苍白的精神世界，却和他们一起享受奢靡的生活方式。与妻子的关系也变得冷冰冰的。后来我做出了在妻子看来是一个未成年人理想化的行为，我放弃了地产生意，带着一千万到最偏远的武隆山区做了一个村支部书记。那地方有一个天坑，我想做旅游，让当地人富起来。修路，景区打造，可是我失败了。失败之后的我，再回到城市时，妻子对我更加冷漠，并剥夺我使用公司资金的权利，怕我再做傻事。无奈之下，我离开重庆，通过岳父的一个朋友介绍，来到三江市。

在一个陌生的城市，举步维艰。好在已经有过失败的教训，认清了世事，公司重新启动。明珠的加入，更是如虎添翼。三江第一栋高尚电梯公寓锦城明珠诞生的同时，我爱上了明珠。妻子却坚决不放手。在重庆做得风生水起的妻子通过已是省行副行长的父亲，来到三江，冻结了我所有的财产，银行停止贷款，修到三十层的楼盘被迫停下。工人要工资，建筑材料供应商追债，起吊机拆走，原来称兄道弟的一帮人纷纷远离。昨天还呼风唤雨，今天像过街的老鼠，慌张无助。这一切都是因为一个叫明珠的女人，她生得太美，生得妖邪。她可以摆平一切，也可以毁掉一切。锦城明珠，这名字是献给她的。但是她不只要名字，她还要锦城明珠的一半股份。她说如果不给她婚姻，就必须平分锦城明珠。她凭她的美貌，她的才干，和妻子直接叫板。两个女人的战争，让一个男人走投无路。

我爱她们，更恨她们。

恨。一段时间，我真想到峨眉山出家，如果仅仅是放弃女人和财富，那很简单，死的心都有，还在乎女人和财富。但是有些小的建材批发商守着我哭，说把全部资产都投到我公司了，如果我没有钱付给他们，他们只有破产。债务是我背下的，我必须还清之后，才有退路。只有做妻子的工作，妻子的条件是让明珠离开。让明珠离开也不容易，她说她为锦城明珠立下汗马功劳，要分锦城明珠一半的利润。为了安抚明珠，我说等妻子那边让银行解冻了，公司正常运作之后，就给她。明珠是个聪明的女人，她写了协约，趁我喝醉，让我在上面签了字。

楼盘重新启动，是停工半年之后。明珠俨然以锦城明珠的主人自居，不经我同意就安插了她的人手，并承建最后装修。让我觉得这个女人迟早会离我另立山头。

这个时候妻子亲自坐镇三江，逼明珠离开。眼看锦城明珠就要交付业主，明珠拿着我签了字的合约找到妻子，要分她的一半。妻子不动声色，把财产全都转到自己名下，因为公司法人名字本来是她。明珠三天两头来找，还让她妈来吵架。我推说身体有病躲了，跑到峨眉山喝闲茶，让两个女人去战争。

从李桐的声音里，我听出了一丝厌恶。

你不爱明珠？我说。

李桐说，爱过。最初。

秋子呢？我问。

她就是个小孩子。李桐说。

秋子说你不爱明珠，你只是恐惧。我盯住李桐的眼睛问。

李桐与我对视了一阵，还是先移开了目光。说明珠的母亲在明珠很小的时候就抛弃了她，在她长大之后，她母亲还为了钱，让明珠陪一个男人睡觉。明珠恨她母亲。我们在一起的那段日子，她母亲来找她，她总是恶言恶语，根本不认她。是我悄悄给她母亲一笔钱。可是明珠死后，她母亲手里有一张明珠写的遗书，说是如果她死了，一定是我害死了她。

所以你对明珠她妈百般迁就。我说，脑子里闪过那个长相粗劣的女人。

车祸是意外，意外，你一定要相信。李桐急说。

我该相信谁呢？李桐扔给我的故事，大大超出写一个地产商人的发家史那么简单。我是不是要像侦探，去找到那个蒙脸的叫明珠的女人，或者找明珠的母亲。但是我又打消了念头。我只是作家，不是侦探，既然公安局都没给李桐定罪，我为什么要白费精神呢。

我打开悲情明珠的微博，很欣喜地看到新的内容：

> 遇到任何人都诚惶诚恐
> 厄运无处不在
> 钟声一响即胆战心惊
> 而你却感觉不到
> 甚至丝毫没有感应

好像暗处射出的剑，这剑指向李桐。我把整个诗从头到尾连起来，觉得这诗在哪儿见过，或者说这风格在哪儿看过，可实在是想不起了。如果李桐真的有杀死明珠的动机，那这诗应该是明珠写的。可李桐的明珠不是死了吗？

蒙脸的明珠又来看病，说她药吃完了，月经还是没来。

我戴着帽子和口罩，尽量让声音平静。我问她最近思想是不是受到什么打击？

这和病有关吗？她说。

有关，情绪会影响月经。我说。

她垂下头，我只看到长长的眼睫毛在颤动。我有一种拉开她面纱的冲动。但我只是很平淡地问，你的脸怎么啦？

明珠抬起头，快速说做了手术。

你在电脑前的时间多吗？我问。

明珠很警惕的样子，说这也和病有关？

我故弄玄虚地说正做一项研究，电脑对丘脑垂体卵巢轴的影响。

大多数时间，待在电脑前。明珠说。

你写微博吗？好像要靠近猎物似的，我听到自己的心跳。

写，只是上不了台面的东西。我看过电视，你是作家。明珠突然说。

我知道我再问什么，明珠一定加倍地警惕了，我放弃了进一步的探究。告诉她精神放松，再吃一段时间的药。

明珠看看我，又看看别的等候看病的人，有些意犹未尽的样子，说好。

因为病人多，下班后，我又赶写了一份病历。出了诊室，才发现走廊里黑黑的，一个更黑的影子坐在走廊的尽头，我加快脚步，从另一头快速地出了走廊。背后却有冷的感觉，恍惚觉得那黑影好像在叫我。

回到家，心里始终搁着黑影，觉得这夜有些漫长。秋子在电话里叫姐姐时，我满口答应和她一块儿喝茶。江边茶座，我俩对江而坐，很多时候，我听秋子唱歌，她反反复复地唱"我知道想要和你在一起并不容易，我们来自不同的天和地，你总是感觉和我一起是那无边寂静的恐惧……"她说，一只狼爱上一只羊。我听她对着江号，说她再号也只是一只羊而不是狼。秋子突然哭起来，说她好辛苦，爱得好辛苦。

我无语，是李桐害怕给秋子无边寂静的恐惧。秋子懂么？

我回到家，心情更沉。接着写我的小说，却纠缠在现实里无法超脱。我又上网点开了明珠的微博，又有新的诗句：

你，你这奴隶之王

你爱我却深怀惊恐

你就不能感受这不祥之夜的阴森

让你灵魂向我发出叫喊

我们是同类，彼此彼此，

哦，我主！

让你灵魂向我发出叫喊，我们是同类，彼此彼此。

　　我读这一句时，心中一颤，好像隔着雾霭，却山峰隐现。想到一次和李桐争论，文学到底给人传达美还是恶，李桐说，恶让写作者更痛快，比如《恶之花》。我力争文学最终应该是传达美，争得面红耳赤时，李桐说我们是同类，彼此彼此。我赶紧找出波德莱尔的《恶之花》，把明珠微博里的诗前后连缀起来，果真是波德莱尔的《哀伤的情诗》。微博是明珠所写吗，我对此产生了怀疑。

　　我的小说也写不下去了，到底是李桐的恶还是明珠的恶，才有了悲情明珠。秋子始终是年轻的，大约才过了两个月，她说和李桐在一起的黑夜很恐怖，好像到处都是厉鬼。她说她要离开李桐。李桐很孤独，姐姐。秋子说。

　　因为工作忙，我也无暇顾及李桐。有段时间，来自彝区一个大山里的病人特别多，很奇怪，这些不怎么会说汉话的彝族女人，看病却不在乎钱，而且秋子一直陪同她们跑上跑下。秋子说她做了扶贫基金会的志愿者，觉得给很多人做好事，比给一个人做好事快乐。我问她李桐怎么样，秋子说李桐的夜晚有了星光。我笑说像诗啊。秋子很神秘地说，这些人看病全是李桐出的钱。别说出去啊，姐姐，李桐说他是在为自己种星光。

　　为自己种星光，照亮人生某段黑暗的隧道。看来李桐已经从明珠的阴影里走出来。那个叫明珠的蒙脸女人与李桐的明珠，到底有没有关系已经不重要了，生活总要重新开始的。

我以为李桐的生活重新开始了。可是在一个夜晚，李桐打来电话：告诉你一件事，我的身体里住着两个灵魂，一个是我，一个是明珠。明珠微博是我开的，是明珠要我替她说话。我曾经想过置明珠于意外死亡，但是车祸的确是意外。你要相信我，因为我要走了。

我不知道他的走是什么含义，只是从他的声音里听出一种绝望，就好像病人垂危时说医生救救我那样。我同样出自一个医生的本能，说我马上到。等我从家里打出租到锦城明珠时，看见警车在楼下围了一圈。

李桐死了，像一只鸟，从三十二楼飞下来，只是不能打开翅膀。他伏在地上，血从摔开的脑子里流出来。我咬紧牙，不让自己哭出声来，我听到人群中有人说，这就是那个开发商，赚了多少黑心钱，还杀死了他的情人。不得好死。

我给秋子打电话，她说在彝区，什么事啊，姐姐。我没说什么，只说李桐的星星不发光。秋子还笑，我却挂了电话，让自己痛快地流泪。

处理李桐的后事时，秋子已经有了与她年龄不相称的坚强。她说李桐只要一闭上眼就是明珠，明艳的、干练的、妩媚的、冷酷的、血淋淋地缠绕他的夜晚。打盹儿也会发出惊悚的叫声。好像明珠始终在他睡眠的那一边。他服安定从一片到四片，也无法入睡。我让他去看精神医生，他却说人要为自己的恶付出代价。李桐解脱了，迟早会有这一天的。秋子历经沧桑般地说。

可结局是多么可悲啊，蒙脸的明珠摘下她的面纱时，我看到了照片里李桐的明珠。经过无数次整容的右半边脸和左边没什么差别了。除了少一只胳膊，明珠仍然是个美人。

李桐死了。我说。

明珠经过整容的半边脸没有表情。她说这是报应，她的半边脸毁了，人也差点死了，是母亲出主意，能从李桐那儿拿回本该属于她的钱，她才活下来，才有了整容的钱，才能重新见到天光。

我无语，看着明珠美丽的脸，想起波德莱尔另一首诗：

我是伤口，又是刀锋！
我是耳光，又是脸面！
我是四肢，又是刑车！
我是死囚，又是屠夫！

春树的树

　　都市，街灯刚刚亮起来的时候，我看见了树，一车又一车，死了的树，丰硕而笔直的身子刚被剥了皮，散发的气味还很芬芳，但它们很快就会被丢进木业公司放了福尔马林的池子里，忘记来处。突然间有一种疼，延续到后来的梦里，总在一片高大的乔木林中穿梭，树说话，说它的名字，说它的记忆，可我记不住。记不住，树就一棵一棵没了，山光了塌了。这噩梦扰我很久，离家不远的汶川发生八级地震之后，噩梦奇迹般地消失了。

　　地震让树死了多少我不知道，甚至我的同胞。活着的人觉得还能看到月落星沉很庆幸，近二十多年没联系的高中同学突然想开同学会，说是谁知道下一次还能不能活着见面。我不知道他们怎么找到我的电话，本来不想去，可班长说："春树栽了很多树，回来看春树的树。"

　　听起来像绕口令，但春树的树吸引了我，地震之后一百天，我回到位于岷江上游的一个小镇。同学相聚在春树林苑，林苑里红红的三角梅把秋天映衬得有些热闹，面目全非的同学能叫出名字的已很少，时光对男女都一样，风刀霜剑严相逼。稍微的寒暄之后，多数坐到麻将桌上，再叙友谊的方式好像就是来一场赌博。我对麻将没什么兴趣，在一些灌木如黄桷兰、栀子、桂花、平安树、发财树之间转来转去，我没有见到林苑主人春树。有个衣着光鲜的女人提着一壶水与我对过，她瞟我一眼，笑着说认得我。我对她点一下头，问一句："春树的树在哪儿?"女人一下收敛了笑，向后指指。

我着实莫名其妙。绕到一幢房子的后面，见一条荒芜的小路穿过一片桉树林向远处延伸，我站在路口踌躇片刻，大着胆子走了进去，没人，只有风声，一只鸟突然叫起来，声音像被什么卡着了，很嘶哑。我感觉背后有人，转身却不见影子，突然有丝惶恐，好像是在往梦里走。出桉树林，天宽了，我看见真正能称得上是林苑的树，全是乔木，高大挺拔，站在一起却有孤傲孑立之感。我呆呆地站在原地，好像又听到梦里树的声音，它们都在说，争先恐后说的是原来，它们原来生长的地方。我高喊一声有人吗?想摆脱梦魇，一个额上有条疤的男人从银杏树下的草丛里站起来，说："不卖。"

"不卖?"我奇怪地重复了一句。男人提高了声音说："不卖就是不卖。"他额上的疤痕变红变粗，像条虫在蠕动，面目有些可憎。我从他身上移开目光，看见银杏挂了个瓶子，好像医生给病人输液一样，我说："银杏病了?"

男人诧异地说："你不是买树的。"

"我找春树。"

"你是橘子。"橘子? 我突然明白这个男人就是过去的同学春树。我笑起来，记忆中的春树是个很阳光的小男孩，语文老师经常念他的作文。春树没笑，他的脸上有一层忧色。他说："银鹊，你知道不?"

我模糊地点头，不知道他说的是鸟还是人，又不想问。他说："银鹊在地震中被山埋了。好漂亮的银鹊……"他的声音有些远。

　　想到地震，天崩地裂的场景心灵还打战。我陪他沉默。

　　"橘子，你还相信有鬼吗？"

　　"我相信灵魂不死。"

　　"人有魂，树也有魂吧。"春树说。说这种话的春树让我感到陌生。读高中的时候，我身体差，一次发高烧，看到学校宿舍旁边的坟地里有影子，病好之后总是害怕坟地。春树和几个同学为了让我打消顾虑，专门约我去坟地，说走一走，踩一踩，发现只是土堆就不怕了。我不敢去，春树拿着一个红红的橘子，说只要我去橘子就归我。为了那个橘子我硬着头皮去了，春树站在坟头上说，鬼是因为自己害怕才想出来的。那个橘子，我一直舍不得吃，放在枕头边，所以得了个橘子的名。同学们叫我橘子的时候总有一些暧昧的成分吧。只是暧昧的日子结束得太快，春树和另一个班的女同学互相递纸条被班长发现。班长带几个同学侦察到春树与那个女同学在坟地深处的老树下约会。春树的大胆出了名，同学们还叫我橘子，也只是觉得这名儿好叫又好听了。

　　中年的春树真相信树有魂吗？我望望那些高大的树，不知道它们来自哪里，见证了多少风雨，又想到那个梦。"这么多名树站在你的地盘上，挺自豪吧？"我说。

　　"橘子……"春树叫了一声，欲言又止。只听到风声从河滩那边吹来，树叶沙沙作响。我们在一块突出的高地上坐下来，可以看清楚整个树林和远处的房子。春树说："有气势吧？"

　　"它们本来属于乡间山野，各领风骚。"我说。

　　"我不买它，依然有别人买它。"

　　"树不喜欢流浪。"

"你是第二个说这话的人。"春树眼光看着我，心思却在别处。

我踢起一块小石子，石子落到荒草中惊飞一只蚱蜢，也惊了春树的思绪。春树哀叹一声。我说："这个高地才适合栽银杏。"

春树说："这个位置要留给银鹊。"

我还是没问他银鹊是谁。他这二十多年的生活与我的在两极，我也没兴趣探问。春树却不怎么满意，他说："你对银鹊没兴趣？"我不好打击他，让他讲讲树。春树的故事很长，我承认最初我是开了小差，望着风里树叶的翻飞想到别处。

春树的老家处在公路的三岔路口，一条土路到山上，一条水泥铺的路到一个保密工厂，一条碎石铺的路到另一个乡镇。春树家门口有一棵黄葛树，有些年月了，来往行人都喜欢在树下坐坐，黄葛树成了地名，远远地就能望到那树撑开的树冠，春树总是自豪地对我们说树下是他的家。高中毕业到别的城市读书，乡愁变成黄葛树。毕业以后春树成了一名老师，教书的地方能望见黄葛树，可是后来黄葛树被队长卖了。春树看着树被挖走，流了泪。他带着失业的妻子开始挖屋后连接到河边的荒滩，最初种一些花草，卖给园林局。后来园林局的罗专家让他培育桂花，黄桷兰等，他直接卖到成都，慢慢地做出了路子。有了钱，心里就有一个愿望，重新栽一棵黄葛树。他是在离家不远的坝上找到和家门口原来的黄葛树差不多大小的树，黄葛树再栽下去的时候，村子里的人为黄葛树放了炮。春树辞了职，在他家院门口挂了牌子"春树园林"。春树园林和黄葛树成为三岔路口的风景。树下又有了谈天说地的人，有一次听人闲聊，说某某搞了棵银杏，赚了几万。春树上了心，开始到处搜罗老树，名树。园林灌木的打理全交给了妻子，他的目标是乔木。

自然的造化很神秘，高大的乔木像优秀的人，隔个百里才有一棵出类拔萃，拥有这树的乡间却还没有意识到树的珍贵。春树只要给生产队的队长意思意思，根本不经大家同意，就兴师动众把树弄走了。春树在成都刚刚兴起小区绿化的那几年，扎扎实实地赚了一笔。

　　后来做这行的人多了，老树秀木是有限的，沦落荒野的更少。它们多数生在名山，像名门闺秀，有主的，春树和他的同行只能望树的风姿叹息几声。要再寻老树行踪，只有深入更偏僻的山区。春树穿戴得像个纯粹的农民潜入冷僻小镇的茶楼酒肆，打探询问。老树像人一样远近都有名的。在天池镇有个赶集的老人告诉他，翻过镇子后面的大山，一个叫白家村的地方有棵千年白果树。春树来了兴趣，他知道老人说的白果树就是所谓植物活化石银杏。老人像是知道他要做什么，就说白果树是成了精的，谁想动它，谁就会遭劫。老人举了例子，说原来白果树旁边还有个庙宇，天雷起火，烧了，可紧挨庙宇的白果树却无事。队长想砍白果树再建庙子，结果当晚队长睡在床上就死了。此后没人再敢动树。

　　春树笑说，是男精还是女精。

　　老人煞有介事地说，碰见女人是男精，碰见男人就是女精。

　　春树觉得老人好玩，买了瓶老白干，你来我往，肚子里火烧火燎的时候，他才踩着棉花一样不听使唤的步子，翻山越岭去寻白家村。他在山路上转来转去，明明不远的山顶费了多时才到达。好在下山一路顺畅，他没有看见村庄，但他看到了白果树。水塘边上，白果树从根部分成两根，一根粗一点，一根稍细相互依偎着笔直地指向天穹。正是秋天，斜阳残照，金黄的叶子显得非常明亮。春树的心怦怦直跳，淘过好几棵白果树，也没见过这么王者风范的。他在水塘的对面停下来，看树，山野，池塘，越看越入迷。他第一次产生了城市的人很可恶的感觉，凭什么要让乡间的风光移到城市。钱，不就是钱吗，我偏不卖。春树的想象里，白果树属于他了。暮色降临山野，春树往四周看了看，有烟雾在山谷间飘荡，但是没有发现农舍。他绕到树下，摸树身上的结疤，自语说，遗世独立吗，树？

他在树下坐下来，生怕离开之后就找不到树了。

春树醒来的时候已是第二天的早上，他拂开落在身上像棉被一样盖着他的叶子。清晰地记起梦里有个白发银须的老者，让他往前走。春树在水塘里洗了脸，冷水让他纳闷儿，昨晚怎么就没感到冷呢。他望一望白果树，太阳刚好穿过云层，一束光线从山顶照下来，只照亮了白果树和水塘，白果树金碧辉煌。春树突然对着白果树叩头，头脑却很茫然，不知道是不是要带走这棵树。他往前转过一个山头，在凹进去的山洼里发现几户人家。村民对这么早出现在村子里的陌生人很好奇，听说他在白果树下睡了一晚，老人们的眼睛就瞪大了。戴老花镜的老人试探着问，又想要这棵树？

春树很警惕，问，有人来过？

戴镜老人说，来过几个了，没人要得起。

春树松了口气说，你们要多少？

戴镜老人说，不卖。你回去如果三天后没事，再来。只要给点钱，让白果树下死了的人有个安身之处就行了。树可走，亡人不能离开故土，对吧。

春树看众人用怜惜的眼光看他，还有人问他娃娃多大了，就说他是不信邪的，树就是树。戴镜老人只是摇摇头，独自走了。村民们才七嘴八舌地告诉春树，白果树下不吉利，村民一般不敢去，水塘淹死过几个人。水塘附近的村民都搬到这洼里了，说是到了深夜能听到白果树哭。大家想砍了它，又没人敢动手。想要这树的人，听说一个刚到镇上就让车碾死了，另一个喝酒时让别人打死了。春树想偶然吧，但他心中还是有些怯，干脆不走了，白天去看树，晚上到村民家寄宿。有天晚上月黑风高，村民告诉他白果树在这种夜晚会哭。春树借了手电，要探个究竟，到了水塘边听到很响的树叶摩挲声，还有枝节的相互撞击。原来白果树正处在山垭口，阵风过时，声响大一些。春树在村子里平安无恙地待了三天。然后在白果树的旁边垒了土堆，立了碑，戴镜老人写上亡人的名字。

村里没人愿意帮他挖树，春树叫来妻子和一大帮亲戚，为了让树上车，专门从水塘边修了一条临时机耕道连接到村路上。把白果树运回家，足足用了一月。还没栽下去，就有老板闻讯而来，要出十万买它。妻子高兴得合不拢嘴，春树却不卖，说先栽下去。妻子只当他是等待高价。可是自从这棵白果树栽在后园里，春树鬼迷心窍，除了出去找树，就是在后园里守着树，一整天一整天地看。

春树的园子已经栽了很多棵大树了，春树把"春树园林"改成了"春树林苑"，来买树的人多起来，春树都不卖，林苑的名气却渐大。白果树有人给出二十万的高价，他还是不卖。妻子侍弄的小花小草，生意还好。赚的钱春树用来淘大树。妻子与他吵架，说他变态，把树当女人。

春树妻子趁春树出去找树，私自卖了一棵甜槠给乡政府。春树回来后，出更高的价格把甜槠买回来，妻子与他打了一架，砍伤了他的额头。

春树皱了一下额，我又觉得那疤像条虫。我撇开眼光，望望银杏，想象它长在山野水塘边的样子，神秘与敬畏随着树的带走，还有吗？在春树的林苑，它就是一棵树，只是一棵树。

春树说："每一棵树都有故事。"

我说："小时候，我老家水井边有棵桢楠，奶奶常在树下给我们讲鬼怪故事。后来桢楠和奶奶一起去了。想到奶奶，总会想起桢楠，它像一个人一样让我怀念。老树总要很多年才长成，伴随树的生长，人世更替几茬了吧，老树吸山川日月的精华应该是有灵气的，可你把它移走之后，它的灵气就没了。树的故事还是留在原地好。"

想不到春树说："是。"

"那你不找树了？"

春树说："找。众里寻它千百度，蓦然回首发现它，像看到相思的女人。"

我开玩笑说："是找感觉啊。"

春树一本正经说："见到银鹊之后，我就不动树了。"

"银鹊？"

"春树的树，银鹊。"春树说这句话，让我感觉很滑稽。我说："银鹊是树啊。"他又说是人，把我闹糊涂了。春树的眼光望着河流流去的方向，讲银鹊。

春树的额头缝了十针，妻子握紧他的手。他只是闭着眼睛，任医术很差的乡医在他脸上捣鼓。出了诊所，无论妻子说什么，他都闷葫芦一样不说话。妻子说到后来，又毛起来，扯掉他脸上的敷贴。他的伤口感染了，本来伤得不深，疤痕却又粗又歪扭。妻子面对他额头上的疤，总像犯了罪似的，再不敢管他的树。春树依然到处寻树，寻的路程越来越远了。

二〇〇七年的夏天，春树搭班长的车去九寨沟。班长做干货生意，经常来往于成都和九寨沟。车行驶到岷江紫坪埔附近，堵车了。班长骂了句怪话，说这路就没清平过，从修水库开始，不是塌陷就是泥石流。经常修经常堵，钱不是钱似的。班长把车挪到路边停下，拿了两袋干木耳，说顺便去看看他的战友。春树跟在他后面，沿着一条山沟往里走，山沟里有溪水潺潺流过。春树的眼扫过树林，下意识地对树进行筛选。班长说他看树的眼光像看女人，贪婪。

　　春树纠正说是贪恋。

　　两个老同学一路说笑，不觉已进山沟很深。突然，春树停下，他的颈脖伸得老长，两棵高达二十多米的大树，一棵在山沟的左边，一棵在右边，隔条小溪，树干挺直，树冠开阔，树叶在空中交接。春树的嘴巴张大，发了句感叹词。再不管班长往哪儿走，他径直沿一条石板路上到山上，站在一户人家的院子里观树，树开着黄色小花，异香扑面。再看树叶，绿而润，风一吹叶子翻转却是灰白色，像一只只扑腾的小鸟。春树说他不去九寨沟了，班长骂他疯子，春树只是嘿嘿地笑。

　　春树看见班长走了，他又绕着树转了一圈，从不同角度拍下树的照片。他不知道这树的名字，可被这树的风姿迷着了。大树后面的斜坡上有灯台树、银木荷和香果树，但是它们都不如这两棵高大，挺拔。如果说当初白家村的银杏树像国王，那么这两棵树就是王子和皇后。春树坐在农家洗衣服的石板上展开想象。越想他越急切想知道树的名字，他给林业局退休的罗专家打电话，罗专家人老耳聋，说了半天，只重复一句话，没听清。春树给他的同行打电话，同行问他在哪儿发现的树。春树很警惕地扯了谎，说峨眉山。同行说你费神干啥，峨眉山的树你还能弄走？春树说只是想知道名罢了。

春树挂了电话，悻悻的。他躺在石板上，闻着阳光烘烤树叶草木发出的醇厚气味，迷迷糊糊地睡了过去。等他醒来，对面的山坡也全部藏在阴影里，西下的太阳从对面山顶上射下来，刚好照亮了农家的青砖瓦房。一个女人提着南瓜从屋后走出来，说一声，你醒了。春树抹一把嘴角的口水，理了理压得皱巴巴的 T 恤。女人说，你吃晚饭吗？春树不假思索地说吃。女人说，南瓜稀饭。春树没有表示反对，女人开始削南瓜皮，动作很麻利。春树说，你家风景很好啊。女人抬起晒得黑红的脸，羞赧地笑了一下。他看见她画过的眉毛和涂过口红的嘴唇。女人低头说，吃饭要加收十元。春树说，没关系。女人倒不好意思了，把米和南瓜放进锅里，问春树，饭前做还是饭后做？

春树说做什么？

女人走到他面前，往他身上靠，说，饭前做吧。

春树如梦初醒，推开女人。

女人的脸红了，显得更俊俏。

春树问，外面的大树叫什么名字？

女人说，瘿椒。

含混的发音，春树不知道女人是说树的名字，还是其他的表示。春树看女人额上沁出汗珠，心里有些异样，与妻子吵架之后身体闲了几个月，站着的春树看到坐在灶前的女人薄衫下的双乳，身体突然膨胀起来。女人往灶里添了一把柴，问黄胖子给你说了吧。

谁是黄胖子？春树这一问。女人把衣服往上提了提，警觉地问，你是谁？干什么？

春树说，我想买树……话没完，女人突然抓起灶前的柴棍，把春树打了出去。

春树狼狈地下了石板路，两个提着篮子的妇女看到他衣衫不整的样子，都笑。

春树满肚子的狐疑，出了山沟，路已经通了，班长已经走了。春树在路边的招呼站站了很久，却没有车停下。春树百无聊赖，看见溅满了泥点的招呼牌上，赫然写着胭脂站几个字。胭脂两个字让春树想到女人，在奔腾的江与雄浑的大山之中，胭脂透着柔软，乃至一辆客车停下，春树竟放弃了。暮色渐浓时，筑路的工人哼唧着小曲，到胭脂站旁边的小茶馆喝茶打麻将。一元五角不论，图个玩。一个光头大幅度摇晃着肥胖的身子进去时，打麻将的工人都对他点头，说黄哥，你来。胖子却单独坐在一张桌前，指着已在打麻将的两个人说你、你们过来。两个人凑到他身边坐下，光头又对春树招了招手，春树走过，胖子说兄弟玩一把，五元。春树看着他满脸的油，说看你们打。光头说，看个球，上。春树说等车呢。胖子哈哈地笑起来，还有鸟车，晚上给你个住处。一个工人开始洗麻将，说，黄哥瞧得起你，整一回。

另一个一脸的坏笑说，整一回。胖子在他们头上各弹了一下，说敢动坏脑筋，要你好看。春树想到女人说的黄胖子，不知和眼前这个姓黄的胖子是不是同一人。春树有些好奇就坐了下来，边打麻将，边问这地方为啥叫胭脂站。黄胖子直着脖子叫一声五爷，一个摇着纸扇的老人从茶馆后面走出来，问客官有什么吩咐？

春树觉得老人说话好玩，抬头看了看他。老人却不看他，哈腰问黄胖子。黄胖子说讲讲胭脂。老人像个说书人一样站直了：话说从前这地方，山高水急，只有一条崖间小道，可行一马，前面江水湍急处有个急转弯，马帮称为鬼见崖。走马人心急气躁从此坠崖者不在少数，有个叫胭脂的女人，与男人恩爱，送男人走鬼见崖前一晚，男人要与她行事，胭脂怕男人闪失，许诺在鬼见崖这边等他。男人却坠下鬼见崖，与她做了两界人。胭脂找不到男人就在此搭草屋，为过往马帮煮茶送水。走马人个个血性男儿，视胭脂为自家女人，送衣送吃。胭脂以身体做奖，犒赏顺利通过鬼见崖的男人。后来发大水，胭脂称在水中看到她男人，随水而去。走马人怀念女人就把这地方称为胭脂。

老人说完，黄胖子递一张十元的人民币给他，说五爷越来越像说书的了。老人接过钱无声地退到茶馆后面。一个工人说，这么明白的人为什么会是疯子。黄胖子却说，他看我们才是疯子呢。春树三心二意，不断点炮，却仍然面带笑容，听工人们说笑。大家说的好像都与胭脂有关，好像五爷说的那个女人穿过时空活在今天。春树输了四百多元，黄胖子说不打了，明天还开工呢。工人们散了。黄胖子对春树说，牌桌上最显气度，我看得起你，兄弟。我那棚你恐怕睡不下去，我带你去一个地方。

春树跟在他后面，又进了山沟，春树问他认识前面大树下的女人不？黄胖子说胭脂。春树说你真会说笑。黄胖子却说，我兄弟的女人，没我允许谁敢动她，我叫他当太监。春树不知黄胖子底细，不敢贸然。他们走上石板路时，听到哭声，女人站在树下，嘴里念着树春，哭得非常伤心。黄胖子叫了声胭脂，女人才停了哭，说她听到树春说他看不见，黑。黄胖子扶女人回到屋里，默默点了支烟，吸了一口插在门楣上，说树春，吸一口。门楣上的烟头闪亮了一下。春树的T恤本来被汗水湿了，现在觉得有股冷风让他打了寒战。女人又抽泣一阵，黄胖子问孩子学习怎样？女人说，他很懂事，就是费用太高。黄胖子拿出三百放在桌子上，女人却把钱又放回黄胖子手上，说你家儿子等你拿钱回家看病呢，嫂子知了又闹。黄胖子又把钱放在桌子上，说刚赢的。黄胖子看看春树，向他要了支烟，你说这世道有钱的只当钱是纸，没钱的天天磨，还是穷。女人瞟一眼春树，叹息了一声，说这些日子好一点，路不通，能卖点吃的，你们不要把路修通了。黄胖子说，总是要修通的，不过下大雨说不得哪里又塌了。女人说树春……黄胖子打断她的话，说，胭脂，给我们弄点下酒菜。

趁女人煎花生米，春树把黄胖子拉到地坝里乘凉，微风吹动树叶，送来一阵阵像橙花一样的香气。春树把话题扯到树上，黄胖子对树却没兴趣，说到胭脂的男人树春，春树一阵歆歠。

胭脂搬张小桌子放在地坝里，两个人喝酒。黄胖子话多，春树只是附和。胭脂在一旁望着夜里的树不说话。黄胖子走后，春树和胭脂又坐了很久，他们说到树。胭脂说，这边这棵是树春，那边那棵是她。半夜时分树春的魂就会回到树上，能听到树春说话。

春树说，离开这里，我给你找个地方打工。胭脂说，树春回来怎么办呢？树在他就会回来的。

春树试探说，如果树走了呢？

胭脂很肯定地说，树不喜欢流浪。

春树诧异胭脂说这话的神态，内心漫起一丝柔情。他说想睡了，胭脂带他到儿子住过的小屋里。春树说你不问我叫什么名字？胭脂说我不问客人的名字。

春树说，春树，和你男人一样的两个字。只是倒了。

胭脂定睛看看他，脸上红了，掩门退了出去。春树醒来，胭脂也不在屋里，晨光照亮的是对面。春树看锅里有煮红苕，吃了两块，在屋里放了两百元钱，到树下捡了几片叶子和一串花萼，又到小溪对面树下捡了一串花萼，一比发现不一样长，短的要香得多。春树带着树叶和花萼到了公路上，看到胭脂挎个篮子，正向司机叫卖红苕。春树对她笑笑，胭脂只是点点头。

春树回到老家，妻子对他说，某某又来过了，还是想要那棵银杏。春树说不可能。妻子又说，和林业局局长一起来的。春树说市长也不行。妻子毛了，说你行，守着你的树当饭吃吧。今后看谁给你批条，谁敢买你的树？春树闷声不语。林业局局长也不知是为谁弄这棵银杏，春树回来后，他又来跑了一次，价又提高了三分之一。妻子说如果他不卖，就和他离婚。春树只得答应。要挖树的前一晚，春树在银杏下醉得不省人事。第二天，本来青枝绿叶的银杏却落了一地的叶子，春树给林业局局长打电话，说这树有些怪，不想走，落叶了。林业局局长说，少迷信。春树说，如果犯了什么，或树挪死了，你要负责哦。林业局局长犹疑地说，昨晚又风又雨的，打落的吧。春树说大人这是夏天啊，其他的树怎么没落叶？林业局局长又来看了看，心里也狐疑，没到秋天，银杏掉光了叶子，伸向空中的枝丫有些鬼魅。林业局局长在回家的路上车撞上路边的护栏，人没伤着，车却变了形。还没到家，他就给春树打电话说不要银杏了。

妻子却怨春树作怪，眼看到手的钱又泡汤。春树懒得和她吵，想到那个叫胭脂的女人，心里更觉妻子粗俗。越这样比较对妻子越没了好心情。银杏树好像真是病了，顶端的枝丫开始干枯。妻子很迷信，请了个算命先生来看，算命先生说，可能要出大事。要出什么大事，算命先生却含糊。春树吓着了，请来罗专家，罗专家说，有些树要与其他的树相互成林才活得好。有些树像人一样雌雄成对才好。春树想到胭脂家的两棵树，拿出照片和叶子让罗专家看。罗专家戴了老花镜，仔细辨认，兴奋地说是银鹊，又名瘿椒，是稀有树种。罗专家问春树在哪儿发现的，春树想罗专家是好几家花木园的顾问，就说山里。罗专家也不再问。回家后又给春树打电话，详细地说了银鹊的习性，生长在比较向阳的山坡和溪边，气温偏低地带。雄花和两性花异株，树冠开阔。奇数羽状复叶，秋叶黄色。花小有香气，树皮清香，可提炼黄酮。木质白色，纹理直等等。

春树耐着性子，听完罗专家的话。他不喜欢这样生硬的知识介绍，树好像是死的，而他心中有像鸟一样名字的银鹊树是鲜活的，鲜活得像树下的女人。他在十月底给自己找了个很牵强的理由又去胭脂家。下车就看见黄胖子抱着一个透明的保温杯站在五爷的茶馆外面，黄胖子说来看胭脂？春树否认说看银鹊。黄胖子说鸟？然后暧昧地笑笑，说胭脂说你是好人。春树心中动了一下。

两个人自然而然往山沟里走。进入沟里，冷了许多。虽然天蓝云白，风却呼呼地叫。春树拉紧了夹克的拉链，看沟里远远近近零星的红叶，说这沟里是风景呢。黄胖子说，前些天来了几个人也说这沟里风景好。不过说胭脂家的树风景更好。

春树问他们是干什么的？

黄胖子说，看上胭脂家的两棵树。本来以为胭脂的生活有望了，他们出高价呢。谁知胭脂死活不卖，一向疯癫的五爷还说，谁敢动树，他死给谁看。

春树的心怦怦乱跳，加紧了步子。说你不知道胭脂把树当成她男人？

黄胖子唉了一声，说她也真是痴。其实她不叫胭脂，就因为她像五爷说的故事里的胭脂，别人乱喊，她真名倒被人忘了。

春树说胭脂这名儿好。

还没到胭脂家，春树就看见了银鹊，黄叶在秋日的阳光下光艳灼人。挺拔的树干擎起巨大的华盖，站在低矮的树丛之中，像个王者。春树的心也明亮起来，两棵银鹊相望，一点都不寂寞。

他想起胭脂说一棵是她一棵是她男人，春树的心生出些许温润。

黄胖子说，这才是你说的风景吧。

胭脂站在黄胖子旁边，说你来了。

春树说，我来是告诉你，这树的名字叫银鹊。

胭脂重复一声，银鹊？脸色微微地红了，转脸看树叶。春树眼睛看着她，把罗专家关于银鹊的知识一股脑儿倒出来。最后说，小溪对面那棵是两性花，这棵是雄花。

胭脂说，你像个专家。

黄胖子笑说，醉翁之意不在酒吧。

春树和胭脂都有些尴尬。

胭脂说她每年都收集银鹊的种子，但是撒下去，却长不出苗来。春树说两性花的种子在三月下土，发芽应该没问题，长成树倒不一定。胭脂说她收集的都是眼前的这棵。

春树开了句玩笑，说雄花是树春，两性花是胭脂。

黄胖子说，兄弟你也不清醒，树像人一样，站着是一棵树，难得有人喜欢，能卖个大价钱。如果倒了就是尸体，最多当成木材，能值几个钱。

春树说，如果胭脂舍得，我愿意出更多的钱。

胭脂望着树，说她没权利卖，树比她和树春还要早就在这里，而这片坡林是后来才划归她家的。可见树不属于她，是上天的。

上天的，春树打了个冷战，想到好些树。太阳还照着，天空却突然飘下雪花来，黄胖子嘟哝了句怪天气，大家进了屋，胭脂燃了一堆火，三个人向火而坐，就着生花生喝酒。酒酣耳热之时，地微微地颤了一下，春树很紧张。黄胖子却说没事，水库修好后，蓄了那么多水，地下总要重新动动，才能平衡嘛。胭脂听到水库两个字，又说到树春。黄胖子打断她的话，说过去多少年了，还念着，树春在地下说不定都和别人成亲了。胭脂的眼睛红了，黄胖子把一只手搭在春树肩上，一只手拍着胭脂的背，说哭啥子，你看我这兄弟怎么样？跟他过吧。

胭脂对黄胖子呸了一口，起身进了屋。春树和黄胖子又嘻嘻哈哈地喝了些酒，两个人都醉得一塌糊涂，怎么上的床全忘了。

回到家的春树努力想记起那晚的细节，可怎么也记不起来。胭脂给他打电话，说银鹊开始落叶了。

说下大雪了，银鹊枝丫上全是白茫茫的雪。

说天更冷了，两性花银鹊后面的林子有树死了。

全国到处闹雪灾的时候，春树和胭脂的短信也像雪花一样飘个没完。二〇〇八年的春天，妻子与春树大闹，非要他说出这个叫银鹊的女人是谁？因为妻子在他手机里发现他与银鹊频繁联系。

春树说是一棵树。

妻子找来班长，班长骂春树没出息，别人家玩几个都风平浪静，你就一个还处理不了。气得春树妻子摔门出去。班长笑问银鹊是谁？春树说是一棵树。

班长骂了句，树疯子。

春树始终坚持银鹊只是一棵树，与树的主人发信，不过是想念叫银鹊的树而已，而树的主人是个男人。妻子半信半疑，从罗专家那儿证实，银鹊的确是一棵树。妻子相信了春树的话，他就是个树痴。

三月底的一天，黄胖子来春树林苑找春树。春树妻子问他有什么事，给她说。黄胖子说送银鹊的种子来。春树妻子突然笑了，想的确冤枉了春树。春树回来，说要好好招待朋友，就与黄胖子去了镇上，约班长一起喝酒。

不知道黄胖子回去说了什么。胭脂没了音信。春树有时望着银鹊的种子发呆，班长来看他时，调笑说春树的树没消息啊。春树只是苦笑。

银鹊新叶婆娑了吧？

银鹊孕育花蕾了吧？

银鹊开花了吧？

银鹊没有音信，胭脂没有音信，而且永远没有音信。二〇〇八年五月十二日下午二时二十八分，春树正在给银杏上药，银杏突然大幅摇摆起来，春树第一反应是银杏要倒了，他抱着树，发现大地都在抖动的时候，他发疯地往家跑，看到妻子脸色苍白地蹲在地上，他缓了口气，说地震了。回过神的妻子抱着春树哭了。

汶川大地震，电视画面上到处是倒塌的房舍，扭曲的公路，崩溃的山体，春树对妻子说，他要到灾区去。妻子非常默契地拿出钱，说灾区水倒是有了，但是只喝水多寡味啊，给他们送点黄瓜去。春树和班长开始收购黄瓜，他们弄了满满的一车，十六日往灾区开去，车到都江堰就不准通行了，到处是志愿者，到处是救灾物资，政府实行统一调配。班长开着空车回去，春树混在记者和志愿者的队伍里，走路进去。沿途都是神色凄惶的灾民，胭脂站没有了，山沟没有了，胭脂和黄胖子没了消息，大地还在不停地痉挛抖动……

"像世界末日。"春树说到地震，心有余悸。

"别说了。"我打断春树的话，地震过去三个月，可是那些场面我们都记得很清楚。我们沉默，但内心翻涌的还是那些日子。风更大了，地突然又抖了几下，银杏树上挂着的瓶子掉了下来，春树把瓶子重新挂好，说："银杏能重新活过来，灾难过去了。"我点了点头，至少希望灾难过去了，虽然余震不断。

"银鹊没了?"我问沉入往事中的春树。

"没了。两山崩塌,山沟都没了。"

关于灾难说什么都轻。我站起来,望一眼林苑,这些树能站着,沐浴风雨阳光和人一样也是幸运的吧。

"看看树。"我说着走向一棵一棵的树。

"槭树……"

"灯台树……"

"香果树……"

"猴樟……"

"银木荷……"

"白栎……"

"枫杨……"

春树一棵一棵介绍这些树时,树好像是听懂了,或羞涩或张扬,我总疑心树会突然张开嘴说话,像梦里一样。我急急地说我们回吧,同学们可能到齐了。

回到茶园,同学们没打牌了,围坐一起聊得正兴奋。班长看到我们,玩笑说:"橘子回来,春树的病就好了。"同学们哄笑起来。

"春树有病吗?"我说。

"相思病。想他的树罢。"班长说。

春树像个大男孩一样,眼光没处放。提茶续水的女人在班长背上捶了一拳,说:"哪壶不开提哪壶。"

女人亲热地在春树头上捡下一根枯草。春树说那是他妻子,我对女人笑笑,觉得女人其实很淳朴。

大家坐下清点哪些同学没来,一个班四十多人竟然死了七个,有两个就是地震中死的。自然又说到地震,同学们最热心的就是每年要怎么聚，好像过去的二十多年没聚活得有些白活了一样。春树一直没怎么说话，他脸上笑着，眼光却虚无。班长问他有什么建议，他像突然从什么地方回到眼前，说要到汶川。班长说："神经。"

春树看一眼大家，低头不语。

"去汶川。"我说，不管大家的目光里有多少疑惑。

怎么去，多少时间，其实我不过是趁一时口快，更主要的是支持春树而已。饭后当班长和春树站在我面前，说走吧，我十分犹豫。

春树说："橘子，你是有思想的人。"我笑了一下，说这正是我的可悲之处。春树和班长当然不明白我的处境，我也不想说。但是去灾区，我不知道我有没有足够的勇气。

"那么多人遇难了，那么多灵魂无家可归……"我说。

春树说："民间有百日祭典之说，我们去祭祭他们。"

班长挎个摄影包，开着他的新车，说走那条路许多年，地震之后去看看也行。我硬着头皮答应。出发时，春树妻子放了水果和牛奶在后备箱里，说路上吃。还细心准备了一包冥钞，说烧给那些死难的人。春树拥抱了一下他的妻子，妻子挥着手说注意安全。

"春树幸福啊，妻子对你这么好。"我说。春树说地震把她震醒了，觉得两个人还能在一起生活是福。他也告诉妻子银鹊的主人是个女人，但是在地震中死了，妻子还欷歔一阵。

班长说："觉得春树是正常人的恐怕只有橘子了。"

我说："春树不是个平庸的人。"

班长笑起来说："书呆子。读书的时候我们就认为你们才是一对？"

我看一眼春树，他正望着窗外一掠而过的树发神呢。"风景只能是在没见过的去处，来路都是尘埃。"我心里说。慢慢地在思想里睡着了。

醒来我看见横跨在岷江上的高架桥，中间断了。公路七歪八扭，许多倒塌的房屋无人清理，在电视里看过多次的画面还是逼人泪下。春树在死难者公墓前，烧纸钱，口里念着胭脂念着黄胖子。班长到处拍照，我站在后面，看一个男人拿一个小花圈走到一块被夷为平地的地方，插上，点燃一支烟在花圈面前蹲下去。我的目光越过他，想再看到一个人，没有，只有风吹着，空气里好像还有一股消散不去的异味。春树烧完纸，说他那一次进来还到处是人，志愿者、解放军、记者，虽然悲伤但是不寂寞，你看看现在。我没有话说，内心寂然。上天给的灾难也太大了。

"春树……"吸烟的男人突然喊了声。

"黄胖子……"春树怔了片刻，嘴里发出声音的时候，人也奔了出去。两个人紧紧地抱在一起。

黄胖子活着！

我和班长可能都听过春树的故事，黄胖子活着，班长拥抱了他，我也抱了他一下，说活着好。

黄胖子好像不是刚才寂寥的那个人了，他快人快语地说，活着好。黄胖子的经历听来有些像传奇。他说地震之前他正在一辆工程车里，前面一个司机与对过的司机发生摩擦，两个人吵架互不相让，前后堵了很多车。黄胖子不耐烦，弃车上了山坡，他刚站在一块岩石下，就看到岷江水像开了锅一样，掀起来很高，接着山崩地陷。他藏身岩石下，十分钟后他出来，前后的车辆和人都没了影儿，山上石子还在往下垮。等他明白发生了什么时，惊魂未定地跑回家，家没了，儿子和妻子都遇难了。

"就是那儿。"黄胖子指着放花圈的地方说。

我说："天不收你。"黄胖子笑了一下说，既然上天要他活着，他就要好好地活着才行。

春树说："胭脂……"

黄胖子说："胭脂没了，和她男人一样尸体都没找到，山沟都填平了，包括那些树。"

春树的眼圈红了，我像抚摩孩子一样抚摩他的背。黄胖子说，五爷死得不值，他住的房子只是斜了，让他出来，他却死活不离开。余震，房子塌了。

我们都沉默。

大家跟着黄胖子走，也是无意识的，实在是我们根本不知道要到哪儿去，哪儿都一样，到处都是残垣断壁。有女人双眼呆滞地坐在已被夷为平地的宅基前，黄胖子叫她一声，她的身体动都不动一下。黄胖子叹息一声，我们也跟着叹息。一个孤零零的卖卤鸭子的摊位显得很扎眼，黄胖子说是政府帮她恢复的，但是没有人去买。我走过去，说买一只，女人很机械地过秤收钱，脸上没有笑容。

"这样的日子会持续多久？"我问。

没有人能够回答。我们的生活也许还是老样子，可是灾区呢，还能回到从前吗？黄胖子也显得沉默了。爬坡，脚下的泥土好像不很结实，黄胖子说是山垮塌后形成的。春树突然往前奔。黄胖子说脚下也许就是胭脂的家。春树捡到一根断枝，"银鹊！"他说。开始双手刨土，银鹊的树梢慢慢地露出来，枯了死了。春树继续刨，眼泪落进泥土里，我也流泪，想到那个梦，梦里的许多叫不出名字的树。而它们肯定是有名字的。

091

没事你就看看河流

1

　　河谷宽了，河流像四分五裂的家庭，各自劈出一条河道来，湍急地向前流动着，到乌龙凼才汇合在一起，平缓地向远方流去。黑子坐在河边，像扔在河滩的一块石头，没有颜色。背柴的，种地的乡亲挽了裤腿从山那边蹚河过来时，目光从他身上扫过，却没有一个人肯停下来对他说话。年轻的姑娘从离他较远的地方上岸，溜一眼他，想到流氓两个字，脚下加快了，仿佛稍一停留会坏了圣洁的名声。

　　黑子最初是想对乡亲笑一笑的，但是他发现别人眼里的厌恶，就走向乌龙凼，把自己藏身在河边的蒲草里。乌龙凼临山那边的一棵老榕树，像是被雷劈过，半边葱茏，半边干枯。枯了的枝丫张牙舞爪地伸向河中间，黑子盯得久了，觉得那是他伸出的手，想撕碎什么，莫名其妙地有一种快感。

　　黑子在河边坐了五天，看得河岸的蒲草都疯长起来。蒲草快要淹没他的时候，一个剪着齐耳短发偏瘦的女人坐到他身边。他完全松散的身子紧张了，手插进沙里。好一阵才说："我等你。"

女人说："我也在等你。"

他不说话，手更深地往沙里插。女人也不说话。他们都望着河流。眼前有两只蜻蜓点水，上上下下闹着，交结在一起，停留在蒲草尖上。黑子的呼吸忽然粗重起来，女人看他一眼，在蒲草里躺下去，说："来。"黑子的血全涌到身体的某一个地方，他扑过去，积蓄了十年的荒芜，他肆无忌惮地喊叫："水芹……水芹……"

两个人在河边重新坐定时，黑子的母亲背了一捆柴，弯成九十度慢慢地渡河过来。黑子在岸边接过母亲的柴。站直了的母亲看见水芹匆匆离去的背影，手指黑子，双唇发紫，然后抽出一根柴火朝着黑子猛抽，骂道："十年了，你还不醒世啊。"黑子不动，任母亲抽打。母亲丢了棍子，自己对着河流呜呜地哭起来。

黑子恨声恨气地说："哭啥，泪还没流完?"

母亲跺了一下脚，更加大声地号啕，嘴里苦命啊苦命啊地喊，越哭越有劲的样子。

母亲的哭声引来一些乡亲，他们或站或蹲，有个卖瓜子的还背了瓜子来，仿佛看戏一样，等待更精彩的段落。

可母亲的哭声渐渐地弱了，变成别人听不见的抽噎。黑子突然号了一声："滚。"抓起细沙向人群打去。沙是打不着人的，但是他眼里露出的凶光，让人们想到狼。

看热闹的乡亲悻悻地退到马路上，还对着河滩指指点点。黑子坐到母亲身边，说了一声："妈，你受苦了。"

母亲又抽噎起来。黑子在母亲肩上按了一下，背起柴，大步向家里走去。

第二天，黑子去找队长，问什么时候分给自己责任田。队长并不急于回答他的话，而是拿出烟让他抽，问他"下山"以后有什么打算。黑子说没打算。队长忽然变得很慈悲，称赞他长得有模有样，年纪不算太大，劝他好好找一个，最好倒插门到别的地方重新开始生活。

　　黑子把烟丢在地下，脚使劲地揉搓了，说："我哪都不去，分给我田。"

　　队长说："你要留下来可以，别再沾染水芹。她是别人的女人。"

　　黑子又说了一遍："分给我田。"

　　队长说："等下一次分田的时候再说，刚结婚的才出生的还不是和你一样，没田。"

　　黑子说："我是上过山的。'山上'能把羊养成狼。"

　　队长张了张口，想发作。可是又压了火气，很平静地说："别老是把'山上''山上'的挂在嘴边，监狱么也不是什么光荣的事。再说乡里乡亲的，能帮衬就帮衬。你到河滩开一片地先种上吧。"

　　母亲的责任田还不到一亩，种了小麦之后，等待麦子成熟的时期太长了，日子突然地闲起来。黑子在靠近乌龙凼的河滩没完没了折腾那些沙石地。黑子记得小时候河的中间有一片突出的沙地，那时是种了庄稼的。他耐心地挖，捡出的石头他放进河里垒起一条路，枯水的季节，乡亲可以不脱鞋就能过河了，可有人偏偏要当了他的面脱鞋过河，为的是不走他垒的路。黑子感觉到一种蔑视。他只有埋头挖地。挖出的地像是没想好种什么一样，开出一大片还空着。他用挖地来打发时间，发泄过人的精力。队长建议他栽红苕。他却种上棉花。队长说这里的土已经十多年不种棉花了。母亲把他的棉花苗拔掉两次，他又种上。母亲死了心。黑子的棉地开出一片绚烂的花时，好些乡亲就像被梦魇了一样，不敢走近那一片棉地。队长女人说在黄昏时总看见死了的独眼王婆在棉地旁边放鹅。于是那片棉地带了晦气，黑子和他的母亲也带了晦气，没有人靠近他们。只有水芹常常在黄昏潜入那片棉地，黑子在那儿等她，他们做爱，和在十多年前的棉地里一样。他们不做爱，还是和十多年前一样，黑子的头枕在水芹的大腿上，静静地听河流的声音，看天上微茫的星光。水芹说："我一定要离婚。"

黑子只是叹息。

水芹摸索他的脸，手指滑进他的嘴里。她言不由衷地说："也许我应该放你。"

黑子坐起来，把她压在身下，说："我不会放你。"

也许是他们做爱的声音让棉花恣意地开放，花朵极尽地喧哗，却没有挂一个桃。在一次狂风之后，棉秆全部倒了。黑子母亲发疯一般扯掉所有的棉秆，边扯边骂，造孽造孽。数落黑子是猪，只配吃猪食。黑子任由母亲数落，自己还不如一头猪呢，猪能卖了给母亲换回粮食来。家里本来是猪吃的红苕都被人吃了，猪当给了别人，换回一点大米，眼看又要见底了。黑子愧对母亲。黑子坐在扯了的棉地里，抓扯自己的头发。

队长从山上挖红苕回来，倒了一堆在黑子的棉地里。黑子看队长要走了，故作姿态地说："拿走。"

队长的扁担在沙砾上一杵："你他妈的不孝。你妈还盼着你回来有个依托。可是你还干少年人的事，你和谁赌气。啊?"

黑子先被队长的阵势吓着了，等他回过神来，明白已经包产到户，队长并没有多大的权力时，队长已经挑着剩下的半筐红苕走了。

黑子踢一下红苕，骂一句日你先人。又捡一个踢伤的红苕在河水里洗了，大口大口地啃。

黑子把棉秆拢在一起，点上一把火，浓烟罩了河谷，河流虚幻起来。黑子在浓烟里哭，只有河流知道。待烟雾散尽，河流，滩地，卵石又清晰地呈现出来时，黑子发誓，要在这片既恨又爱的土地上活出个样子来。

黑子把燃尽的草灰撒在地里，就提着一个小包离开了村子。

黑子再回来时，为母亲带回了粮食。母亲在他开出的地里种上蔬菜。他也不管了。他用竹子编成一个圆桶状在河滩里挖个坑埋下去，再从山上挑来山土填平。他天天做这件事，母亲不知道他要做什么，队长也不知道他要做什么。水芹知道，水芹帮他担土时，村子里的人都看着，嘲讽的，羡慕的，嗤之以鼻的，他们都像是没看见。队长要水芹注意影响，水芹说，拉他一把，帮他一把，让他重获新生，不是上面来的干部在会上说的吗？再说我们只是劳动，劳动光荣。没有人能剥夺他们劳动的权利。等他们已经埋下几百个这样的坑时，已经是春天了。黑子又出了门，弄回一捆一捆的橘苗，在他挖好的坑里栽下去。他买来果树栽培的书，对照书上说的修枝、浇水、挖坑、窖粪。橘树长到一人高，却没有挂果。队长女人逢人便说："老天爷眼睛睁着呢，想挂果门都没有。就像女人不是自己的再撒多少种子还不是白撒。"村子里的人就笑。

母亲又开始长吁短叹，劝黑子和水芹断了，说："他们不会放过你的。"

黑子安慰说:"妈,我会让你过上好日子。"可是自己却底气不足。

黑子从外乡接来一个人,那个人三下两卜就把长势还好的枝条剪掉了。然后用一根小枝条重新嫁接到橘树上。村子里的人站在马路上看稀奇。"那个人是外乡的农技员,是黑子的狱友。"水芹对疑惑的村人说。村人更加瞧不起黑子,让自家的人离黑子远点。有老人语重心长地对水芹说:"你一定是中邪了,怎么就和那样一个人黏在一起呢。"有男人猥亵地笑,说:"水芹,跟我吧。我保证比黑子会搞。"水芹的脸煞白:"流氓。"

男人哈哈一笑:"你不就是喜欢流氓吗?谁不知道大名鼎鼎的流氓是黑子呢。"

水芹啐了一口,毅然走到黑子身边,帮他把剪下的树枝挽成一个一个可以烧的柴火。一边挽,一边示威似的看马路上越聚越多的人,嘴里骂骂咧咧。黑子听了,拿着手里的刀就到了马路上,说:"是男人就对老子说,别他妈的欺负女人。"

村人见他凶神恶煞的样子,都纷纷地噤了口。水芹的男人刚到,就有人起哄似的喊,"六指儿,六指儿……"被称为六指儿的男人看到水芹又在帮黑子做事,就拉下脸说:"流氓还长脸了。"

黑子说:"你闭嘴。"

水芹的男人六指儿环顾一下村人,看见队长的女人往这边走,壮了胆说:"嗨,吃屎的还能把拉屎的怎么样?"

黑子说:"再说,老子骗了你的六指。"

六指儿下意识地把六根指头的左手往身后藏。队长女人走来,嘴角还有些白沫,她双手往腰上一插。六指儿是她侄子,黑子欺负六指儿不就是欺负她吗?她放开喉咙开始骂,先骂六指儿不像个男人，没血性，允许别人给他戴绿帽子。再骂水芹是破鞋、娼妇，离不了男人。骂上梁不正下梁歪，骂队长管不好自己的鸡巴，骂和队长有关系的女人，骂到黑子母亲，又骂到黑子是流氓，骚牯牛。村人窃窃地发笑，猜测队长女人肯定和队长刚吵了架。黑子做出要砍人的样子，嫁接果树的那个外乡人上来拖走了黑子，又把水芹劝走了。

黑子知道他又一次得罪了村人。他在自己的土地上像一个外乡人，他只有守着果园，看新的叶子一片一片地长出来，守着河流，一天又一天地流过。也许黑子的诚心感动了河流，夏天涨水时，河水紧挨着山那边去了。水虽然漫上河滩，但是因为有竹筐保护，果树依然存活下来。

果树开花了，浓浓的橘香弥漫整个河谷。走在马路上，香味一阵阵地袭来，村子的人就沉浸在欢喜中，他们有的人主动和黑子搭话，看白色的蛾子在果树间飞来飞去，直说好看。

果树挂了果子，青青涩涩的，黑子对待它们像是对待自己的儿子。黑子的狱友又来一次，剪掉一些青果。那一次，村人看见黑子和狱友在河边垫了一块塑料布喝酒，然后听到他们唱歌。

果子成熟时，金灿灿地挂在枝头，黑子和村人都有些迷醉，荒芜的河谷仿佛是突然间变成这个样子。他们很多人愿意和黑子待在一起，像一个主人那样在果园里视察。到了摘果子的时候，黑子让母亲给每家送了一篮。然后把其余的果子拉到城里卖了，黑子给母亲买了一件羽绒服。母亲第一次感受到有儿子的幸福，村人却有了醋意。

黑子第二年卖了果子，把草房拆了修成青砖的院子。村人愤愤不平了，嚷嚷说，河谷是大家的，果树也是大家的。

第三年，果子成熟的时候，母亲就说要卖了果子给黑子讨个女人回家。可是黑子说一个人过最好。母亲跑到水芹家里，给水芹跪下说："放过黑子。"

水芹也跪下，发狠说："会有一个了断的。"

水芹的男人冷笑一声，出了门。

在要摘果子的时候，水芹对黑子说，她男人同意和她离婚了。黑子忽然有些手足无措，对水芹说："果子成熟了。"水芹抓住他满是老趼子的手放在胸脯上，说："等卖了果子，我们就结婚。"黑子抽回手，又说了一声："果子成熟了。"张开双臂像一只鹰把水芹罩在他的翅膀下面。水芹说："我们去乐山看看大佛吧，给大佛上炷香，保佑我们。"

黑子把果园交给母亲看守，说给她找儿媳妇去，两天后他就回来下果子。母亲看黑子收拾得整整齐齐地出门，也乐滋滋地抱了被子去果园。

在黑子离开的那一个夜晚，狗狂吠。河谷第一次在夜间如此热闹。火光像游弋的鬼火，时亮时灭，结满了果实的果树被汹涌而至的人潮围着了。树在哗哗地摇，呼救，没人听到，只有锄头碰到石头的声音，人心被邪恶与贪婪挤满了，压抑而焦躁地抢夺着，争执着。只有一个女人的声音凄怆地划破夜空："乡亲啦……乡亲们啦……"

第二天，黑子和水芹回来，发现河谷空了，到处是断枝残叶，许多成熟的果子掉在沙地里，被无数双脚踩过了。它们黄色的果肉翻出来，像是在控诉。黑子的眼血红，他傻傻地看着，不解地看了水芹一眼。他奔回家，母亲躺在床上，队长竟然坐在床边，看到黑子显得很不安，一句话没说就走了。黑子站着，愤懑的样子，母亲重重地抽了口长气，说："所有的人……所有的人，把树挖走了。"母亲听到黑子把什么东西砸在地上碎裂的声音，又听到他霍霍的磨刀声，母亲用尽了所有的力气喊一声："黑子……"黑子跑到母亲身边时，母亲的嘴唇全乌了，说了两个字："忘掉。"然后就闭了眼。队长召集一些人把黑子母亲葬在黑子父亲的旁边。对黑子说："你母亲一直有心脏病。"

黑子说："不，她是被你们杀死的。"

队长叹息了一声，脸上有一丝忧戚，说："不要冲动，再进监狱，给你母亲烧纸的人都没有了。"

黑子说："不会放过带头的人。"他眼光有一丝凌厉的杀气。

队长说："你去看看哪家没有挖过树，你能杀了全村的人?"

队长没法处理这件事。黑子把果园被毁的事告到了公社。公社派人调查之后，答复：第一，果园不是属于个人的，因为河谷属于大家；第二，法不治众。村里所有人都参与了行动。果园的事不了了之。有人对黑子说，水芹是故意引开他的，而他男人早把这一切都计划好了。黑子不相信，但是水芹却像是隐身了一样，黑子看不到她。

看不到水芹的黑子，垮了，沉默地守着河流。

队长每次路过河边，都会陪他坐坐。引他说话，可是黑子好像失语了一样。队长说："垮掉了，跟你妈去吧，免得在那边还牵挂你。"黑子不为所动。队长说："作孽。"佝偻着身子离开黑子。

2

水芹再出现时，是个寒冷的却有太阳的冬日，黑子坐在河边，他看见水芹随着阳光跑过来。她看了他一眼，嘴张开却没有话，她没有停下，她的后面跟着六指儿，队长女人及一些乡亲跟在六指儿后面。队长女人高声嚷嚷些什么，黑子听不清楚，他只看水芹，她还在跑，向着太阳落下去的地方跑，到了乌龙凼突然从河岸上跳了下去。黑子蒙了，看到太阳碎了，一河的光影碎了。他跳起来，跑过去时，队长女人拦住他，说："你还想怎样?"黑子鲁莽地推开队长女人。在深不可测的乌龙凼，水芹一下没了踪影，六指儿哭丧着脸喊水芹。有人骂，喊个球，还不下去救人。六指儿跳下河，水性好的男人都跳下河，可是没有人找到水芹。老榕树半边枯了的最后一截树枝掉进河里，激起一片水花。队长女人的脸青灰，嚷嚷："见鬼了，见鬼了。"

黑子在老榕树下找到水芹。她被老榕树盘根错节的树根卡住了。黑子像多年前独眼王婆告诉他的一样，把水芹背在背上颠了几圈，可是水芹没有醒过来。

六指儿号啕大哭，黑子狠狠地剜了他一眼。六指儿突然抓住队长女人，说："你害死了水芹。你还我水芹。"

队长女人扇了六指儿一耳光，骂："没出息。"

水芹死了，死在黑子天天守望的河流里，吞噬了水芹生命的河流变得有些狰狞。特别是乌龙凼更是罩上神秘得有些恐怖的色彩。这段河上最深的地方，淹死过洗澡的孩子，好多人下河时有被什么拖住的感觉，越传越邪。很少有人敢靠近乌龙凼了。只有黑子，他挪到乌龙凼一天一天地坐着。队长女人在水芹死后的第一个七日，说水芹回来找她。队长女人开始发高烧说胡话，烧退后仍半疯半醒，老是说水芹找她索命。稍清醒时买了许多纸到乌龙凼的老榕树下去烧。过河来，对河边发神的黑子说，水芹不是她害死的。让黑子见了水芹，叫她别怨她。黑子不理她。队长女人在走了几米之后又退回来，说："果树是水芹男人在队长的默许之下串通大家去挖的，我只是通知了几个人……水芹要毒死她男人，买了老鼠药拌给他吃，好毒啊。可水芹是傻子，她男人要吃的时候，她又把碗给他打掉了。我侄儿命大，嘻嘻……"队长女人笑一阵，偷偷地瞄一眼黑子，蒙住自己的嘴。一会儿又说："我侄儿说离了算了，说不得哪天就死在她手里了。我说要不得，不能便宜了她。把她关起来，她不是喜欢男人吗，给她找几个男人，让她安逸够。想不到，水芹还烈，寻死了。"

黑子霍地站起来，逼近队长女人的脸，咬牙切齿地："你会遭报应的。"

队长女人又一笑，说："我知道你，你是流氓。嘻嘻……水芹喜欢流氓。"

黑子的拳头在她面前挥了挥，队长女人忽然很神秘地说："我就是要阻止水芹和你在一起。你是野种，你妈结婚才七个月就生下你，骗人说早产，哄鬼啊。哈哈，野种。"黑子看她的样子，不知她是装疯卖傻，还是真失了心智。黑子看着她一摇一晃地离开乌龙凼，沿着河边往回走。一会儿见她跪下了，对着空无一人的河边不断地叩头。黑子跑过去想问个究竟，可队长女人听见脚步声，站起来就跑。马路上有人看见黑子追着队长的女人。看见的人对其他人说时，成了黑子追打队长女人。

队长女人疯了。疯了的队长女人也守在河边，唠唠叨叨地对死了的水芹说话，对黑子母亲说话，对独眼王婆说话。她说的话会突然从某一个时间开始，好像她穿越了时间回到从前一样。黑子在她眼里却是虚无的，她看不见他。队长有时候经过河边，身子越来越佝偻了。队长女人在春节到来之前，死在门外的一条小水沟里。水沟里的水最多及脚踝，怎么能淹死人呢，人们疑虑纷纷。可有人说，要死，一碗水也能淹死人的。队长女人死了，黑子突然觉得他的恨无根，轻飘飘的了。队长女人送到山上去埋时，黑子在送葬的队伍里看见青云，队长在上海工作的儿子。青云穿了一件黑色的大衣，围了一条格子的围巾，尽管在母亲的葬礼上，他仍然挺直了身板，在一帮村人面前显出他的优越来。"如果没有我，水芹会不会嫁给青云，青云会不会带她离开。"黑子想入非非，目光黏在青云身上，少年时的一些光景跳了出来。

3

那是哪一年呢，记不得了。大人们在山上的红苕地里割红苕藤。黑子，水芹还有队长儿子青云和一帮小家伙在割猪草。黑子和青云因为抢猪草而打了起来。青云虽然比黑子大两岁，但是与黑子一般高，这让青云很不乐意，什么事都要和黑子比个高低。和黑子同班的水芹却总是站在黑子一边，看青云和黑子抓扯，明是过去拖，实际上悄悄地在青云手上揪了一把。疼得青云叫起来。

青云看见队长走过来，越发地撒泼，先哭了，说黑子抢他的东西。

队长挥了挥手，往每个小家伙的背筐里装进一把苕藤。队长女人不知从什么地方跳出来，说："队长，你不管，我帮你管。"不问青红皂白就扇了黑子一耳光。骂道："娼妇养的，敢欺负我家青云。"

黑子母亲跑过来，拉了黑子让他走开。

黑子甩开母亲，捏紧拳头，眼光仇恨地盯住队长女人。

队长女人跳起来，高叫："反了反了，小杂种，你还想打我不成。也不知道你是从哪儿跨出来……"一些乡野粗鄙的骂声像粪便从她口里倾倒出来。

有人说："算了算了，人家男人跑了，可怜么……"明是劝，实质上把火焰扇得更高。

大家围着看不出钱的闹剧，各人内心的活动敞开了见天，天也会闭上眼睛。

队长见老婆没完没了，用足了男人的声音与队长的威严，吼了一声，老婆才收敛了，但还是嘀咕了一句："你心尖尖儿痛。"

青云看黑子耷拉着脑袋，心里有些得意。水芹走到黑子旁边，把手里的一把草丢进黑子的背筐。

黑子的眼里有泪。其实黑子早该适应这样的叫骂了，队长女人和自己母亲之间的战争，母亲总是处于劣势。母亲的身子太单薄，说话的声音也太细。队长女人身胚却像男人，骂人时，整个生产队都能听见。母亲为什么是队长女人的敌人，黑子不是很明白，直到他有次中途回家，看见母亲被队长压在身下。他才知道队长为什么每次来他家，总要带些花生、玉米之类，总要让他出去玩。黑子恨过，但很快就被队长的好处收买。再说黑子对父亲没有印象，母亲说父亲死了。可是村里的人却说父亲跑了，黑子就恨那个没见过面的父亲。但黑子是个简单的人，他很多时候能够忘掉有父亲这个人。

黑子内心活动时，就会呆呆的。周围的事都不见了，他的心只在他想的某处。水芹扯他衣角，他才回到眼前。黑子和水芹一起回到伙伴们中间，青云领着大大小小十多个孩子，玩站云桩的游戏。黑子和青云分到一组，又成了战友，孩子之间的结还没挣紧就解了。母亲远远地看着黑子和青云，独自流泪，镰刀就割了自己的手指，她把手放在嘴里吮自己的血，她尝到一股甜腥味。好在苕藤已割完，母亲用衣角绕了手指坐在田里。

快要割完的时候，地里热闹起来。因为发现红苕被人刨了很多，一串带着黄泥的脚印从地里伸开去。队长带着一帮人沿着脚印走，黑子和小家伙们也在后面跟着。近来队里能吃的东西总是被偷，也许能抓到小偷。可脚印一直伸向坟山，因为荒草齐腰，坟山总是带着一丝恐怖，孩子们停止了前进。黑子退回到母亲身边。队长他们在空坟里抓住了一个人，像平静的水面突然扔进了一块巨石，地里喧哗起来。队长和他的手下个个脸上被神秘与兴奋罩着，直接押着小偷往村子里走。过河时，有人用水洗净了小偷抹在脸上的泥巴，他们认出了他，黑子的父亲。

队长和队长女人嘀咕了一阵，把人押去了黑子家，绑在柱子上。

队长叫人拿鞭子抽他，让他交代这些年去了哪里，偷了公家多少东西。

他不说话。瘦脸，颧骨突出，一双眼睛却贼亮。黑子觉得他的样子像连环画里的特务。黑子母亲却哭着，把别人从空坟里端回的煮红苕泼在院坝里，喊他滚。

他还是不说话，他的这种表现激怒了乡人。他们扯下他不辨颜色的棉衣，发现令他们更为惊诧的事：他的手臂上居然刻着36。队长高喊一声："特务。"队长本来只在一边指挥的，这时也抡起鞭子，让他交代是不是特务。

他说不是。但队长的鞭子依然狠劲儿抽。队长打累了，和民兵队长去了公社，时代已经教会他们保持警惕。大人们打完了，轮到小孩子们拿起鞭子抽打，谁打得欢，谁就赢得大人们的夸奖。黑子先是躲在堂屋门后露出惊恐的表情，青云说："黑子，你不是想加入红小兵吗？你出来打。"黑子慢慢地移了出来。拿起地下的扫帚往被称为父亲的人身上猛打。黑子母亲咆哮着拉开黑子，说：

"离坏人远点。"

队长女人走到黑子母亲面前，说："你要和他划清界限，今天的苕藤就不分给你了。"黑子母亲张了张嘴，要哭的样子，进了灶房。

乡亲们走了，小孩也散去。黑子母亲只是捡起棉袄披在黑子父亲身上。36才抬起头望她一眼，说："我对不起你……"然后看了看黑子，又把头埋下了。

"……"母亲只是张着嘴，说不出话来。母亲并不解开绳子，而是进了房间，伏在床上哭。

黑子出了家门，青云他们在马路上坐了一排。看黑子走出来，一齐喊："打倒特务。"黑子埋下头，本能地一直往前走，直走到河边。独眼的王婆坐在河边的石头上放鹅，鹅看见黑子过来，窜着脑壳去啄他。

王婆喊："娃呀，过来。"

黑子走到她面前，她的一只瞎眼在已近黄昏的河边，闪着死鱼一样的光。在以前，黑子是拒绝对视她的眼睛。但是今天他在王婆那只独眼里看到了慈爱。

王婆说："娃呀，可别想不开，路还长着呢。"

黑子不说话。

王婆又说："娃呀，没事你就看看河吧。鹅儿把水搅浑了，一泡尿的工夫，水又清了。"

黑子觉得王婆这话没意思，但看王婆一脸的皱纹，什么也不明白地点了点头。

黑子在河边坐下来，眯着眼看眼前淌过的熟悉的河流。深秋，河床已露出来很多，河水分成很多支流，沿着夏天冲刷的深沟，哗啦啦地流过，这种水流的声音被黑子无限地放大了。在这种声音里黑子看见了大大小小形状各异的石头，光滑的，粗陋的，生了苔藓的，它们一个个都在黄昏里静默着。河水是清亮的，回旋的地方有小鱼从石缝中钻进钻出。乌龙凼岸边的榕树倒映在水里，水上水里连成一片。黑子一直盯着，直至树的影子模糊成一团黑影，与水连在一起。乡村的各种声音已经沉寂下去，只有水声浩荡。

"黑子……黑子……"母亲的声音在公路上响起，像喊魂。黑子回到母亲身边，母子俩回到家，闷坐屋子里，谁也没说吃的事。

黑子问："36呢?"母亲怔忡片刻，才明白黑子问的是谁。母亲叹了口气说：

"押到公社去了。"

"妈，他真是我爸?"

"……"

"他真是特务?"

"……"

母亲没有回答，打开后门，冷风裹挟着黑暗吹灭了油灯。母亲摸索着拿几块竹根进屋，放在灶前点燃，娘儿俩偎在一起，身子慢慢暖和过来。母亲第一次对黑子说起了过去。母亲的母亲是本地一个姓蒋的大地主家的丫鬟，地主占有了她，生下母亲之后就下落不明。母亲慢慢长大，和独眼王婆一起在地主家做粗活。新中国成立之后，地主一家被镇压，母亲虽是个下人可是也背个出身不好的名声。没有家庭愿意接纳她，十九岁那年，村子来了一个人，是跟着村里另一个志愿军回来的，虽然大她十多岁，独眼王婆还是让母亲嫁给了他。不到一年黑子下地，那个人喝了一夜的酒，第二天就走了，多亏独眼王婆照顾他们母子二人，黑子才活了下来。

黑子否认也好，拒绝也好，36 作为父亲就这么来到了他的生活中。黑子拒绝叫他父亲，36，他给了他这个含义很模糊的数字。乡亲也带着一丝新奇又一些轻蔑地叫他 36。36 从公社押回来以后很少说话，总在做事，好像赎罪。36 的归来使原本就拮据的家庭更加举步维艰。36 身手敏捷，能到山里弄些野鸡野兔，起初没有谁在意，后来队长知道了，就在河边挡了 36，说要交公。如果是一只，36 会空手而归，如果是两只队长还是会留下一只让他带回家弄给老婆孩子吃。

　　36 的问题调查没个结果，但黑子一家的生活却罩在特务的阴影下。队里开会时总要让 36 和母亲站在一个凳子上挨斗。母亲的身体弱，经不起折腾，队长后来只让 36 站在凳子上了。36 四十多了，长得瘦精精的，但身体灵巧而有力量。斗争的次数多了，他也当成家常饭，不需要民兵来抓，他自己就去了会场。青云是学校红卫兵大队长，心血来潮时也要带了 36 去学校，让这个成年男人在一帮少年面前低头。义正词严的发言之后，是谩骂与口水。这种场面对少年们而言永远刺激。黑子这时候总是低着头，胆怯地站在一边，最怕的是青云让他上去揭发。因为他实在找不出什么新的东西来证明 36 是在搞特务活动。

　　36 被揪去批斗的时候，队长就去黑子家，队长去一次就有一些稀罕的东西留下。批斗越来越频繁，黑子的头越来越低了。黑子被同学孤立，被伙伴孤立，被大人孤立，只有河流接纳他。

　　冬天，河流是清冷的，如独眼的王婆，总是显得孤单。黑子坐在河边，像一块石头，投在冬天没完没了的荒滩上。岸边的草枯黄，被越来越饿的牛反复地啃过，只剩一层薄薄的草皮。河水也越来越瘦，河床更多地裸露出来，但河中央的水一直向前流着。没有雨没有雪，水也一直流着，用它细弱的却又坚韧的声音，证明河是活的。河流活着，黑子也活着。

翻过年，岸边的草皮慢慢地润了，雨也多起来，河流在黑子的注视下慢慢地丰满。黑子躺在河流的怀里，安稳中又有几分欣喜。独眼王婆又出来了，说要晒冬天的晦气。青云和伙伴们开始下河了，他们捡块石头跟着鱼儿跑，待它们钻进石头下面，就用手里的石头去打有鱼的石头，鱼儿被震晕了，就昏昏然进了青云们的网兜。水芹也在那伙人里，捂了一个冬天的双腿白白地像从泥里刨出的藕，晃得黑子不敢盯久了。水芹却晃着白腿到了黑子眼前，说黑子下河啊。黑子怯懦地笑，只坐在河边看。青云捉的鱼总是最多，送给水芹，而水芹总是悄悄地放几条在黑子旁边。

黑子不说谢，如石头被河水抚摩的感觉，浸润。可他是多么丑陋的一块石头啊，想到36，想到将来，他的心又关上了。他在河边刨了个小水凼，把鱼放进去，鱼儿慢慢活过来，惊慌失措地在小水凼里冲撞。黑子觉得那些鱼儿像自己，也像水芹，他放了它们，让它们回到河流中。鱼儿在河里，他相信它们不会离开，那么他又有了朋友。

到了夏天，河流的变化多了，涨落不定。成长的黑子心如河流，躁动。只有水芹像一缕风，能让他在某种烦闷不安中坐下来。水芹更像是河流的影子，不分白天黑夜晃动在黑子脑里。可坐在河边的黑子明明看见水芹在河边割草，却不敢上去说一句话。只远远地望，却不敢明显了，有时候只看她在水里的影子。风吹过水面，那影子就歪歪斜斜到了黑子面前，黑子低低地喊："水芹……"有时被自己的声音吓着了，就在沙地上写水芹的名字。独眼王婆不知道黑子在地上写的什么，但她知道黑子的心思。说："娃呀，想得多了，苦。该是你的，命里写着哪。"

黑子不明白独眼王婆为什么总是能猜到他心里的东西。独眼王婆，一年四季都在河边放鹅，眼瞎了一只，年龄也大，可心里亮着。黑子的心思又怎能逃过她的眼。

"娃呀，要涨水了……"坐在地上的独眼王婆忽然说。

黑子不信，天很蓝，太阳也明亮。可是一会儿，河水真从上游像浪潮一样地掀过来。河那边的水芹刚到河中央，就被掀倒，背筐被冲走，人也在河里挣扎。黑子跳下河，救回水芹时，水芹脸白得像纸，独眼王婆要黑子反背水芹，让她把水吐出来。折腾了一阵，水芹才醒过来。独眼王婆说："水芹，娃救的你。"

水芹看看黑子。黑子却扭开了脸，不敢对视。

水芹说："水咋个说涨就涨了。"

独眼王婆指着天边，河流来的地方，黑得像夜。黑子说："那地方雨大……"

多次的涨涨落落之后，黑子知道了河的秉性。有时候明明是晴朗的天，突然间就电闪雷鸣，大风刮倒河边的树，乌沉沉的黑云从河的上游滚滚而来。随之而来的是像涨潮一样汹涌的洪水。上山劳动的乡亲下工时，只能望河兴叹。看河水淹没河滩上的那一小方自留地，看自家的亲人在河对岸伸长了脖子远望。水性好、胆大的男人就游过河，36 常是其中之一。黑子不会为他担心，黑子觉得 36 身上总有他不知道的强大的东西，而这种强大对黑子是一种压迫。黑子只念母亲，母亲的弱小，让他想到水芹。母亲这种时候会沿河走，一直到上游有桥的地方，几分钟可回家的路，因为洪水要两个多小时了。母亲在河那边走，黑子就在河这边走，到有桥的地方会合了，黑子甚至不会叫声妈，又转身往回走。黑子喜欢看涨水。可是有一年洪水大得超过了黑子的想象，尽管他也十八岁了，身子还高过 36，但是却一点也不像 36，他长得魁梧，性格比起 36 却懦弱得多。洪水满了河床，漫了公路。翻滚的洪水冲来上游人家的草房，冲来喊救命的人。河流在黑子的眼里变成了一个极有破坏力的男人，黑子敬畏河流。

独眼王婆也是在一次洪水来时，连同她的几只鹅一起被洪水带走，鹅到了下游成了别人的，而独眼王婆的尸体因为发臭被当地人多次交涉，队长才派了人去弄回。当然这个人只能是36。没有人愿意做的事，自然该是坏分子去做。黑子和36一起草草地掩埋了独眼王婆。36回家了，黑子还在独眼王婆坟前坐了一阵，没有眼泪，可是黑子觉得自己长大了。

水芹也长大了，原来像男孩子一样的性格，突然间变得羞涩了。齐肩的辫子像两把小刷子，衬着一张瓜子脸，小眼小鼻的样子，不算出众，但是拿青云的话说别有一番妩媚。黑子说不出这样的语言，青云读高中，他说出很多黑子没有听过的语言。黑子只是喜欢看她。春末的水芹穿一件粉色的衬衣，黑子觉得像熟了的桃子，想吃。可是黑子表现出来的只是在看到水芹的时候，头低到了地面。水芹端了衣服在河边洗，总洗不完似的。偶尔衣服顺水漂下来，黑子捡到送过去，水芹问：“你天天坐在河边看啥？”

黑子说：“独眼王婆说，河流不会欺人。”

水芹不满地说：“我问你看见了啥？”

黑子看水芹一脸的不乐，心中一急说话就有了结巴：“河……流……”

水芹扑哧一声笑了。反安慰说：“算了，我也看见了河……流……”

黑子羞涩的样子，眼光蒙蒙像有水雾。水芹紧巴巴地盯着他的眼，像是看不够。读过初中成绩很优异的黑子虽然因成分问题不能读高中，但是在水芹眼里，他是个好学生。黑子在水芹眼光的注视下不敢抬头。他就对着河流说话，语言竟是如此神奇，他眼中的河流心中的河流在那一刻像水一样地漫起。水芹第一次听黑子用语言来说起眼前的河流，黑子说了很久。黑子的声音像水流的声音，水芹听得入迷了，直到黑子停下来，水芹还痴痴的样子。

回过神来的水芹说："……看你衣服好脏，脱下来帮你洗了。"

黑子扯着自己皱巴巴的看不出颜色的衣服，难为情地说："我自己洗。"

水芹不理他，端着衣服走了。

黑子脱下衣服，用母亲舍不得用的肥皂把衣服洗出颜色来。第二天，黑子穿了洗净的衣服去河边，望穿了双眼，终于看到水芹来了。可水芹的脸色不好。水芹父母是本分人，凡事由着水芹。可是今天父母却没有和她商量，就让媒人带了一个小伙子过来看房子。水芹是独生女，父母自然不愿女儿远嫁，能招个上门女婿是不错的选择。可是水芹讨厌那个小伙子，左看右看不顺眼，为这事和父母拧着。

黑子瞄一眼水芹，水芹锁住双眉，也正看他。黑子不知道该说什么做什么，只得把眼光丢给了河流。又想起什么似的脱下那件洗得干净的衣服丢在地上，里面的红背心衬着发达的肌肉。水芹有些怔怔的，好像黑子突然之间变成了另一个人。

水芹呆呆地看着黑子，脸红了，心怦怦直跳。水芹心里拿定主意，她要和眼前这个人结婚。可是怎么说得出来呢，她不知道。她只是注意地看了看黑子的脚，心里默了一下尺寸。

水芹的父母托媒婆找过几个人，水芹都不满意。母亲天天数落。水芹对母亲的唠叨好似没听见一般，只是认认真真做鞋，黑色灯芯绒的鞋面，上底的时候，周边压了白色的棉线。母亲问她为谁做的,水芹说,谁穿合适给谁。母亲问不出所以然,看见青云常去找她,就有意无意向队长女人打听,水芹是不是和青云好上了。队长女人断然说,不可能。队长正托人给他找工作,到工厂当工人呢。要找个吃商品粮的才配。队长女人就介绍了她的侄儿,说是兄弟多了,愿意上门。那个侄儿身体还算结实,只是一只手有六根指头。水芹死活不同意,说她心里有人。

青云是回乡知青,心自比别人高了一点。加上父亲到处托人给他找工作,他理所当然地认定自己的将来不属于乡村。虽然那些厂子里的人在父亲请吃喝的时候满口应承,可是吃喝一完工作的事就没了下文。有几个女同学常常来看他,可没上青云的心。青云也很迷茫不知道他要什么,只是觉得书里不是这样,他要的那种生活很高。他偷偷地写诗,写爱情,水芹成了他笔下爱情的影子。做农活的时候,他总有各种理由待在水芹的身边,为了不让别人说闲话,他会拉上黑子。黑子是安静的可靠的,黑子不会把他说的话传给另外的人,更主要的是黑子没有人去传,能带上黑子,青云觉得他是在施舍。这种施舍让青云感觉高大了,也就有了随意指挥黑子的权力。可是有一天他发现黑子梦一样的眼睛总是落在水芹的身上,而水芹看黑子的样子像他在一些书里读到的某些片段。青云愤怒了,自尊的伤害比对水芹的感情重要得多,他赌气地让他母亲去提亲。队长女人却看不上水芹的家庭,说至少也该是个干部子女。队长女人以水芹父母要上门女婿为推词,他们的儿子怎么能够上别人家的门。青云当然不想上门,他只是要让水芹喜欢他。

夜色中的河边,青云质问黑子:"你是不是喜欢水芹?"

黑子不敢接他的话,好在有夜色的掩护,他看不见青云咄咄逼人的目光。青云踢了他一脚说："你识相点，水芹是我的。"

黑子在青云走后，一个人在河边坐了很久。除了流水的声音，他的头脑一片空白。河流没有流走他的忧愁只是增加了他的悲伤。母亲的声音又在马路上响起的时候，黑子突然间明白自己的命运，像一股细小的水流只能沿着已有的河床前行，他不是大水有重新冲出一条水道的能力。他有什么力量去和青云抗衡呢，水芹不也是一股细水么，沿着既定的河床向前，才有可能融到大河里去。如果另辟蹊径，只会消失了自己，或变成一潭死水。

黑子藏起自己刚刚打开的心，他行走的样子让人想起一个词：猥琐。在青云面前，在所有乡亲面前，他谨小慎微，活得像一只蚂蚁。时刻充满着提防，面对种种不公平与欺凌却无还手之力。对于未来对于水芹，他没有设计，如河里的水随它流去。只有水芹，她的一个眼神一句嗔怪一声呵护，是黑子在这个世界抬头的唯一支撑。

黑子在这个世界面前表现出来的孱弱，让 36 从心底看不起。36 在外面还挨批斗，可时间长了，人们只是为了一种游戏，让无波无浪的乡村生活多一点兴奋。大胆的女人喜欢和他开开玩笑，他一身紧绷绷的肌肉总让那些不甘寂寞的女人联想到发情的公牛。36 在外还收敛着，可到了家，除了折腾那些石头与柴火之类，就是折腾母亲。母亲的哀求像锥子，一下一下刺激着黑子的神经。

这种时候黑子想提刀杀了 36。在一个烦躁的夏日午后，母亲求救的声音让黑子的血直往脑门儿上冲，他冲到灶房拿了菜刀，站在母亲那扇已经腐朽的木门前。36 突然打开，睁着一双血红的眼睛，盯住黑子。黑子在他的逼视下侧过头，张了张口，愤怒变成了懦弱。36 鼻子里哼了一声，大步跨了出去，骂一声："龟儿子。"黑子鼻子发酸，一口气跑到河边，扎进水里。他从水里冒出头来，看见水芹扛了一把锄头从老榕树那边过来，他突然想哭。泪流进河里。水芹过河的时候，他站起来呆呆地看她，水芹看了一眼他几乎全裸的身体，赶紧低下头说："穿上衣服，我有东西给你。"

黑子穿上衣服，与水芹拉开一段距离，忐忑不安地跟在她后边。他不敢进她的屋子，站在竹林的阴影里等。水芹拿了一个装过磷肥的纸袋给他，说："回家再看。"黑子转身就要走。水芹说："他们走亲戚了。"

黑子低声说："知道了。"

水芹又说："他们走亲戚了。明天才回。"

黑子不解地说："知道了。"手指使劲地捏捏怀里的东西，想快点知道答案。就说："我走了。"

水芹骂了一句："死脑壳。"

黑子回到家，钻进自己的屋子，拉上窗帘，打开纸袋，一双漂亮的鞋，往脚上一套，正好合适。他高叫了一声妈。母亲进了他屋子，拿起鞋子凑到窗前，把窗帘拉开打量。36 正站在窗子外，开了一句玩笑："小子有女人了。"母亲的脸色大变，拉上窗帘，对黑子说："没到时候，有些事可不能做啊。"

36 在窗外笑了两声，母亲赶紧出了黑子的门。

"有女人了，我有女人了。"黑子揣摩 36 这句话的含义，把鞋抱在胸前美美地做了一个梦。黑子醒来，听见了母亲和 36 在吵架。母亲在哭，36 说："够了，你不说我也知道是谁?"母亲的哭声更大了一点。黑子走出去，母亲停止了哭泣，36 也到井边提水去了。

家里安静了，黑子的心却不安静，狂躁地想破坏什么。到了晚上，天气更加燥热，黑子身体里像有火，发不出来。电闪雷鸣，可雨却不下来。黑子赤裸地躺在黑暗中，听到隔壁屋子传来的³⁶粗重的喘息。逐渐加快加深的喘息如惊雷，敲醒了沉睡在黑子身上的野性。男性本能的冲动在闪电撕裂天空之后，撕破了他埋藏得很好的伪装。原始的力的冲撞，让他在床上辗转难眠，他冲入大风之中，潜入河边，对着河流高叫。

风嘶叫着，盼雨到来。黑子潜到水芹的窗下，固执地敲她的窗子。水芹把他让进房间的刹那，血涌上了他的脸。两个人站在黑暗中，雷声与闪电像天空演奏的音乐，让他始终亢奋，在水芹毫无准备的情况下，他发狠地揉她捏她揪她。水芹喊痛的声音被倾盆而下的雨声淹没了，他们抱在一起随着雨声完成了黑子作为男人，水芹作为女人的仪式。

天空变高了，河流也变野了。一次又一次的大水冲毁了河滩上的蔬菜地，河谷宽得让黑子想到书里念的长江。黑子坐在河边表面上是安静的，内心却如四处冲撞的水，找不到出口时，就变成了脸上此起彼伏的青春痘。这些痘让母亲觉得儿子是真长大了。可那个送鞋的人却始终不露面。母亲托人给黑子找媳妇，不是残疾就是出身不好。黑子拒绝的强硬态度让母亲伤心。而36却偶尔让黑子来一杯劣质的烈性酒，说男人要活得男人样。

黑子在36的鼓动下，越来越挺直了身子。水芹和黑子有了雨夜的事后，心也野了，总是寻找机会与黑子缠绵。水芹说出她要嫁给黑子，生产队就如开了锅的水，沸腾着。反响最强烈的是青云，他不能忍受他的失败。水芹要嫁给黑子，居然嫁给黑子，青云暴怒的结果是找人把黑子打了一顿。可黑子表现出来的漠视，让青云心里不是滋味。他对母亲说："水芹不能嫁给黑子。"队长女人正为水芹拒绝她的侄儿，竟然要嫁黑子窝心。想了想，说她有办法。

队长女人在水芹父母面前，不知道说了些什么，外边放出风去，说水芹已经订婚了，对象是队长儿子青云。青云其时正借到公社当广播员，信了母亲的话，说水芹最喜欢的实际上是他。青云半是骄傲又半是勉强，黑子没戏了，这让他多少有些幸灾乐祸。可是青云不确信自己是否要娶水芹。青云只想报复黑子，黑子怎么能和他决高下呢。从公社回到家，他穿着白色的确良衬衣，下摆扎在裤子里，神气活现地到了河边，对黑子说："水芹要嫁给我了。"

黑子闷了半晌，冒出一句："我睡过了。"

青云踢了他一脚，骂："流氓。"

青云质问水芹时，水芹竟然说是。青云失望了，广播员的差事又被公社妇女主任的儿子顶替，青云病了几天，一度非常消沉。队长女人不知道发生了什么，青云只说水芹喜欢黑子。队长女人就在黑子家门口指桑骂槐地骂了好些天。青云不见水芹，但也不说退婚。队长女人试图为儿子另找对象。青云却通通不见，因为他已听到恢复高考的消息，正好躲起来复习，拿到录取通知书的那天，他才让队长女人去退婚。退婚之后的青云对黑子说："我不要了，把水芹送给你。"

青云的退婚让水芹父母在乡亲面前一度抬不起头来，把这一切怒火都归到黑子身上。水芹父亲说绝不允许一个特务的儿子进入自己的家庭。他们把水芹关在一间小屋里，队长女人还是把她那个六根手指头的亲戚介绍给了水芹，不到一个月的时间，父母就开始张罗她的婚事。

水芹被捆绑在家里与那个男人成婚的那天，黑子在河边坐了一夜。他没有眼泪，只是拳头狠狠地砸在沙地里，手上的血染红了沙子。弥漫在河上的雾像看不见的将来，他没有明确的敌人，但是敌人却又强大得让他无所适从，无所躲藏。河流还像昨天一样流着，黑子的心却丢在那个雷雨交加的夜晚，再也回不来。他更多的时间是坐在河边。对于河流的阅读，让他的眼光有一种远离现实的迷蒙。

　　婚后的水芹再次见到黑子的时候，黑子正在山里棉花地里摘棉桃。饱满的棉桃像成熟的女人，打开的声音让男人们浮想联翩。水芹摘花的手碰到黑子的时候，黑子仿佛听到所有棉桃绽开的声音，整个世界都是晃动的棉花。

　　"晚上到乌龙凼。"水芹嗓子里冒出一句话，黑子以为自己听错了，再看看水芹，水芹却离开他和一个大婶说话去了。黑子无心摘棉桃。大家收工的时候，黑子还没完成他的任务。他一个人留在棉地里继续摘棉桃。一个人的棉地安静多了，黑子内心的骚动缓缓地平静，他一定是听错了，水芹已经结婚，已经是别人的女人，怎么可能再约他呢。

　　夜幕刚刚在平原降临，山野却是黑的了。黑子一个人往回走，水芹却从一丛树后冒了出来，两人先是呆立着，你看我我看你，水芹的眼睛先湿了，泪水大颗大颗往下落，黑子想说什么，水芹却突然堵住了他的嘴。两人一下搂在一起，难解难分，滚在路边的荒草丛里。"我就是要和你好，就是要和你好"，水芹发恨的声音撩得黑子胆大妄为了。

　　黑子重新活了，他在河边躺下去，伸展开了手脚，躺成一个大大的大字，睡意蒙眬中也见他笑，见他轻呼水芹的名字。他的世界是水芹构成的。有了水芹所有的轻视如同风过水面，水不会

118

因此而改变方向。

黑子因为水芹，他的生命力表现出的张扬，让好事者猜测不断。他们如猎人布了陷阱。当他和水芹在棉地里缠绕时，被队长女人发现了，她叫了一帮人抓了正着。黑子被反剪了双手，跪在地里。黑子没有低头，他用眼光寻找着水芹。看队长女人打水芹的耳光，他骂了句粗话，队长女人更加发恨地打水芹。黑子低声下气地求他们，说："你们放了水芹，放了水芹……"

队长女人打一下骂一句："流氓……"

"淫妇……一窝淫妇。"队长女人骂着骂着就扯到黑子母亲的头上。

黑子说："不准骂我妈。"

队长女人狞笑，说："做得还怕别人骂不得。你妈就是淫妇，勾引队长，腐蚀队长。要不然，队长早就是书记了。"

黑子啐了队长女人一口痰。队长女人手一抹，对其他人说："灌他的尿。"

村人当是一种乐趣了，惩办流氓，个个群情激愤的样子。

水芹看村人灌黑子屎尿，哀求说："让我们死吧。"

队长女人到了她面前，厉声问："是不是他勾引你？"

水芹低声却清楚地说："我是自愿的。"队长女人急得附在她耳边，说："说是他勾引你，他出身不好。"

水芹又说："是我愿意的。"

队长女人往地下呸地啐了一口，说："不要脸。不看你是我侄儿媳妇，就让你挂只破鞋游街去。"

水芹冷笑。

队长女人把黑子和水芹折磨够了，还抱走了他们的衣服。黑子用棉秆把自己和水芹围起来。水芹才蒙脸哭起来，说："没脸活了。"

黑子艰涩地说："我害了你。"

水芹说："不，是我害了你。我就是要你，我的身子没给他，我就是想给你留住。黑子，我们一起吧。"

黑子说："除非死了。"

水芹突然擦干泪，说："我们就是死也要在一起，让他们气去。"

黑子和水芹认真地商量怎么个死法，才能报复队长女人，报复那个丈夫。可是商量到最后，还是觉得活着报复他们才解恨。

他们在夜晚降临之后才下山，在河边却发现了他们的衣服。穿好之后回到村子，黑子回家之后用药毒死了队长家的牛。牛是集体的，不过是队长家暂时照看。队长女人愤怒地告到公社，黑子以流氓加蓄意破坏集体财产罪被判了刑。

黑子服刑之后，母亲垮了，心慌，失眠，一天不如一天。队里对36的斗争少了，36却越来越沉默，每天喝大量的劣质烧酒，因为酗酒而倒在河边，河流接纳了他。

黑子走后，水芹接替了黑子的使命，很多时间她守住河流不言不语。她父母因为她的丑事，相继患上一种说不出来的病，不到一年的时间就相继过世了。水芹与六个指头的丈夫在一个屋檐下过起了日子。水芹和其他人一样叫他六指儿。和六指儿在床上，水芹喊黑子，被打得鼻青脸肿她还是叫黑子。后来六指儿也习惯了，因为他裤腰里的那个物件总是不争气，他在水芹面前扛不起一个男人的称呼。水芹说，她要去看黑子，六指儿说，他陪她去。水芹就抓扯他的头发，骂他不是男人。水芹捶石头卖，河滩有的是石头，取之不尽。碎了的石子拉到远处修路，她为自己凑足了去黑子服刑地方的路费。在那个荒远的监狱，黑子见到水芹，以为是梦。他说："好久没见过河流了。"

水芹说："河流还那样。"

黑子试探地问："你还好吧？"

水芹说："我等你。"尔后相顾无言。她不是他家属，会面的时间在狱警的监视之下，她只能揪住他的手，指甲陷进他的肉里。疼痛夹杂着甜蜜的感觉，一直陪伴着黑子度过了十年的日日夜夜。

4

黑子看看自己的手，仿佛还有微微的疼痛。黑子对着乌龙凼喊一声："水芹，"乌龙凼像镜面一样平滑的水突然起了一圈涟漪。黑子相信人死之后一定是有灵魂的，水芹能够看见他，听见他喊她。他抛了一块石子在水里面，水面起了皱，争相向周围荡漾开去，黑子说："我会陪你的，水芹……"

队长女人落土之后，响起了鞭炮声，黑子才回到现实中，水芹已经死了。她活着，世界的某一个地方就有温暖，日子就有盼头。可她死了，黑子还得活着，黑子不知道活着的日子除了守着乌龙凼，还有什么地方可以更接近水芹。掩埋队长女人的人们过河回家了，他们投给黑子的眼光带着深深的蔑视。青云却来到黑子身边，黑子抬头向这个一起长大的伙伴表示他的友好。青云却一直站着，眼睛在他脸上扫来扫去，像打量一头牲口。黑子说："你回来了……"青云打断他的话，说："我能不回来？有人害死了我妈。"

黑子说："你妈……"

青云说："闭嘴。"

黑子看看他，青云很矜持的样子，转身走了。青云快上公路的时候又停了下来，点燃一支烟，烟雾把他的脸罩住了。他从昨天晚上到现在没有合上一眼。昨晚守在母亲的长明灯前，除了安静，他不知道这屋子里是否还有悲伤。他很想让自己悲伤的，可是却流不出泪来。他实在是忆不起多少温情的母爱来，记事起父亲和母亲就在吵架。而现在父亲坐在一个黑暗的角落里抽烟，他只是觉得家里一种喧闹没有了，老了的父亲，孤独。他让父亲和他一块儿去上海。父亲只有一个字，不。他说他一个人在家，他不放心。父亲灭了烟头，躲躲闪闪地说，青云在社会上混出人样了，而那个社会他不懂。可黑子还要他帮。青云觉得母亲的身体动了一下，有一瞬间他疑惑母亲会突然跳起来破口大骂。青云对父亲吼叫了一声，闭嘴。父亲不说话了，一下子腰就弯了下去。青云在黑暗中睁大眼睛，小时候的种种在夜的深处显现出来。送母亲上山的时候他看见黑子坐在河边，明白自己昨晚想得最多的一个人是黑子。青云抽完一支烟，下了多大决心似的，又回到黑子身边。两个人坐在河边默默地看着河流，好一阵青云才说："他们走了。有人带走了一个谜。可悲的是有人一辈子也不知道那个谜。"

黑子由着自己的心性说："可悲的是水芹……"

青云站起来，把围巾上的一根野草丢进河里，说："往事如烟。"

黑子还是坐在地上，说："如果水芹跟了你，可能就不会死了。"

青云说："没有可能。除非是小说，她可以再活一种人生。"

黑子说："听说你是作家？"

青云说："你知道作家是干什么的？绞尽脑汁在小说里安排人物的命运，可是一抬头，发现现实远比小说更加荒诞，更加残酷。"

黑子说："我坐牢的时候，有个人是作家。他能一天不停地讲故事。"

青云说："我明天就走了，爸一个人在家，让他去我那儿，他不去。人老了，不放心，你照顾他。"

黑子张张嘴，想说可能吗？青云却不让他说话，拍拍大衣上的尘土，就走了。

队长其实并不要黑子照顾，倒是他常常劝黑子别一天到晚在河边坐着，正常人也会坐出毛病来。黑子只是淡淡的，越来越懒散的样子，冷眼看村人各行其道，买卖各种蔬菜，发展养殖业。黑子只侍弄一亩地，勉强过日子。剩下的时间他给了河流。水芹走后，河流不知为什么更瘦弱了，到了冬天河水细细的仿佛断流的样子。村人在乌龙凼之前截断水源，抽干了乌龙凼的水，从来没有见过天的河床裸露出来。原来河床的岩石高低错落，有的地方像锅底一样，老榕树的树根伸入岩石缝隙之间，吞噬了多条生命的村人谈之色变的乌龙凼不过如此，人们的恐惧没了，敬畏河流的心也没了。

队长为大家找来一条致富的捷径，淘河里的沙石卖。一时间河滩上又热闹起来，全家老少都出动了，不要本钱只需付出劳动就能得报酬的好事，谁不踊跃呢，巴不得河里的沙石都是自己的。只有黑子不动，黑子袖手，只看别人淘。黑子说他听到了河流的哭声。没有人相信他的鬼话，只觉得他是为懒找借口。黑子没有办法让人相信他的话，他只有守在河边，看河床里一个又一个的深坑，曾经顺畅的河床千疮百孔，丑陋不堪。但是乡亲视而不见，在他们眼里河流是没有生命的，突然而来的财运是因为有那么一棵老榕树保佑。只有半边的老榕树，不知被谁先扎上一根红布，空了的树干里放上一尊泥塑的财神，香火不断。可老榕树偏偏毁于香火，淘沙石的依然淘沙石，只有闲汉黑子靠近浓烟徒劳地向老榕树泼水，不过是把树的死亡拉得更长，燃烧了好些天。没有彻底燃烧的枝丫黑糊糊的，在河边显得丑陋。人心也变得丑陋，为争沙石打架的，偷别人沙石的，河谷每天上演着打架与吵嘴。队长负责买村人的沙石，然后卖给水泥预制厂，白白地吃差价。钱像水一样天天往他的口袋里流，队长激动了，当了那么多年队长，从没有这么轻松就吃这么多钱。激动了的队长喝酒喝出了脑溢血，只能坐在椅子上，说话也含糊了。有人接替了队长的角色，村人才知道原来队长吃了他们那么多血汗钱，村民相互转达着一句话：报应。黑子想到青云的话像谶语，心中不安，担起了照顾队长的事。鄙夷的，嘲笑的，说黑子巴结的，什么话都有。也有公道的老人说："黑子厚实。"黑子只是说："别再乱挖河流了。"没人肯听，夏天涨很少的水，有人就在自己掘就的深坑里旋了下去。

河流又开始吞噬生命的时候，人们对河流重新有了敬畏之心。只是河流的声音每天被汽车的声音覆盖了。一条新修的公路要穿过村子，掘起的泥土源源不断地往宽阔的河谷里倾倒。泥土填补了河谷的深坑，慢慢地在河谷重新堆造了一块宽阔的坝子，河流被挤到了山脚，河流细了。发大水的时候，冲垮了一些泥土，河道淤积不再像河流的样子。奇的是水更细了，黑子想不通水去了哪儿，常常担心河流会断。坝子上的荒草倒是浩浩荡荡，人们经过时，偶尔会被窜出的蛇咬伤，有人为此锯了半条腿。黑子在秋天放火烧掉了荒草。到春来的时候，他把队长背到河边，说："没事你就看看河流吧。"黑子开始在坝子上挖坑，没有秩序，疏密不匀。队长的表情中有一丝欣悦，好像家长看着自己的孩子玩玩具。黑子买回桉树的苗子，一棵一棵地栽下去的时候，队长急了，嘴里嗯嗯哈哈不知道说些什么。黑子不理他，只顾栽树。

当坝子上的桉树都长到碗口粗时，河谷又一次美丽起来，绿色的屏障似的树林隔开了河流，关于鬼魂的阴影退到远处。村人喜欢推开家门就见到树林。村人忽然宽容了，没事时喜欢在黑子的树林里走走，和黑子说说话。有人说："黑子成个亲吧，老了也有个伴。"

"是啊，世道好了，好好活。"新上任的队长说。

黑子只说："懒得折腾。"

新上任的队长说："你栽那么多树干什么呢，那是公家的河滩，树长大了也不归你。"

黑子笑了笑说："树不归我，也不归你，是河流的。"说完也不看新队长的反应，推起队长就走。队长的脸逼得通红，只是说不出话来。新队长看看老队长，说："轮椅高级啊。"黑子说："青云寄钱给他老子买的。"

新队长说："青云原来是队里最有出息的。现在算不上了，队上在外打工的不算，只说当老板的就好几个呢。有搞房地产的，有在北京开酒楼的。黑子，你看别人的房子都修成楼房了，你还是该变变了。"

黑子说："我觉得很好。"

新队长说："你还这样混?"

黑子说："是活。"

新队长说："那就活个样子吧。"

黑子轻蔑地说："就像你那样子?"

新队长有些恼怒地离开了。

黑子把队长推到河边，他点燃一支劣质烟，在树林边坐下来看河流。或许是因为树林，河水清了一些，潺潺地流过时，黑子的心又变得温情了，仿佛是水芹的低语。他总是在看着河流时想到水芹，那一刻对于物质的要求变得很低，守着河流成为他惰性的最好借口。不能说话也不能走路的队长只能陪着他看河流，队长的心里也许也有一些缤纷的往事吧，黑子在队长的眼角看到混浊的泪水。黑子推着队长往回走，为了方便照顾队长，黑子已把队长安排到自己家里。他想不通队长为什么不去青云那儿，青云回来接他走，他急得直摇手。青云只是按月给他寄钱回来，黑子觉得自己是个保姆的角色。和队长待在一起的时间长了，慢慢地生出一些依恋来，队长解了他的寂寞。

　　黑子的树疯长，风吹时树林哗哗的声音盖过了村子里的一切声响。鸟儿也多了，偶有白鹭来停歇。从乡村出去的年轻人回家来，也总喜欢到树林里走走。可是有一天，新队长告诉黑子，为了给村民创收，要砍了树，修建一个大型造纸厂。黑子不同意，说会污染河流。村人却欣喜，村子里要建厂了，村人好心地对黑子说，这些树可卖到纸厂。黑子和队长每天守在河边看守着树林，推土机开进树林的那一天，队长忽然从轮椅上站了起来，死死地抱着一棵树，然后闭了眼。

　　黑子给青云打电话，说："你父亲死了。"

　　青云在那头说："也是你父亲。"

　　黑子惊愕。

　　黑子老了，头发白了许多。黑子还坐在河边，生长树林的河坝，现在正在大兴土建。再没有人从河那边过来。但是黑子看到了更多的人，独眼的王婆，36，母亲，队长及队长女人，还有永远年轻的水芹，他们在那边活着，只隔了一条不宽的河。

天堂的紫丁香

"那坟前开满鲜花，是你多么渴望的美啊……"简卫把按键固定在反复播放上，在街边坐下来，倒出峨眉山上的山泉水开始煮水。他已经算好时间，十二点过十分，隔壁医院下班的人就会经过他的热带鱼水族馆。他要像老到的茶艺师一样，充分享受嗅茶、温茶、装茶、润茶、冲泡、烧壶、温杯的全过程。那个时候，米萝正好经过这里，他会请她品一杯上好的峨眉山竹叶青，然后告诉她，告诉什么呢，告诉她他活着的时间不多，有些话必须说出口。他的脸上隐约有一种少年人才有的光辉，眼睛望着清风街的入口。

医院下班的人三三两两地走出来，经过简卫的门市时，因为这首女声唱的"丁香花"，好多人特意地看了看简卫，他们低声说话，脸上的表情有些奇怪。简卫无视那些探究的目光，他在人流中搜索。"丁香花"放几遍了吧，吃完午饭的人们已经陆续往回走，有人停下来听这首歌，说没有米萝唱得有味，而后叹息一声走了。

米萝，简卫反复地念这个名字时，触动内心深藏的柔软，闹

128

市已在身外。他重新烧了山泉水，开始一个程序都不减少地泡茶。

简卫抿了一口茶，眼睛微闭，任清淡的苦香溢满唇齿之间，好像阳光照进天堂的紫丁香园。

去年秋天，简卫在清风街盘下这个原来做餐饮生意的门市，开了一家热带鱼水族馆。简卫的门市不大，生意也不怎么好。好在简卫不靠这水族馆生活，他和朋友合伙在峨眉山里有一家小型煤矿，虽然他不大过问煤矿的事，但朋友给他的分红，足够他闲适地活着。他总是穿着对襟粗布衫，平底鞋，一副什么都看透的样子。简卫嗜茶，尤其喜欢泡功夫茶。也不管别人怎么看，水族馆开业的第二天，就在街边摆开了阵式，烧青冈炭的小红炉、小巧玲珑的栗色紫砂壶、江西景德镇的白果杯、棋盘形的茶盘一应俱全。品茶的简卫像是清风街的局外人，他一边饮茶一边静观，看红男绿女，如寺庙里的僧人，隔了红尘俯视众生。

停下来看简卫品茶的人多半知道一点茶道，好奇地看他漫不经心地呷茶，身处市井还能自我陶醉。也有人嘴一撇，脸上明显是一种鄙视，说他演戏。简卫的目光不会落在看他的人身上，那样显得他没进入境界，至少他做出一副超然物外的样子。

他的朋友中闲人不少，经常有人陪坐街边喝闲茶说话，或者静观往来行人。时间久了，简卫悟出另一种茶道，茶是形而下关于人的，古人品出茶道中的空与无，他却品出热气腾腾的生活。

清风街这个街名本身就有趣，清风明月当是阳春白雪的，眼下却是名副其实的一条好吃街。清风街除了一家鲜花店和简卫的热带鱼水族馆，其余就是面店，米线店，跷脚牛肉店等等。吃饭的时候，街上人来车往，各色人物相继登场，其间不知道有多少真情与暧昧，烦恶与敌意。简卫能感受到一种由人的情绪而聚集的一种场。上班的时间街上却没有多少人经过，各家店主及小二都忙着择菜做饭前准备。简卫左边是面店，女人颇有点姿色，男人却猥琐。简卫微微地偏身对着右边的鲜花店。花店的生意不怎么好，但简卫注意到有一个频繁光顾鲜花店的女孩，要么是一枝康乃馨，要么是一枝紫丁香。

女孩为谁买花？做什么工作？简卫发现日复一日的平淡生活出现了亮点。

因为这个亮点，简卫的生活中有了盼望。十二点一过，他就开始在人群中搜索。女孩有一头直发，走路的样子像风拂杨柳，她喜欢和穿高腰衣服的大胸女人一起，偶尔有一个国字脸的男人陪同，他们吃豆花、跷脚或沙锅。饭后她总来买花，买康乃馨的日子多一些，这些日子她是快乐的，她吊着大胸女人的膀子咯咯地笑，她笑起来左边的脸颊上有一个小酒窝，偶尔还会张开双手，像要飞的样子。如果她脸上愁云笼罩，眼神忧郁，大胸女人和国字脸男人无论怎么开心，她也很少露出笑容来，她的样子让简卫想到葬花的林黛玉。这种日子她定会买紫丁香。

有一天，简卫正埋头泡茶，有人问："可以给我喝一杯吗？"

简卫抬起头看她一眼，买花的女孩！

他看到她的眼睛，深得纯净，脸色却有点疲惫。简卫内心热烈，表面却矜持地热了热茶盅，又运了运壶，才把黄金似的铁观音茶水倒入杯里，她端起来一口就喝下去了，说："再来一杯。"简卫皱皱眉头，还是给她倒了一杯。她很渴似的，连续喝了五杯，才对简卫说了声谢谢。简卫面上不动声色，内心却有些失望。他希望她能懂得一点茶的。女孩坐在面馆吃面，她的动作很快，发出的声音也大，与她文弱的长相极不相称。吃完后她买了一支紫丁香，消失在人流中。

女孩的完美，虽在简卫心中撕开了一个口子，却没有减弱探究她的兴趣。从秋天到冬天，简卫的眼光从她进入清风街开始到她出清风街结束。她穿湖蓝色的裙子，海蓝色的毛衣，孔雀蓝的外套，他心里称她为蓝色天使。他知道她是旁边医院的，他猜测她的职业，医生，护士，后勤人员？

简卫甚至想自己能病一次，好有名正言顺的理由接近她。可一向健康的他对医院总有些忌讳，他在医院门口徘徊多次还是没有走进去。何况简卫不想事情弄得过于复杂，他要的只是感觉，就像喝茶，不在乎茶真有那么好喝，他在乎泡茶的过程。

冬至那天晚上，简卫和一帮朋友喝酒，他对朋友讲起蓝色天使。朋友问要不要帮他把她搞定。简卫说搞定就不是天使了。朋友大笑，说没那么纯洁，医院里乱七八糟的事多了。

可简卫强调说，有一种情感应该叫高贵。

朋友取笑说他病得不轻。简卫开玩笑说，如果真病了，也算是冥冥中有人帮他。

简卫酒量不大，因为心里那份蠢蠢欲动的情感，喝多了，站起来时像踩在云朵上，怎么也站不稳。朋友们恶作剧地把他送进医院。本来还能说话，两瓶糖水输下去，简卫反倒昏迷不醒，转到内科病房，一查血糖高出正常好多倍，医生好一阵抢救才脱离险境。等他醒来，他看到穿护士服戴船形帽的她，她的胸前挂了一个牌子：米萝。

米萝站在他床前，双手交叉，她笑着，问他感觉好点没？简卫点了点头，问到底什么病？米萝俯下身来，像母亲对孩子那样轻轻地说："糖尿病，以后不能吃含糖高的食品，好吗？"

糖尿病，简卫听别人说起过，好像不是什么大不了的病，怎么会昏倒呢？米萝会不会对自己隐瞒病情，简卫说："米护士，你告诉我真相,我能承受。"

米萝笑起来,声音像挂在风中作响的银铃,她说:"真是糖尿病,只要按时吃药不会有大问题。"

简卫想坐起来,米萝却把他按下了,并给他紧了紧被子。米萝脸上的笑容无可挑剔,简卫却觉得那笑容不是给他的,是给职业的。他看她转到另一张病床前,她的脸色变得苍白了,因为病床上的小女孩正用枯枝似的手把康乃馨的花瓣扯下来丢在洁白的被子上。米萝在床前坐下来,拿过小女孩的手抚摩着,问是不是不喜欢康乃馨。

那是个初中生模样的小女孩,眼睛凹下去大得吓人。小女孩固执地说她不要康乃馨,她要丁香花。

米萝说,康乃馨表示小妹妹的病会很快好起来。

可是女孩子尖叫一声,说要丁香花。

一个挂着护士长牌子的女人走进来,问怎么又闹了。米萝赶紧说没事。小女孩却哭着说,她要听米萝唱"丁香花"。护士长看了米萝一眼,说想听就给她唱吧。

米萝关了门,对简卫抱歉地笑笑,开始唱:"……那坟前开满鲜花,是你多么渴望的美啊……"女孩子停了哭,米萝的眼睛却润了。

简卫的心也被弄得酸酸的。

简卫从重症室转出来后,开始没完没了做各种检查,生活在疾病中间,他不得不怀疑自己得了什么癌症之类,医生模棱两可说只是例行检查。米萝总是笑,说他过于敏感了。

早上,米萝给他打胰岛素,简卫有些晕针,米萝拍着他的背,像哄一个孩子。

到了下午,米萝给简卫送来一枝康乃馨。

简卫说:"我更喜欢丁香花。"

米萝说:"康乃馨是祝你身体康复。"

"丁香花呢?"

"丁香花是天国之花,只有那些放弃了治疗,或者是医生已经无力挽救的病人才送丁香花。"

简卫终于明白为什么米萝买康乃馨的时候像个快乐天使,而买丁香花的时候,却忧郁而伤感。

简卫说:"你是个美丽的天使。"

米萝调皮地笑笑,说她向一个老护士学的。她在上海的一家医院实习,一个护士总给病人买花,说到她离开人世的时候鲜花可以铺满去天堂的路了。喜欢读诗的米萝觉得老护士把护士工作做成了一首诗。

米萝刚参加工作不久,晚上夜班遇到一个癌症垂危病人放弃治疗,家属们都守在病床前,等待病人最后的心跳。可病人的心跳在监护仪上平滑下去,又突然地跳起来,病员眼睛睁大,好像很恐惧。米萝也很恐惧,看着生命之灯的熄灭,她的眼里包着泪水。泪眼蒙眬中她看见桌上的丁香好像有一种光晕,并向远处铺陈开去。她莫名其妙地想起一句歌词:"那坟前开满鲜花,是你多么渴望的美啊……"说来奇怪,那个病人安详地闭了眼睛。

国庆联欢的时候,米萝唱了这首歌。因为这首歌,大家记着了米萝,歌也成了米萝的歌。米萝没事时总哼哼,有病人要听,她就放开声音唱。坟对于她只不过一个词,在她正蓬勃的生命中,坟代表的意象还在另一个世界,尽管有些伤感,米萝的丁香花却是开满鲜花的春天。但是护士长提醒她,不宜对病人唱这歌,尤其是垂危病人,坟,这字不吉利。

简卫说他喜欢听,米萝问没有忌讳?简卫半开玩笑半认真地说如果死的时候是米萝唱这首歌送他，他会很幸福。

给简卫扎针的时候，米萝总是略带调皮地唱："那坟前开满鲜花，是你多么渴望的美啊……"简卫也不晕针了。

简卫血糖控制住了，可医生告诉他，他肺上有块阴影，还不能确诊。

简卫说："癌症?"

医生说没那么多癌症，可脸上流露出的分明是一种同情。

简卫表情看不出害怕，其实心被悬起，像在高处找不到踏实的地方落脚。

简卫出了医生办公室，太阳正好从走廊那头射进来，通过走廊天花板反射投到他身上，幽深的走廊有很奇异的感觉，好像一条金碧辉煌的通道，而这个通道却通向另一个世界。简卫有一种悲壮的感觉，他看到米萝戴着口罩从病房里出来，说："到你给我送丁香花的时候了。"

米萝没说话，用一种责备的眼光看他一眼，又去了另一间病房。

简卫回到他的病床上，肺上那块不能确诊的阴影变得越来越大，完全把他罩着了。不知道过了多久，他听到走廊里纷沓的脚步声，和很多人说话的嗡嗡声。他出了病房，那些病友不用他问，就告诉他出了什么事。

原来和他同住过重症室的那个小女孩病危了。小女孩的母亲在走廊里哭，简卫透过重症室的玻璃窗口看见女孩全身插满了各种管子，医生和米萝站在女孩子的床前，面对死神的争夺束手无策。简卫看见米萝在床边坐下来，摸着女孩的头，嘴一张一合。简卫听到一个声音渐渐地大起来："那坟前开满鲜花。是你多么渴望的美啊……"

简卫的眼睛湿了，他扶女孩的母亲坐在凳子上，却没有一句话。在医院这种地方，生死像太阳的升起与落下那样平常，死神选择别人而不是自己，可谁能肯定下一轮不是自己呢。简卫决定出院，医生不同意。简卫签了自动离院书，协议上说出院后病员出现任何意外医院概不负责。

简卫说恐怕上帝也负不起责。

医生表扬他是个明白人。

简卫快速离开医生，否则他不能控制自己是不是会给医生一拳。

他收拾好自己的东西，却磨蹭着，他在等米萝。可米萝戴着口罩，忙进忙出，根本没有停下来的时候。

他怀着一丝遗憾离开医院，离开的时候，他心底一直哼着那首歌："那坟前开满鲜花，是你多么渴望的美啊……"他相信不久他会再回到医院来。

那一天不会太远。

那一天米萝会为他一个人唱这首歌。

简卫出院后，只去了水族馆门市一天，他没法再在闹市中泡茶，因为那种热气腾腾显得非常虚幻。他用一种道别的目光看清风街。小叶榕还是那样，披满灰尘和油烟的叶子看不出任何美感。开店的人永远在忙碌，卖菜，择菜然后数钱。那些挺着大肚腩的男人，妖艳的女人灌满自己的肠胃后，还和昨天一样重复日子。这样的重复活着，多一天与少一天有什么区别呢？

简卫非常认真地问活着为什么？没有人能回答。如果在医生告诉他肺上阴影之前，还有米萝和她的歌让自己产生一点寻常生活之外的想法，让活着多多少少呈现一点意义，那么在这个阴影之后，生活仿佛该是另一种样子了。到上级医院确诊，然后手术，然后化疗，然后再放疗……简卫坐在水族馆内，定睛看一只拖着长尾巴的小金鱼在很小的玻璃缸里打转，根本就没舒展的空间。简卫想肺上的那块阴影就是他的玻璃缸，剩下的日子他将会拘束地围于这个小小的空间里挣扎。简卫赌气地把小金鱼倒进大箱里，小金鱼非常惊慌，但是它舒展了身子，它的尾巴很漂亮。

简卫看了那小金鱼两个小时，看小金鱼怎样逃过大鱼的围追，然后悠闲地在一片水草里游来游去，虽然不知道在下一刻会不会死，至少现在它活得舒坦。简卫就在这个时候作了一个决定，放弃确诊。

简卫关了水族馆，从清风街消失了，消失的还有可以在街上悠闲品茶的文化。连那些鄙薄过的人也觉得清风街缺了简卫的茶，缺了文化。

简卫消失的一年，其实只是躲在峨眉山清音阁，听泉品茶。然后每天爬一趟牛心寺，牛心寺因年久失修，未对游客开放，正好是简卫一个人的路。山路曲折陡峭，却长年鲜花不断，简卫总会放开嗓子唱一段："那坟前开满鲜花，是你多么渴望的美啊……"这个时候和鲜花一起摇曳的还有米萝。

刚开始的时候，简卫有一丝伤感，他好像看到自己的坟，尤其是鸢尾花，这花让他觉得离那一天很近。可是简卫不让自己消沉下去，他快速地爬山，让身体的疲惫代替思考。想到米萝时，他却像个小说家任思绪飞到哪儿是哪儿。一个星期过去了，一个月过去了，大半年过去了，简卫觉得自己的声音越来越高亢，身体也越来越好，可以在山路上灵巧地跳跃。他已经活过一年了，对他来说已是太多的时间。现在剩下的每一天他都充满感激。

简卫回到清风街，摆开他的茶道，却没看到米萝。简卫决定去医院，借复查的理由去看米萝。简卫找到原来的主治医师开了照射单子。放射科医生好一阵折腾，调出原来的片子，询问简卫用了什么药，简卫说没吃药。医生说恭喜，肺上阴影没了。

简卫反而蒙了，安排好的人生节目，却突然大调整。他甚至觉得没有做好更长的活着的准备。简卫怀着不知是惊喜还是沮丧的心情去看主治医师。主治医师正在抢救病人，一个拆迁工人从无防护栏的四楼掉下来，一个毫无准备的人却走向死亡，来不及接受米萝的丁香花。简卫找米萝的身影，来往的护士尽管戴着帽子和口罩，但简卫确信他能够认出米萝。

简卫没有找到米萝。

简卫问一个小护士："米萝在哪儿?"

小护士说："天堂。"

简卫认为她在开玩笑，护士长却认真地告诉他，米萝走了，因为癌症。

简卫心中某个地方隐隐作痛，离开医院的路上，反复念叨："人世间多少繁芜从此不必再牵挂……"

琴声悠扬

琴行开在近山邻水的银都小区。

琴行的对面是绿草如茵的广场。近在咫尺的竹公溪沿着山脚在公路旁哗哗地流过，水声在夏天的日子听起来令人惬意。琴行的一边是工艺美术店，另一边是鲜花店。琴行里的覃小飞和花店女孩站在门口说话，花店女孩很兴奋的样子，跟随覃小飞进了琴行。

住在银都苑的郁婕送走了放暑假的女儿小忆，吊着丈夫徐原的胳膊沿着广场的格子路本要走向竹公溪旁的山冈。琴声却在这个黄昏响起来。

郁婕说："我敢打赌，没有哪一家琴行能选择如此好的位置。"

郁婕拉着徐原在琴行前踌躇着，她想摸一摸那些黑得发亮的钢琴。但不知什么原因，也许是胆怯，她觉得那些钢琴不可一世地高贵，她在门口站了一下，拐到琴行另一边的花店里。花店里无人，一种紫色的纸包着的香水百合静静地散在花台上。郁婕呆呆地望着那花，对徐原说："你不觉得我才配那花吗？"

徐原嘿嘿地笑起来："我还喜欢你的这点自信。不过就色彩来说冷了点，不够热烈，所以显得孤独。"

郁婕说："少卖弄你的色彩。我就喜欢这花。"

徐原一本正经地说："小忆去爷爷那儿，你可能真孤独了。"

自从郁婕辞去老师的职业，到这个依山环水的城市带小忆和照顾他的饮食起居，他觉得太太回家实际上是一件好事情。郁婕喜欢读书，也喜欢看电视，常为一些悲悲切切的虚假的爱情而流泪。徐原为此没少嘲笑她。但他从内心深处是认同她的。他们拉着手沿着竹公溪走了很远，黑夜把他们融了进去。

郁婕张望四周无人就对徐原说："亲我。"

徐原用嘴碰了一下她的脸："行了，这么黏糊。"

回到家，徐原坐在他的电脑前搞他的室内设计。对郁婕说，他晚一点睡，明天有一重要客户等着看样。郁婕躺在床上，翻看小忆的照片。小忆在照片上古灵精怪的，想起临走前，小忆在广场的绿茵上学跳芭蕾舞的情景，郁婕说了一句类似精灵的含混不清的话。却突兀地想起琴行来，想起那些静默地如绅士一般的钢琴。她跳下床，在书柜的最高一格取出一本薄薄的小书，《德彪西的钢琴音乐》。书已经泛黄了，但首页上那个叫林叶的男孩写的赠言还在，"有一种声音使人生绚烂如花，那是音乐。"弹风琴的林叶说，他只见过一次钢琴，但从没摸过，他说钢琴的声音使他从头到脚地战抖。

很多日子郁婕忘了那段时光，但今天记忆的触角却疯长。她翻开书，德彪西的音乐就响起来，特别是那首《月光》，作者弗兰克说：乐曲一开始有着静寂、怡人的意境，头八小节的上方以极缓慢的速度下滑，宛如悬在半空一样，这种富有象征性的下行进行，令人感到柔和的光影是来自月光的辐射……这一段文字还画了线。德彪西自己说过"音乐只为聆听而存在"，他的音乐拒绝描绘，从不拘泥现实中的各种表象。但弗兰克写的这本书深深地影响了她，听到音乐总要联想到什么。后来她买了德彪西的光盘，但都不是以钢琴再现那些鲜亮而诗意的《雨中花》《雪上足迹》等等。她的生命里一样渴望林叶说的那种战抖。她翻着书，想着德彪西，想着那个叫林叶的音乐老师进入了梦乡。

徐原是搞室内装修的，他的设计被一家国有银行看中，承办刚竣工的大楼室内装修。忙碌得三天两头不见人影。郁婕前所未有地清闲与无聊。银都苑里住着许多和她一样的全职太太，她们养宠物、打麻将、卖时装、做美容，她们过着一种她们认为应该的生活。但郁婕对这些好像没有多大的兴趣。许多天她待在家里沉入德彪西的钢琴世界，在没完没了的《月光》中去想不明不白的林叶。那是一段想起来就叫人心痛的时光，她曾经渴望林叶说的那一种"声音"永远伴随她，但林叶走了，远得她想起来就累。

有一天，住在对面的邻居陈菊敲开她的门，说："一天到晚关在家不闷得慌？陪我上街逛逛。"

郁婕："又想买什么？"

陈菊："东东要读小学了。昨天去托了一个熟人，那熟人说现在兴什么素质教育。熟人家有台钢琴，东东去摸来着。我们也想给我们家东东买台钢琴。"

"东东，钢琴？"郁婕好像很难把东东与钢琴联系起来。东东的顽劣与智商她很清楚。但她不好扫陈菊的兴，她想起了那天与徐原散步时发现的那家琴行，就愉快地说："行，等我换件衣服。"

虽然是夏天，因昨晚下了雨，有风不紧不慢地吹着。郁婕说下楼的感觉其实不错。陈菊边走边瞧自己的衣服，说衣服如何名贵。郁婕热情地附和说："你这身衣服很好看。"

陈菊扭着有些发福的身子说："我老公就喜欢我穿好看点。郁婕你怎么老穿棉绸？那么好的身材不是太可惜了。"

郁婕："谁看啊？女为悦己者容。徐原只看见我穿睡衣的时候。"

陈菊笑道："怪乎你的那些睡衣奇形怪状的。睡衣不就是睡觉吗？大花裤棉的穿起来才安逸。"

郁婕不说话只是笑，很快到了琴行。郁婕站在琴行的门口，风吹着落地窗的窗帘，琴行里静悄悄的。

陈菊粗着嗓子喊："人到哪儿去了，不守住摊子。"

郁婕听她把琴行说成摊子，心里多多少少有一点鄙视，又怕琴行的人把她看成同一类人。她急拉着陈菊说："你小声些。"这时覃小飞从琴行隔离的小间里闪出问："两位姐姐学琴？"

"学琴？"郁婕怔了。

"学什么劳什子琴呀，买琴！"陈菊说。

覃小飞听说买琴，并没增加多大的热情。但脸上至少有了点与他年龄相称的青春的笑容。他用一种懒懒的无力的却像老朋友拉家常似的声音，介绍着每一种钢琴的优缺点。

陈菊对郁婕说："你帮帮忙看哪台好。"

郁婕的脸不易察觉地红了一下，很快恢复了镇定。问陈菊："价钱定位多少？"

陈菊挨着看了每台琴的价说："两万左右吧。"

郁婕站在一台标价为两万九千的黑色施特劳斯钢琴前，抚摩着漆黑的琴身。覃小飞灵巧地打开琴盖，用修长的手指在琴上敲出一个音符。郁婕的心颤了一下，那声音从她的天灵盖冲出，在这一个简单的音符里，她感觉一种类似电流的东西发散到她的四肢。

覃小飞说："你弹弹？"

她望着陈菊："弹弹?"

陈菊说："我一个卖菜的，称秤还行。这琴你可别难为我。"

覃小飞说："大姐，卖菜卖到你这分上，也该是荣华富贵的了。"

陈菊被覃小飞说得心花怒放的，指着郁婕对覃小飞说："你弹，她听能行就行。"

覃小飞坐在施特劳斯前，一串串的琴声在琴行里响起来。郁婕的心在琴声里沉浮，她完全被那种华丽的优雅的声音所迷惑。她想到林叶，她看着有人拿着鲜花从琴行前经过，她觉得那是在电视上，恍恍惚惚的不怎么真实。

覃小飞问她感觉怎样，她说行。却不好意思去砍价了。覃小飞看出她的犹豫，便拿出他的名片对陈菊说："大姐，是孩子学琴吧，带来我先教教。三个月过后，如果还行再买琴。"

陈菊的脸笑成一朵花，对覃小飞又作揖又打躬："好好，正不知去哪儿请钢琴老师呢?"

出了琴行陈菊拿着名片问："这老师姓什么?"

郁婕一看："覃小飞。与钢琴的琴同音。"

陈菊："这么怪的姓，怪不得我不识这字。这覃老师像有病似的，脸那么白。"

郁婕："是有点苍白。"

陈菊带东东去琴行三天，就有点耐不住了。郁婕问她感觉怎么样，陈菊说："闷死了。"

然后她亲热地抱着郁婕说："明天有人约我打麻将，你帮我带东东去，赢了钱我们对半分。"

郁婕挣开她肉嘟嘟的身子，说："热死了。把你的拥抱给你老公去。要求我，提点水果就行。"

陈菊是外地人。她老公在西藏当志愿兵时，把她从老家一个偏僻的山村带到西藏卖菜。陈菊大字不识几个，但性格爽快，人又勤劳，生意做得很好。老公复员后她还在西藏做了两年。然后在银都苑买了房子。老公利用天南地北的战友关系，常年在外做水果生意。陈菊算是退休了，当上了全职太太。对麻将可真是情有独钟，一天不摸，心里就发慌。

　　郁婕带东东走进琴行时，覃小飞稍稍有点吃惊。说："是你啊，陈姐有事?"郁婕笑而不答。

　　覃小飞倒了一杯水，拿出一本书，说："随便坐，也可以随便弹琴。"然后带东东去里间练琴。郁婕在东东身边站了会儿，发现覃小飞说话有点拘束。她当过教师，她理解这种心情。就退了出来，坐在外间。外间宽敞明亮，色彩不一的钢琴连同它们不同凡响的名字在各自的位子上闪着不同的光辉。郁婕觉得那些琴是有生命的，虽然无声，但她好像能感觉到每台琴都渴望发出声来。临窗的三角钢琴占据了很大的位置，孤傲地、优美地站在那里。郁婕想那琴是一个人，林叶，那个为钢琴而远走高飞的林叶。那是一个秋天的黄昏，林叶抱着吉他，在刚刚退了水的草滩上，弹一首忧伤色彩的俄罗斯民歌《我曾爱过你》，郁婕和另一个女孩子一同望着天边的云霞感动。但林叶始终没说他爱过谁，就是几天前的晚上，郁婕陪他到一个学生家家访回来，经过长长的一条乡村小道，半个小时的时间，他们之间没说一句话。但林叶就在那个黄昏之后，远走他乡了。留给郁婕的只是一本书《德彪西的钢琴音乐》，郁婕的心里又流过那首经典的《月光》。

　　东东休息时，覃小飞满头汗水地出来，说东东很难教，几天了五线谱一个不识。郁婕笑笑没吱声。覃小飞坐在施特劳斯前，像微风拂柳般拂出一串音符。郁婕不知他弹的什么曲子，但她喜欢那琴发出的声音。这种声音使夏天的炎热有了一丝丝的微风，这种声音使她又看见小忆伸着小鸟般的胳膊在对面广场的草地上旋转。覃小飞一曲又一曲地弹下去，没有和郁婕说话的意思。

花店女孩站在落地窗的外面，笑眯眯地望着覃小飞说："小飞，你弹一首安在旭的歌，我给你献花。"覃小飞没听见似的继续弹着。

东东再上课时，郁婕悄悄打开覃小飞弹过的琴，双手在黑白键上抚摩着，她觉得这黑白键是钢琴的眼睛，轻轻地抚摩就有一种生理的快感，从指尖流淌她的全身。

晚上，陈菊说打牌输了。然后送了两条又大又肥的花短裤给郁婕。说穿着凉爽。郁婕哭笑不得。说："拿回吧，小忆不在，带东东倒给我解了闷。你就别客气了。"

陈菊说："我怎么好意思呢，你让我表达表达心意嘛。"

陈菊留下花裤头回去了。郁婕拿出德彪西的《月光》放进音响里，那些耳熟能详的曲子又精灵般满屋子飞翔起来。郁婕又拿出那本《德彪西的钢琴音乐》翻阅，心里有一种说不出的伤感。后来干脆伸展了四肢躺在沙发上，心沉入德彪西为她酝酿的音乐里。

徐原开门进来看见放在茶几上发黄的书说："哟，今天好兴致啊，又想起什么啦。"把包一丢，疲倦地躺在郁婕的对面。两条花短裤在穿着真丝睡袍的郁婕身边醒目地红。徐原突然跳起来，激动地亲了郁婕，直奔电脑室。他说，他要用粗朴原始的方式装饰一间休闲室。郁婕站在徐原的背后，看他画完了设计图。从背后搂着徐原，脸在他的头上蹭来蹭去，说：我今天陪东东去了琴行。

徐原说："这个设计新颖别致。多亏了你的花裤头。喂，汗腻腻的，我洗澡去了。"

郁婕："我帮你擦背。"

徐原："又有想法了吧，表现那么好。"

郁婕吻他，吻他如女性一样修长的睫毛，吻他挺直的鼻子，吻他丰厚的唇。徐原挺有形的五官常激起她的欲望。而现在她吻着，听到一种声音，钢琴的声音，叮叮咚咚，先是有些拘谨，后来却像流水一样无拘无束地漫开去。

第二天陈菊上街买了双细高跟的鞋子，却在下楼时伤了脚，打了石膏，老公不在家，只好麻烦郁婕送东东。接下来的好多天，郁婕总是准时地出现在覃小飞的琴行。东东下课的时候，覃小飞就会坐在琴前，弹一些郁婕熟悉的曲子。如《致爱丽丝》《海边的阿狄丽亚》。因为有比较，不能说覃小飞的琴弹得好，但郁婕听得那么认真。她喜欢在琴声里看街道，看夏日里葱茏的山，觉得一切变得亲切而富有诗意。特别是在星海、切尔、英昌还有海曼、诺地斯卡、金斯伯格等数台钢琴的陪伴下，年轻的覃小飞坐在琴前陶醉地投入。郁婕坐在那儿，路过琴行的人都看她，她简直像皇后一般的高贵，她的虚荣心得到最大的满足。覃小飞觉得他找到了一个忠实的听众，不挑剔的，只在意他在弹着的听众。他那么卖力地弹着，直到他苍白的脸上泛上红色。

覃小飞说："谢谢！"

郁婕说："该我谢你！"

神清气爽的日子，看天天有情，看地地有意。雨后的大地更是干净得像换上了新衣。郁婕去琴行的路上一直在一种好心情里微笑。东东拿一根棍子，像戏里骑马的动作一样，哼唱着杀进琴行。郁婕来不及阻止，东东的棍子就打在钢琴上，咚……郁婕心疼地抚摩着琴说："小祖宗，你是来学琴的，至少要有一点学琴的味道嘛。你这样调皮，明天不送你来了。"

覃小飞用一块绸布仔细地擦拭钢琴，口里说没关系，没关系。脸却越发苍白。抬头望了一眼郁婕，眼里居然包了泪。郁婕想覃小飞大概属于林叶一类的人。东东胆怯地拉着他说："覃老师，覃老师，你别哭，我让妈妈赔你钢琴。"

覃小飞抱着东东，摇了摇头，说："东东乖，阿姨明天还送你来，对吧。"

东东跟覃小飞进了里间，郁婕进去听他一遍又一遍示范着，讲着，东东却像浑浑噩噩的虫，就是见不到一点亮光。覃小飞就有点心不在焉。郁婕听他叹气，就悄悄地退了出来。发现施特劳斯上多了一张照片，是上海音乐学院的同学留影。覃小飞一脸灿烂的笑容，眉宇之间掩饰不住的骄傲。郁婕拿住照片端详着，上海音乐学院几个字特晃她的眼，她记得林叶曾说过，上音乐学院是他的梦想。她从心里佩服这些人。她曾对徐原说，自己是音盲，在她所受的教育里，音乐离她最远。

下课了，东东获释般飞出琴行。郁婕指着照片说："我真羡慕你。"

覃小飞站在郁婕的背后说："我只上了两年就退学了。"

郁婕不解，回头望他，覃小飞的双眼充满了与他年龄不相称的忧郁。郁婕一下没了语言。覃小飞坐在琴前，把头埋在琴上，而后有一段音乐好像混合着眼泪在飞，好像鸟儿伤了飞翔的翅膀。郁婕的心和他一起在那儿挣扎，想穿越什么，想撕毁什么，却又那么无助，仿佛心甘情愿地在一种类似绝望的气息里沉浮。

晚上陈菊被老公搀扶着，提了一大篮水果到郁婕家。说她不配当妈的，儿子让郁婕陪着，东东又调皮让郁婕费心费力。可又说，坐在那儿陪东东学琴，打瞌睡，呼噜比东东的琴声还大。把郁婕逗得笑起来。

"放心养伤，这个暑期我都可以陪东东。"郁婕说。怕陈菊看见她内心似的又说，"我当过老师，陪东东比你强。就算是家教。"

陈菊说："那我给你钱。"

郁婕说："开什么玩笑。远亲不如近邻，谁都有需要帮助的时候。何况小忆不在家，日子真无聊。倒是东东陪我打发了时间。"

陈菊一脸的感激。郁婕却有自己的小九九，只是想趁这个机会名正言顺地走进覃小飞的琴行，听他弹琴。她喜欢那种坐在琴行里，眯着双眼，有一个人在身边用琴声说话的小资情调。

覃小飞那天反常的表现后，郁婕带东东再次出现在琴行时，覃小飞说："你能来，这时间过得真有意思。"

"我答应东东陪他这个夏天。"

"有这个夏天足够了！我给你弹一曲《夏天最后的玫瑰》。"

郁婕听过这首歌，她不能说覃小飞弹得好，因为拘泥于原来的歌词，她觉得覃小飞弹的曲子也不是原来的歌词表达的意境了。她喜欢覃小飞那些没有名字的曲子。那么她可以随意地展开想象，特别是昨天覃小飞弹的曲子，她好像有一种奇怪的直觉，她想覃小飞是在表达一种痛苦，但她不敢肯定这种感觉是否正确。今天，覃小飞先用修长的手指弹出一段音阶，节奏很快，它们每一个音都华丽无比，却每一个都急匆匆地追赶着，令人窒息一般，很快消失了踪影。而后又是一段轻缓的低音，叹息一般，休息一样。或者说是战斗前的空隙，有很多很多的话要说，有很多很多的心事要想，却又来不及似的，一场厮杀铺天盖地地来了。急风暴雨般的音乐疯狂地回荡在琴行，如一把火烧得郁婕心跳加快。

花店女孩站在窗外，看覃小飞的头随着音乐晃动，她的头也晃着，一脸迷醉。郁婕的心却那么紧张，她在一种貌似强大的声音里，听出一种无助、害怕与孤单。她在心里说："别怕，冲过去，冲过去。"她感觉到覃小飞的心在那里受着痛苦，又存着希望。希望看到欢乐，而真的看到了。覃小飞转过身来看她，她对他笑，覃小飞也对她笑。然后她在覃小飞的音乐里感受另一番灰蒙蒙的景象，而这种灰蒙蒙像辽阔的草原那样无限深远。

郁婕说："真奇特，在你的琴声里，我好像经历了死亡，而站在天堂的门口一样。"

覃小飞说："我想是越过了死亡，看见了一大片草原。"

郁婕说："我看过很多关于濒死的报道，好像是一种很美的体验。"

覃小飞说："也许吧。现在有些高校正流行一种游戏，寻找濒死的快感。就是突然把人击昏，昏过去的人在短时间里体验现实世界里不曾有的感觉。"

郁婕说："冒险。但我怕死。"

覃小飞说："我也一样。但我有过濒死的感觉，就是看见那种灰蒙蒙的草原。"

东东说要上课了，郁婕才打趣地说："不合时宜，你那么年轻，就给你讨论关于死亡的事。不会自杀吧。"

覃小飞用单手在琴上潇洒地滑过，说："不会。活着多好啊！"

花店女孩笑着溜进琴行，双手背在后面，说："小飞，闭上眼睛。"而后拿出一枝鲜艳的玫瑰，深情款款地插在覃小飞的衣服上。

覃小飞说："太夸张了吧。"

花店女孩说："你弹琴的时候真帅！像安在旭。"

覃小飞拍着花店女孩的肩膀说："好女孩，好女孩。"拍得花店女孩拥抱了他一下，飞快地跑了出去。

郁婕带着东东回家，小家伙胖胖的手牵着她问："郁阿姨，小忆姐姐回来学琴吗？"

郁婕说："只要小忆姐姐愿意学琴，就让姐姐陪你。"

郁婕想起了女儿，就像春风拂面一般，心情特愉快。音乐使她心里装满了爱。渴望给予别人。回到家，徐原已经回来了，买了一件旗袍，说："最流行的，快试试效果。"

郁婕说："是不是犯错误了，想起来买衣服，这可是破天荒的事。"

徐原说："女人就多心。还不是因为太忙，没时间陪你，给你补偿补偿。"

郁婕说："不对。"但她今天心情特好，走进里间，换上旗袍。咦，还真不错，她第一次觉得穿衣服也能穿出好心情。她在镜子前转来转去，镜中是个丰满的、每一根线条都流泻出欲望的女人。她想起了看过的电影《花样年华》中的那个女人，一种比较暧昧地对激情的渴望蠢蠢欲动。

徐原在客厅大叫："再不出来，我要进来了。"

郁婕的脸红了，为掩饰自己的内心，学模特的样子，一步三扭地走了出来，昂着头问："怎么样？"

徐原瞪大了眼睛，眼光在郁婕的身上扫来扫去，紧紧地拥着她说："我想犯错误了……"

第二天，郁婕穿着紫色的旗袍娉娉婷婷地走进琴行时，覃小飞认真地看了她一眼。而后在琴上滑出一节华贵的音符。郁婕心里很满足，无论如何那年轻男孩的笑是她愿意看见的。覃小飞再为她弹琴的时候，她觉得那琴声是有颜色的，就是她衣服的颜色，淡紫的，婉约美丽中有一份伤感。郁婕静静地坐在那儿，听琴声温柔的倾诉。空灵缥缈的音乐使琴行蒙上一层薄雾。郁婕望着三角钢琴，好像又看见林叶怀抱吉他忧郁的样子。她的内心里没来由地有种类似爱情的感觉。覃小飞的琴声停了,她还沉浸在她的梦里。看她沉静的样子,覃小飞想到一种花:香水百合。

覃小飞去买花,花店女孩说:"小飞,你喜欢什么花,我都送你。"

覃小飞却说要掏钱买花才有意义。花店女孩精心地用紫色的包装纸包裹着每一朵百合花。

覃小飞说:"紫色配百合是绝配。"

花店女孩得到覃小飞的称赞,脸色比那些玫瑰还要好看。

郁婕来琴行,第一眼就发现了三角钢琴上的香水百合。覃小飞穿一套白色的休闲装坐在琴前。郁婕觉得琴行极其华贵,有远离生活的感觉,一道落地玻璃窗就隔开了现实。弹琴的男孩和听琴的女人带有了梦里的色彩。如果不是东东穿进穿出,郁婕真觉得是在舞台上,演绎一出经典的故事。

覃小飞今天让施特劳斯休息。他坐在三角钢琴前,打开了琴盖,亮丽的黑白键直逼郁婕的眼睛,她觉得黑白键是钢琴美妙的眼睛。覃小飞先弹了一段和弦,而后是一种一尘不染的音符展示诸如《雪之梦》《晨光》《风车》和《山涧》之类。覃小飞全神贯注的样子,迷了郁婕的眼,好像林叶复活似的。她对音乐仅有的认识是从林叶开始的,林叶在她心目中像德彪西的《月光》一样干净澄澈而又朦胧优美。而今天覃小飞迷惑着她,她梦幻似的走过去,想伸手去抚摩他的头发。

花店女孩站在窗外,眼睛一动不动地望着覃小飞。郁婕伸出的手捋了捋自己的头发。郁婕说:"你弹琴的样子,让我想到一个朋友。"

"我知道,一定是你生活中比较重要的朋友。如果没猜错,他属于过去式了。"

"你怎么像巫师？"

"我有第六感觉。"

郁婕给覃小飞说起了林叶，说起了德彪西。覃小飞说德彪西是印象派大师，把绘画和音乐相互交融到了极致。

覃小飞说："人怎么总在失去了的时候，才去一往情深地回忆。"

"是的，因为年轻，因为有太多太多的机会，我们总是不在意身边的。就像站在一座山上，远方始终在招手。"

覃小飞说："只有爬不动了，才发现身边一样开着许多花。而有的花正是梦寐以求的。"

"你身边正开着花呢。那女孩喜欢你。"郁婕望着一直在窗外的花店女孩对覃小飞说。

"也许。但她这朵花是为别人而开的。"

"爱不就是从喜欢开始的吗？"

"不适合。"

"是你不适合，还是她不适合？"

"一样。"

"不一样。她是个好女孩。"

"是，好女孩该有好归宿。我不能给予她。"

"好好把握吧。别错过人生给予你的机会。"

"谢谢！虽然机会不会再有。"

"干吗那么悲观。你不知道你有多优秀。而且正是阳光灿烂的时候。"

"是吗？可惜明媚的日子就要飞逝无踪。"

"小飞，你……"

"别问好不好。你就听我弹琴，在夏天就要结束的日子。"

覃小飞眼圈发红欲哭无泪的样子。郁婕就有点心疼，说："小飞，什么事都会过去的。时间会医治好一切伤痛。"

覃小飞却突然地哭起来，郁婕就有点手足无措。她抱着他的头，任覃小飞像孩子样地哭泣。

花店女孩冲进琴行，推开郁婕。脸涨得通红。语无伦次地指责郁婕。郁婕平静地说："我对覃小飞说，你爱他。"

花店女孩声音发抖地说："我们的事，不要你管。"

覃小飞关上琴，生气地对花店女孩说："我的事你最好也别管。"

花店女孩哭起来，蒙着脸跑了出去。

第二天，郁婕对陈菊说她不舒服，让她找人带东东去学琴。陈菊拄着拐杖回来说，覃老师好像不高兴，一句话也不说，不知道哪儿得罪了他。又说，她让东东爸爸送东东回老家一趟，郁婕可以轻松了。郁婕失落什么似的，做什么都提不起精神。徐原回家见她懒洋洋的，问她是否病了，她说没什么。徐原兴致却很好，把她从沙发上抱起，摔在弹性很好的席梦思床上。他说他喜欢她像一匹小母马，一匹发情的小母马。郁婕强打精神，极力迎合他，却勉强得很，在徐原大叫的时候，她却哭起来。

郁婕在家闲了几天，倍感无聊。在一个阴阴的天气，上街闲逛。买了一套有点怀旧情结的白上衣和蓝裙子，她在镜中看着自己，莫名地有了一股勇气。她匆匆地付了钱，打的到了覃小飞的琴行。覃小飞正在给别的学生上课，她就静静地坐在三角钢琴边。覃小飞出来看见她，先是怔在那儿不知说什么好，继而坐在琴前弹起来。他们相视而笑。

"我来告诉你，东东回老家去了。"

"我知道。但我希望每天有人听我弹琴。而且不挑剔，不批评。"

"我绝对符合你的要求。因为我不懂,你怎么蒙我都行。"

"好呢,你这个听众让我有一种成就感。"

此后的日子郁婕每天来,她很在意自己的形象,每天都是不同的风格。覃小飞也在不停地变换自己,剪了一头很时髦的发型,一缕稍长的头发隐隐地遮住他的眼睛。花店女孩说覃小飞更像安在旭了,看电视剧《星梦奇缘》正起劲的她,每天送一支红玫瑰放在覃小飞的钢琴上。

覃小飞一身白衣坐在琴前,晚霞透过玻璃窗照着他。他随心所欲地演奏着,悠扬的琴声从他手下流出来,如晚霞映照的河水波光粼粼。郁婕在琴声里,望着广场的鸽子在绯红的晚霞里悠闲地飞,心里就充满了感动。

"怎么一切在你眼里都是音乐。"

"如果上帝给我时间,我会成为一个音乐家。"

"让我瞧瞧,嗯,苍白的面容配上忧郁的气质,有音乐家的外形。你真不该就在这儿卖琴。"郁婕说。

"你又取笑我了。还记得你们第一次来琴行吗?我为什么没有直接把琴卖给你们。不瞒你说,我没有搞经营的能力。开着这么一家琴行,是因为我喜欢钢琴。而父亲为了我,就说开这个店让我玩着。钢琴全在他开的琴行里卖,我这儿不过是一个仓库。你没发现那台施特劳斯不在了吗?这儿的琴已经换过很多台了。"

"三角钢琴还在?"

"那是因为你喜欢。"

"我该怎样谢你!"

"你不明白,谢你的该是我。"

有琴声相伴的夏天,过起来真快。音乐使一切变得美丽而高尚。郁婕不停地给徐原买衣服，很多都是覃小飞穿过的式样。

徐原不解地说："发疯了吧，何时变得这么物质了。我又不是模特儿。"

"想没想过，你穿着这身衣服坐在钢琴前是什么样子。"郁婕问。

徐原回答："与德彪西比如何？"

"臭美。小忆回来让她学钢琴好不好。"

"圆你的梦啊。你该去把她接回来了。"

郁婕到小忆爷爷家两天，徐原赶了来。准备带全家人去北京旅游。郁婕在故宫买了一块玉，她要送给覃小飞。

当她回家兴冲冲赶到琴行，琴行却关着门。花店女孩一脸的落寞，说琴行好多天没开门了。

郁婕每天来，琴行一直关着。直到小忆开学。一天饭后，郁婕牵着小忆散步，琴行亮着灯，郁婕兴奋地推开了琴行的门。

"覃小飞！覃小飞！"

里间有位收拾东西的男人，一脸的痛苦与疲惫。他踱出来说："小飞走了，你是……"

"唔，我是一个学生的家长。"

"找别的老师去吧。"

"能告诉我，怎么联系覃小飞吗？"

"音乐！"

"音乐？"

"你认识一位叫郁婕的家长吗？"

"我就是……"

"你！他刚读音乐学院二年级就患了白血病。"

男人拿出一个大信封，说："这是留给你的。"

郁婕拆开信封，有好多张用五线谱谱写的乐曲。郁婕很难过，她不识五线谱。但她把它们抱在怀里，那是一个年轻男孩的灵魂。

覃小飞信里只有一句话：这个夏天的太阳，我把它叫做阳光！

天使泪

1

江雨菲做完手术回到科室，医务科长对她说，你去劝劝你那同学，她又闹事了。江雨菲让助手下医嘱，拖着已经在手术台前站了五个小时的麻木的双腿，跟着医务科长下了楼。门诊大厅前，江雨菲在一群人中一眼就看见了石竹花和她的男人黄皮匠。医务科长吆喝，让开让开。人群却不动，江雨菲挤进去，看到石竹花面前用一张大白纸写了"还我亲人"、"开除值班医生"几个大字，然后是一张详细的解说，说她女儿生产住院，在出院的前一天却突然死了，死的时候医生还在睡大觉，是她给女儿做人工呼吸。石竹花本来声嘶力竭地正在控诉，看到江雨菲，她犹疑了一下，把脸转向另一边，说谁主持公道，谁为病员说一句话。

医务科长上前说，你这是破坏正常的医疗秩序，我们已报了110。

石竹花愤愤地说，110怎么样，要命有一条，再加一个也容易。

医务科长说，你这个女人……

江雨菲拖开医务科长，对石竹花说，不是鉴定了吗，怎么又来了？

石竹花哼了一声，说狗屁的鉴定，什么梗塞，反正我们不懂。我女儿死得好冤啊。石竹花说着眼圈红了。

江雨菲的眼光穿过石竹花的眼泪，落在她身后的某处。说，闹不是办法。

石竹花说，你指一条路来？

江雨菲叹息一声，也不管医务科长正给她使眼色，径直走了。江雨菲走到二楼，电话响起来，是分管文教卫生的副市长龙眉打来的。龙眉说，你劝劝石竹花，她听你的。

江雨菲又下了楼。110警车正好开来，下来几个便衣警察，什么也不问就扯烂了石竹花面前的纸，石竹花和她男人黄皮匠去夺纸，警员拿出电棍一阵乱打。只听到石竹花的号叫声。江雨菲跑过去，说怎么乱打人。几个警察不说话又一溜烟上车走了。江雨菲去扶石竹花。石竹花推了江雨菲一把，江雨菲站立不稳从厅前的石阶上往下滚。医务科长扶起江雨菲时，江雨菲的脚踝肿胀起来。医务科长说，石竹花，你殴打医务人员。石竹花眼里有一丝愧色，但是嘴上却硬着，说警察打人了警察打人了，大家看见的。

又一辆警车开来，一个二级警司带着几个年轻警员询问什么事，石竹花说警察打人了。

警司说，红口白牙，我们谁打你了？

石竹花说，110警察。

警司一笑说，我们就是110，接到报警就来了。谁打了你？诽谤是有罪的。

石竹花说你问他们，他们看见的。

警司环顾一周，说谁证明？围观的病员纷纷后退。

一辆黑色的奥迪无声地开进来，龙眉从车上下来，卫生局长及随行人员紧随其后。医务科长和警司赶紧走到龙眉面前，说龙市长来了。龙眉问，又是医闹？

石竹花低头不语。

警司说，龙市长放心，我们一定会维护医务人员的正当权益。

龙眉说，我们也要注意保护人民群众的利益。

石竹花突然高声说，警察打人了。

警司很严肃地说，谁给你证明？

石竹花指着江雨菲，说江医生证明。

警司说，江医生你看见我们打她了。

江雨菲说，你们没打。但是……

警司打断她的话，指着石竹花说，听到没有，江医生也说我们没打人，人民警察怎么会打人。

医务科长说，相反你打人，你看江医生的脚。

龙眉弯腰看江雨菲的脚，青淤了一大片，说赶紧照片，看骨折没有。

龙眉临走时说，要严惩殴打医务人员的行为。警司一挥手，把石竹花带回了警察局。

2

江雨菲住院了，胫骨骨折。她身心疲惫地躺在市医院的骨科病床上，病房摆满花，百合多得奢侈，那是施楠送来的，他每次来，放下花也不多说，看看她就走。江雨菲说别送了。

施楠说，你不住院，我哪来送花的机会。

江雨菲笑说，又不是什么大不了的病。

施楠郑重说，你有大病我会悲伤的，就想不起要送花了。

江雨菲说，假作真时真亦假。

施楠咬牙指了指她，很痛心疾首的样子。

江雨菲一下笑起来，施楠这个动作突然让她轻松了许多。她说，你有空看看石竹花，她怎样了？

施楠皱皱眉头，说瞎担心。

江雨菲说，石竹花性子躁，但她听你的。

施楠说，你还是关心关心你自己，昨天看见秦弦回来了。江雨菲的眼光落在施楠刚刚送来的百合花上。施楠又说，我没有告诉他你住院的事。

江雨菲说，谢谢你的百合花。施楠摇摇头，走了。

江雨菲看他出了门，心事重重地睡下，梦中总是晃动年轻时的影子，施楠，秦弦，龙眉还有石竹花。她被一阵喧哗声惊醒，睁开眼看见龙眉，短发刚吹过，脸上挂着温和的笑容。龙眉在病床边坐下来，握着江雨菲的手，对着记者们闪烁的灯光，说，一个一心一意为患者着想的好医生，却被患者打伤。这不再是某个人与某个人的问题，是我们的社会问题。说明医患矛盾已经非常突出，应该引起社会足够的重视。我们一定要严厉打击干扰正常医疗秩序的行为……相机的快门啪啪地响。江雨菲的眼被光刺得流泪。

龙眉挥挥手，一帮记者走了，病房里安静下来。龙眉挪开有些发福的身子，坐到更舒适的椅子上。一时间大家无话。

沉默了一阵，江雨菲说，谢谢你来看我。

龙眉简短地说，工作。

江雨菲问，你们打算怎样处置石竹花？

龙眉说，那是公安局的事。

江雨菲说，她不是故意要伤我，那天的确有人打了她。

龙眉不接她的话，站起来，走向一束百合花前。说，他送来的？

江雨菲说，谁？

龙眉笑了一声，一字一句地说，你知道我说谁。

江雨菲望着龙眉似笑非笑的脸，说，放了石竹花吧。

龙眉哼了一声，说你总是扮演天使。又笑一声，像是掩饰她的失态似的，走过一束又一束百合花前，她定定地盯住江雨菲，说，施楠把这儿当成家了。

江雨菲望望龙眉，低声说，我准备和秦弦复婚。

龙眉略微一迟疑，故作轻松地说，钥匙还是原配的好。她说司机还在等她，开门出去时背影在门口站了一阵，只是没有话。江雨菲想到两个人同住的青春岁月，每当发生争执，龙眉也总是这样站在门口，等她喊一声她的名字，然后转过头来。江雨菲喊一声，龙眉。如今的龙副市长只是身子颤了一下，却带上门走了。

门没有关严，被风一吹打开了。风有了通路，加紧地从河上吹来，果绿色的窗帘被风鼓起来，能看到窗外的一角天空了。江雨菲下床，单脚跳到窗边，拉开窗帘，楼下龙眉被一帮人围着还在说什么。江雨菲想龙眉有她想要的生活了。可是自己想要的，却越来越迷茫。她抬头望天，只那么一刹那，身体像过了电一样。天空少有的蓝，白云堆得很厚，很久以前的一句话一下跳出来：这是今世的天空还是来世的天堂？

3

　　江雨菲与秦弦在水中经过窒息般的挣扎，终于躺在大渡河边的芦苇丛中的时候，天上堆着棉花一样的白云。惊魂未定的秦弦说，这是今世的天空还是来世的天堂？江雨菲抹了一把脸上的水，秦弦把她手抓住了，举向天空说，天使的手。两人十指交叉慢慢地放在秦弦的胸前。江雨菲的泪水哗地流下来，手攥得更紧了。秦弦激动地说，噢，这是今世的天堂！

　　这是初秋，秋风吹来，湿透的衣服贴在身上，感到微凉。他们自然地抱在一起，细细的沙子当成床，先是微风细雨，而后是闪电、是雷声、是起伏的海浪，最后飞上云端。一切都安静了，芦苇低低的叹息，水声的喧哗听得见又听不见，他们相拥着不知今夕何夕。他们牵手走出芦苇丛，沿着大渡河向下游走去。大渡河与青衣江、岷江在举世闻名的大佛脚下汇合，浩荡的水面有水鸟起起落落，渔船经过，总有些惊心动魄的感觉。秦弦说，江雨菲，记住了，你是江上的水鸟，我就是你的江。江雨菲的脸像桃花初绽。

　　江雨菲带着一脸的春光回到位于青衣巷的保健院，施楠正在她们的小屋里，龙眉的床上摆满了结婚用的各种用品。龙眉激动地说，江雨菲你看看这枕巾，多美的图案，并蒂莲，百年好合。还有这床单，牡丹花，富贵吧。

　　江雨菲问，你们什么时候结婚？

　　施楠看一眼江雨菲，眼睛里流过一丝无奈。说他先过去了。龙眉抓着他说，慌什么。请哪些人还没定下呢。

　　施楠坐下，表情极不自在。龙眉抱怨说，都是你父母非要办，我说新人新俗，新式婚礼，出去旅游，看看风景就行。你父母却要大办，还要在宾馆。太麻烦了，你说是吗，江雨菲。不过人生就一次还是要像模像样才行。

江雨菲笑笑，说，你们慢慢幸福，我要出去洗澡。说完开始清理衣服。

龙眉说，江雨菲，我们是好朋友对不？我和施楠都结婚了，你和秦弦还是应该讲点现代化速度。

江雨菲怔了一下，说，我会和秦弦结婚。

龙眉放下手里的东西，很欣喜地问，真的吗？施楠用探询的目光望望江雨菲，江雨菲垂下眼帘。施楠站起来拉开门走了，把门关得很响。龙眉怔了一下，很快就笑起来，说，男人其实像个孩子，用过的玩具一件都舍不得丢。

江雨菲冷冷地望她一眼，不说话。

龙眉把床上的东西摔了一下，皱巴巴地拢在一起，抱着走到门口，说，我已经给老院长说了，我们结婚就用这间房子。

龙眉关门走了。江雨菲颓然地坐下，和秦弦的欢娱还留在身体里，可是心里却是空的了。秦弦像天上的云来去无踪，她把握不了他。她最踏实的是有这间屋子，让她在这个陌生的城市，像主人。龙眉要这间屋子，自己又去哪儿呢？

她环顾这个十二平方米的小屋，她和龙眉分到这个医院时就一起住了，两张单人床，一人一张桌子。墙上有一块木板是施楠帮她们装上去的，一头摆着龙眉的《演讲与口才》，一头摆着她的文学名著。她用眼光抚摩那些书的名字，最后落在四册《约翰·克利斯朵夫》上，再也挪不开。她抽出第一册，在译者献词那一页，有施楠的字，"像一个战士一样"。

4

　　江雨菲的眼睛又有些酸。那是她的生日，施楠问她要什么礼物，她点了这套书。施楠说小意思。他们一同把书抱回来的时候，她好像得到一个非常了不起的礼物。她很喜欢译者傅雷的一句话："愿读者以虔诚的心情来打开这部宝典罢！"

　　施楠看她欣悦的样子，说每年的生日他都会送她一本书，只要她开心。龙眉讥讽说，成了别人的丈夫还敢送吗？施楠笑说，为了保证送书，江雨菲嫁给我得了。施楠盯住江雨菲的目光，除了询问更多的是深情。

　　施楠邀请江雨菲到他家去，江雨菲说叫上龙眉吧。施楠笑说你怕吗？江雨菲的脸漫上红晕，说怕。施楠哈哈地笑。把她们两个带回家，高母拴了围裙，操办一桌好菜。高母的眼光把江雨菲从上到下地看了一遍，想弄清眼前这女孩什么地方能吸引什么都不在乎的儿子。江雨菲在高母目不转睛地注视之下，耳根都红了。高父问她们还习惯吗。江雨菲只是点点头。龙眉抢着说，虽然习惯，但是我们还是不能满足于眼前，应该看得更远。

　　高父来了兴趣，问她们最大的心愿是什么？江雨菲说做一个好医生。龙眉说，希望能最大限度地施展自己的才华。龙眉的演讲口才在任县委办公室主任的高父面前，发挥得淋漓尽致。她看过的世界领袖人物传，让她的谈话显得广博而有深度。当施楠的哥嫂都回家时，高父说你们都来听听，长长见识。龙眉讲得更加起劲了，她的脸因为兴奋显得红彤彤的，熠熠生辉的双眼看过每一个人的脸，好像她多么看重你似的。

　　江雨菲安静地坐在临窗的椅子上，所有的人和事对她而言都是外在的，她现在的心被窗外那棵杏树占据了。龙眉像一团火，点燃自己也照亮别人，而江雨菲是一块玉，她的光泽只有施楠看在眼里。两人对视，笑意在唇间溢开，好像语言都有些多余。

回家以后，江雨菲对施楠说，你妈的眼光像 X 线。施楠涎着脸皮说，老妈选媳妇呢。江雨菲红着脸，推了施楠一把，施楠趁机把她搂在胸前。可是龙眉突然出现，施楠只得走了。龙眉问江雨菲对高家的印象。江雨菲含混地说行。龙眉提高了声音，说，应当说很不错才是。住的是楼房，烧的是煤气，一家人又那么有品位。

江雨菲淡淡地说，那是别人的。

龙眉问了一句，真是别人的吗？

江雨菲没有多想龙眉的话。江雨菲和施楠商量好久回家看看奶奶的时候，施楠说等下乡的工作完了，一定陪她回去，好好地玩两天，可以去江边钓鱼。

江雨菲等待回家的日子。

可是和施楠下了两天乡回来的龙眉，在一个黄昏约她去了岷江边。两人坐在水草茂盛的江边，身后杂树丛生，挡住了江岸上行人的目光。龙眉神秘地问，施楠这个人怎么样？

江雨菲略带羞涩，说，还行吧。

龙眉低声说，他坏。我们已经有那种关系了。

江雨菲看看龙眉，龙眉把一块石子扔进江里，咚的一声溅起小小的水花。对江雨菲而言，却像是雷鸣，她完全蒙了。

施楠开始逃避江雨菲，偶尔相对，也是那种既无奈又心痛的眼神。有时两人独处，施楠欲言又止，江雨菲就挡了他，说不想知道发生了什么，说这事让她感到龌龊。施楠叹息一声作罢。龙眉却坦荡得多，没有解释，也没有说明，凡事必拉上江雨菲。她说她们都是朋友，不能因为她和施楠有了特殊关系，就丢下朋友。江雨菲只能装出无所谓的样子，好像什么也没有发生，什么都按正常发生。

龙眉向大家公开她和施楠的关系，两个护士闹着要她请客。龙眉自己做了饭，在简陋的厨房里招待大家喝酒。高兴的喝酒祝福，不高兴的借酒解愁。大家喝醉了，相约出去玩。手挽手地走过青衣巷时一路喧哗，一个人站在一间书画装裱店铺前，仰望旁边的城门。那个人站立的姿势让江雨菲想到一个词：深沉。她注意地看了他一眼。

那人说，你们太喧嚣了，吵醒了祖先。

几个人茫然地盯住他，不知道他说话的含义。那人却当她们不存在似的，眼光还是望着城门，一只鸟像被什么惊起，飞不到二十米，就栽了下来。一行人跑过去，鸟儿早已被黄皮匠的女人石竹花捡了起来。几个人围过去看，原来是一只小鸟，翅膀还没长出来。有几只大鸟在城门之上焦急地叫。

那个人说，放了它。

石竹花斜他一眼，说，不放，我要给它做一个漂亮的笼子，让我女儿玩。

龙眉嘲讽说，什么素质？它是一条生命。你没听到它爸爸妈妈在哭？

石竹花哼了一声说，我就这个素质，抢别人男朋友的素质。

龙眉的脸煞白，目光锐利地剜了江雨菲一眼。很快她又控制了情绪，用极其鄙夷的目光看着石竹花，慢腾腾地说，你有资格和我说话吗？不看看自己什么货色？

石竹花使劲地捏紧小鸟，然后摔在地上。

小鸟死了。

众人愤怒的目光刺向石竹花。

石竹花昂起她的头，飞起一脚，把小鸟踢了出去。大声说，我告诉你，我是什么货色，我是妖精，我是骚货。你说呀，哑了，说不出来了。你们瞧不起我是不是？告诉你，我也看不起你！石竹花呜呜地边哭边闹。青衣巷的居民像看什么稀罕事一样，层层围拢来，七嘴八舌，石竹花像台上的主角尽情表演，不过是变哭为笑了。

大家傻了眼，被突如其来的变故搞糊涂了。

那个人摇摇头，说小巷特色。

江雨菲觉得这人很特别，对他笑了一下。

那个人把手伸给江雨菲，说认识一下，秦弦。江雨菲和他握了握手，脸臊得不知往哪儿放了。施楠就邀请秦弦一起去玩。路上施楠像警察，弄清了秦弦的身份。穿过老城门，经过乱七八糟的江边民居，来到岷江边。杂树丛生的江边，有一小段沙路，江边长着油浸浸的水草，江里偶尔漂来一丛水葫芦，还开着紫色的花。有个护士下水去捞，施楠喊，别想不开啊。另一个护士神秘地说，你们知道石竹花为什么闹吗？他喜欢施楠。听她隔壁的婆婆说，那种时候她总叫施楠的名字。

大家咪的一声爆笑。龙眉笑得更夸张，说癞蛤蟆想吃天鹅肉。又抢白施楠口无遮拦，还动手动脚，让别人误会。施楠说护士瞎扯，话题转移到护士身上，问那种时候是什么时候？大家又笑。

施楠在笑，他会很快忘记生命里曾经有过的誓约。江雨菲没笑，她的目光望着越来越黑的江面，感到一种害怕。黑暗笼罩了一切，一种强大的东西在黑暗中蛰伏着，随时都会突然跃起一样。身处一群人中，却感到作为生命个体的孤独。她还有什么，她还要什么，她觉得自己也被黑暗湮没了。秦弦到她身边，问，喜欢江吗？

江雨菲说，爱。说完竟然流下泪。

秦弦说，生命生息。江河不息。

秦弦约大家去跳舞，江雨菲没有任何犹豫就说行。

秦弦拥着江雨菲，轻缓而抒情的音乐正合了他们此刻的心境。他们好一阵都只是沉浸在音乐里，忘情地相拥着跳舞。秦弦说，"我看过你哭／一滴明亮的泪／涌上你蓝色的眼珠／那时候我心想／这岂不就是／一朵紫罗兰上垂着露／我看过你笑／蓝宝石的火焰／在你面前也不再发亮。"

江雨菲说，你说话怎么像是在做诗？

秦弦说，这本来就是诗，拜伦的。不过用在你身上恰当。

江雨菲略带羞涩地说，你经常这样说话吗？

秦弦说，看什么人，对牛就不能弹琴。

江雨菲说，你遇到过很多能弹琴的？

秦弦把她拉近了一点，说，知道泰戈尔吧，世上最遥远的距离不是生与死，是我站在你的面前，你却不知道我爱你。

江雨菲说，诗人。接下来却不知道该说什么了，她有一种新鲜而又眩晕的感觉。

秦弦问，认识青衣巷吗？

江雨菲迟疑了一阵，说，落后。

秦弦说，不要用落后，只是旧。说旧就是诗人。

诗人秦弦在舞会后出现在她的小屋，就成了她们屋子的常客。江雨菲和他说起克利斯朵夫，两人都有些入迷，兴致勃勃地谈论他特别的性格，谈论他的友谊与爱情。有时江雨菲说，"真正的光明绝不是永没有黑暗的时间，只是永不被黑暗湮没罢了。"

秦弦会心而笑，说："真正的英雄绝不是永没有卑下的情操，只是永不被卑下的情操所屈服罢了。"

两个人就会非常开心地相知而笑。龙眉却认为那是非常无聊的事，为本来不存在的人物瞎扯。秦弦和施楠争论，他思想的光芒盖过施楠。这让龙眉隐隐不乐，但是又希望秦弦能带走江雨菲。可是秦弦的行为像他说话一样，让人摸不着边际，他一段时间天天出现，一段时间又十天半月见不到人影。他越是这样，越是迷了江雨菲，相思疯长。秦弦莫名其妙地失踪三个月后，再次出现在她们的小屋时，江雨菲却做出不答理他的样子。秦弦几乎是挟持着江雨菲去太阳岛玩。他们一起过大渡河时，船却翻了，在芦苇丛里江雨菲把自己交给了秦弦。

5

江雨菲想到大渡河边的芦苇丛，身体又有一丝异样的感觉。从女孩变成女人，多神圣的事，不经意间就完成了。江雨菲产生了一丝悔意。只是没想到那一次不仅只是女孩变成女人的仪式，还孕育了一个新的生命。

江雨菲怀了孩子，秦弦不再失踪。龙眉知道后极力怂恿他们结婚，还说她愿意腾出房子来。江雨菲心怀感激。和秦弦到昆明走了一圈，算是蜜月旅行，两个人把东西搬在一起就合伙过起日子来。倒是施楠和龙眉的婚事要隆重得多。可是婚后的日子却一样，步入柴米油盐之后，一切变得具体而琐碎了。

撤销地区成立市，秦弦以出众的文笔直接调到市里，做了喜欢读书的副市长秘书。江雨菲生下一个儿子，秦弦说把两个人的名字合起来，就叫秦江吧。秦江爱哭，两个人弄得筋疲力尽，家里还是一塌糊涂。奶奶来看江雨菲，看到孙女瘦了许多，就主动来帮忙照应。奶奶上了年纪，可是做事却井井有条。江雨菲轻松了。医院也开始显出生机来，平房拆了正建楼房，工作用房也开始装修。老院长在快要退休的年龄突发了激情，发誓要乘建市的大好时机，让保健院发展壮大。院内搞修建，病人少，老院长留下值班，把所有人员分成几个组，分赴全县各乡，摸清育龄妇女情况，全面建立孕妇保健卡。

龙眉和江雨菲分到一个乡。慢慢地走访后，两人心里越发地沉重，贫穷与落后依然是乡村的主题。有一天，天空下着毛毛细雨，江雨菲和龙眉去山顶的一个村作调查。这个村子走完，她们的任务也算是完成了。两个人一起下乡的这些日子，好似又回到从前，把彼此的婚姻生活向对方开了一个窗口。龙眉说，沉溺于小家庭生活是没有出息的表现，生活还有比爱情更有意思的事，那就是事业。两个人走在泥泞的山道上，相约一起好好做一番事。龙眉说，你的业务比我好，你要多帮我。江雨菲觉得她说这话的时候特真诚，心里释然。友谊在某些时候像爱情一样地令人感动。

山顶农家散落在各个山头，不可能去每家走走，她们向妇女主任打听怀孕的或者是才结婚的人家。山里人朴实，妇女主任马上叫几个正在玉米地里锄草的村民，去通知那些怀孕的妇女到她家里来。妇女主任说感谢国家对山里人的关心。江雨菲和龙眉相视一笑，能代表国家更觉得神圣。一些孕妇陆续来到妇女主任家，还有些害羞的新婚媳妇。江雨菲顺便讲了一些妇女保健知识，讲旧法接生的危害。妇女主任动员说，这几年生活也好了一些，年轻媳妇，自己过生死那一关时，能到医院去，有医生守护那是福分。有人说，生个小孩好几百，山里人出不起啊。江雨菲太了解乡亲，山里的生活除了保障基本的温饱，并没有多少结余。江雨菲说，乡亲们，我也是从农村出来的，知道大家的生活状况。但是从结婚的那一天起，你们就在等待下一代的出生，如果有个三长两短，更是劳民伤财。到医院生小孩，大人小孩平安了，不也是节约一笔钱吗？只要带着我们建的孕期保健卡就可以享受优惠。

话音刚落，一个年轻男人气喘吁吁地跑来，对妇女主任说，他想请城里来的大夫去看看他女人。他说话声音结巴，不知是因为紧张还是害怕。妇女主任一下想起他家女人，问是不是快生了？

男人说，两天了，还没下来。吴婶说怕是不行了。男人说完就哭了。江雨菲和龙眉听出个所以然的时候，冒着渐渐大起来的雨，奔了他家去。男人的家正对一个水塘，绕了好长时间才到了他家。江雨菲和龙眉进去时，家里却静悄悄的。男人把她们带到屋后一个偏房里，她们闻到浓重的血腥味和羊水的腥味。她们进去，没有人在乎她们的到来。几个女人目不转睛地看着一个躺在草席上的产妇。那个被称为吴婶的上了年纪的女人正说，用力……用力。另外两个女人拿一根扁担在产妇肚子上从上往下擀。产妇奄奄一息，连喊叫的力气都没有了，身下是一摊血，婴儿的脐带与一只青紫的脚掉出阴道外。龙眉猛地推开两个拿扁担的女人，江雨菲在产妇的肚子上摸摸，伏下去听了听，脸色变得煞白，子宫可能破了，让男人赶快送医院，说迟了大人小孩都不保。男人去找人的时候，血涌了出来。吴婶的接生包里除了一把剪刀，一张小方纱，什么药品都没有。江雨菲和龙眉束手无策，眼睁睁地看着产妇死亡。

江雨菲和龙眉离开的时候，雨小了许多。但是山路被雨水浸泡了，一脚下去带起一大堆泥，她们极其艰难地走着，谁也没有说话。水塘在雨中腾起轻烟，山弯显得苍翠，本来是个好地方啊，年轻的生命却就此停止了。江雨菲的脸上雨水混合着泪水，害怕、内疚、愤恨，说不清哪一种情绪更强烈一些。

她们下了山，雨也完全停了。身上的衣服却湿透，江风一吹，冷冷地贴在身上。她们沿着岷江往下，雨后的江边还罩在一层湿润之中。江边小路上飘落的梨花，把她们的心境酝酿得更为忧伤。快到码头时，她们看到石竹花和一个男人神情凝重地站在江边。石竹花看到她们，丢下男人走到她们面前。石竹花手臂上戴了黑纱，眼睛里却没有多少悲伤的表情。她笑着说大医生下乡来了，正好给她侄女儿看看。她不管她们同不同意就叫过男人，说，哥，这是我们那儿的医生，我的好朋友，让她们给玲玲看看。

龙眉看船已驶过江心，就说到医院来看吧。石竹花说好不容易下来了，就在山边，雨菲你去看看。江雨菲不自然地看了龙眉一眼，龙眉的眼望着别处。石竹花的家在保健院门口，她男人黄皮匠的皮匠摊子摆在保健院对面。施楠刚到保健院一个月，黄皮匠就领回了带着六岁女孩的石竹花。百无聊赖的施楠总喜欢站在门口逗这个说普通话的漂亮女人，问她哪里来的女儿，自己都没长大。石竹花说她十五岁就当妈了，言语中很是轻佻。施楠叫她潘金莲，她好像还很乐意的样子。施楠问她老家在哪里，她却含糊。她的来历对大家来说是个谜。自从龙眉和施楠耍朋友以后，石竹花对龙眉就有了一种敌意。她的醋意却只能表现在江雨菲和龙眉在一起时，用不太标准的普通话喊雨菲，尾声拖得长长的，好像在提醒江雨菲，她和她一样是受害者。龙眉越不屑，石竹花越喊，让江雨菲很别扭。后来龙眉和施楠结了婚，石竹花的敌意不那么明显了，偶尔招呼龙眉。但是龙眉除了去补鞋的时候和她

171

搭话，其余时候都拒之千里。石竹花的家虽然就在院门口，低头不见抬头见，但是石竹花不是或者不可能是她们生活圈子里的人。可今天石竹花显得和她们多么要好似的，说好朋友。江雨菲和龙眉刚好经历了产妇死亡一事，正有一种职业的神圣感，听说是病，只得随石竹花前去。男人走在前面，很沉闷。龙眉有意掉在后面，和石竹花拉开距离，江雨菲和石竹花走在一起。江雨菲问，你是这儿的人啊？

　　石竹花这次没说普通话。她说，我只给你一个人说。石竹花的声音平静，好像说别人的故事。她老家就在山脚，她一共八姊妹，可那些姊妹还没成年就陆续死了，只留下一个哥哥一个姐姐，母亲去算了命，说她命硬，是一家的克星。她小学没毕业，家里就把她过继给了当小学老师的小姨。小姨倒是喜欢她，她长得精灵而漂亮，但是小姨父不要她跟他们姓，说命硬就姓石。竹子本来是不开花的，一遇到开花必有灾事，小姨父说以毒攻毒就取了石竹花这个名字。石竹花不习惯在小姨父严厉的眼光下过日子，十四岁那年，村里来了个外地养蜂人，说普通话的，她就跟他走了。等他们有了孩子，就带着孩子到处养蜂。孩子六岁时，养蜂人却从车上摔下来死了，她只得回到老家，可老家没有人接受她和孩子。后来就跟了皮匠，一直没和家里人联系。有一天哥哥进城看见了她，她让哥哥给母亲带回一点东西，可母亲不吃。她和家再没有瓜葛。现在老婆子死了，却又想起我。石竹花说完看了江雨菲一眼。江雨菲不自觉地挽起石竹花的手臂。石竹花说，我命苦。声音很是伤感了。

　　她们到了石竹花哥哥家里，一进门就闻到一股尿臭。石竹花喊了一声玲玲，一个脸色像蜡一样白的女孩子弓腰走出来，尿臭味熏得江雨菲想呕。叫玲玲的女孩，揭开自己腹前一层又一层布。

江雨菲和龙眉都有些吃惊。她们看见女孩先天缺损的腹部，膀胱裸露着，像切开的南瓜，尿一点点往外流。江雨菲看看女孩，女孩的眼睛一直看着地下。江雨菲说没上医院？石竹花的哥哥说，去过。先天的，没法子。江雨菲告诉石竹花，只能上省里的医院去。石竹花的哥哥叹了口气，说命。

江雨菲、龙眉和石竹花一起回城，石竹花很快变得轻松，在船上就掏出小镜子涂口红，和过河的人聊天，又操了普通话。江雨菲和龙眉却无说话的兴致，心里压满了铅似的沉重。

6

江雨菲提了很多建议都被老院长采纳了。她们以全市最低的价格，接收了很多来自农村的病员。病员一传十，十传百，保健院渐渐步入良性循环。龙眉和江雨菲同在病房工作，两个人做手术是搭档，施楠是麻醉师，三个人经常同台手术，配合绝佳。在施楠心里，生活仿佛又有了一种不可知性。他是麻醉师，非常清楚被药物麻醉了的感觉，江雨菲就是他的麻药。他开一些亦真亦假的玩笑，自己心里暧昧，自我陶醉。龙眉怀了孩子，反应好像迟钝了，她一贯锐利的眼光藏了起来，眼光温和，经常都是一副微笑的表情。施楠开玩笑说，女人应不停地怀孩子，怀孕让她们变得温柔。

器械护士说，你是说你的龙医生吧，你若看见黄皮匠他女人昨天的样子，你就不会如此说了。

施楠说，石竹花怀孕了吗？我怎么不知道？

大家哄笑。龙眉说，她怀孕和你有关吗？

施楠也笑了，说，本来是人家的秘密，不便说的。石竹花告诉过我黄皮匠没有生育能力。

龙眉哼了一声，淡淡地说，哦，怎么没告诉你是谁给她种上的？

施楠正要发作，江雨菲挡了。问器械护士，石竹花昨天是不是又撒泼了。护士说，她昨天补鞋的时候，石竹花端了一碗热凉粉在吃，她说想吐。黄皮匠让她到医院看看，说她肚子大了，是不是有问题。石竹花就毛了，说你妈才有问题，一碗凉粉就泼在黄皮匠脸上。黄皮匠没发火，石竹花却哭得伤心。我看石竹花真怀孕了，肚子有五个月那么大呢。

江雨菲笑说，是不是人家长胖了。施楠说不对，石竹花身材挺好的。龙眉又哼了一声，怀不怀孕是黄皮匠的事，用不着你们费神。

下午，江雨菲去黄皮匠那儿，想动员石竹花到医院检查。黄皮匠的家略成三角形，一看就是被两边的房子挤压后在剩下的边角上建成的。外间大一点是工作室，里间是卧房。工作室堆满了修鞋的各种材料，修好的皮鞋放在墙上的架子上，挨里间的墙角放了一张小床，可能是女儿的床，床头有一个黑色的奇形怪状的玩具。江雨菲心里有些诧异，小小的女孩儿为什么喜欢这样诡异的玩具，那个玩具是什么江雨菲完全无法说清。石竹花见江雨菲盯住玩具看，说是养蜂人那个地方的，叫泥泥狗。江雨菲不知道她说的那个地方是哪个地方。女人不说，江雨菲也不好问。江雨菲看她的腰身的确粗了许多，问是不是怀了孩子？黄皮匠的脸色瞬时变了，锤子砸在自己手上。石竹花面有愧色，一边说不可能，一边拉了江雨菲往外走。到了保健院，江雨菲给她做了检查，说她长了囊肿，石竹花反松了一口气的样子。江雨菲对她说了病情，说必须手术。石竹花又愁眉苦脸了，担忧地说要不少钱吧。

石竹花对是否做手术迟疑不决，青衣巷的婆婆给她介绍一种草药。黄皮匠鞋也不补了，带着脸色越来越晦暗的女人，到山里扯草药。黄皮匠的门市里就经常飘出浓浓的草药味。女人的肚子却越长越大了。有一个晚上，龙眉值班，石竹花因为剧烈腹痛呕吐，找到龙眉。龙眉叫来江雨菲，两人看了，怀疑是囊肿扭转。急诊做了手术，怀了七个月身孕的龙眉主刀，石竹花盆腔粘连，病灶侧卵巢严重缺血，就一并切了。手术很顺利。石竹花在病房住了几天，慢慢恢复，欢笑声又响起了。龙眉对江雨菲说，那女人总是不甘寂静的。

江雨菲笑说，石竹花总让我想起一些小说里的人物，她们被人称为妖精。但是有她们在，一些死灰冷寂的时光就有了色彩。

施楠说高论。

龙眉却不以为然，说她们总是败坏风俗。

7

石竹花第一次在门诊大吵，是因为她晚上腹痛难忍，找到值班的龙眉，龙眉怀疑她是阑尾炎让她去市医院。可市医院的医生说她是术后肠粘连痛。过两天，她病好了，白白地在市医院丢了钱，心里窝火。回到家，想不通就在保健院门口说风凉话，没人理她。她就到了龙眉的诊断室，质问龙眉为什么要切她的卵巢？还说是市医院的医生说不该切掉卵巢。龙眉问她是哪一个医生说的。石竹花脱口说出一个人的名字。龙眉没了语言，因为那个医生在市里是赫赫有名的。石竹花见占了上风，就站在门口对来往的病员说，这医院水平太差了，有些医生对人像杀猪，想切什么就切什么。某某都说他们乱整。老院长听了，劝她不要扰乱秩序。

可石竹花撒泼，骂保健院医生臭水平，草菅人命。

老院长丢下她，她自己骂了一阵没劲，青衣巷的一些居民围在她身边，并没有对她表示多少同情，反而多数是一种幸灾乐祸的表情。她的话针对所有的医生，所有的医生都听见了，没有一个出来解释什么。谁也不想沾染到自己身上。龙眉说，石竹花说得出这样的话吗？一定有人教她。

江雨菲说可能吧，竞争是可怕的。

老院长发狠说，我们也要有自己的名医。

石竹花闹过后的第二天，老院长就找到江雨菲，让她尽快联系出去进修。同时派出去进修的还有龙眉和手术室护士，不过都是到市人民医院。老院长却对江雨菲说，能走多远就走多远，只要最好的。江雨菲决定去北京进修，因为秦弦一个远房姑姑是北京某医院妇科主任。

临走之前，她想起石竹花的侄女玲玲。几年过去，怎样了？她去北京之前，约石竹花去玲玲家。石竹花却说没折腾头，现在三天两头就来要钱。要看病除非钱从天上掉下来。江雨菲却固执，说她是医生，玲玲是病人，医生为病人天经地义，并不是冲石竹花的面子，就一个人去了石竹花哥哥家，带了相机多方位地拍了照片。玲玲个子长了不少，但是为掩饰自己腹部的缺陷，身子弯成了虾。玲玲的眼里除了怯懦再无其他的希望。而江雨菲也不知道她能为玲玲带去什么希望？

江雨菲把片子带给了进修医院的外科主任。外科主任反复看了片子，说缺损太严重，要大量植皮，住院的时间长。江雨菲问大概要多少钱？外科主任说出一个数字，江雨菲喊了一声上帝。外科主任笑起来，说是上帝就好了，说有光就有了光，说好她就好了。江雨菲反而不好意思了，留过学的外科主任很遗憾地耸耸肩。江雨菲走时，外科主任让她把片子留下，说这种严重的缺陷比较罕见，在院内还属首例，他去院里争取争取，看看能不能作为科研项目，把患者接来免费治病。江雨菲对外科主任鞠了一躬，说她代乡亲谢谢他。外科主任看看她，开了句玩笑，说上帝没来，天使来了。

江雨菲进修快半年的时候，外科主任争取了医院的同意，让江雨菲把她的乡村姑娘接到北京免费治病。石竹花一家人感激得不知如何是好，对着岷江直叩头，说感谢国家。玲玲却有些不相信的样子，一路都在问，能好吗？能像其他人一样吗？江雨菲说会的，她相信外科主任一定会让玲玲像正常人一样。

8

江雨菲和手术之后恢复得很好的玲玲一同回到青衣巷。巷子还是老样子，时光仿佛停滞了。一样的木屋，一样散发出某种木质腐烂的气味，巷子里的市民好像是在她离开时端着碗吃面，而一年之后，他们刚吃完，要洗碗一样。只有石竹花惊喜的招呼，让她觉得她是离开一年了。一年之间，石竹花仿佛更妖媚了一些，穿一件低胸的毛衣，小跑时双乳就像一对活蹦蹦的兔子要跳出来一般，眼睛还涂了眼影，闪着幽幽的蓝光。她奔到玲玲面前，不顾还在街上就捞起玲玲的衬衣，说天啊，好了。石竹花对玲玲说，还不跟你恩人跪下。石竹花嘴里直嚷，天使，恩人。恩人，天使。闹得青衣巷都躁动了。

江雨菲带着一种像喝了酒一样微醉的荣耀回到家，家里却冷冷清清。什么东西都蒙上了厚厚的一层灰，秦弦好像很久没在家里睡一样。江雨菲开了音响，放进一盘她和秦弦都很喜欢的小提琴协奏曲《梁祝》。碟子嗞嗞地啸叫，可能是放在外面受了潮。江雨菲想秦弦有多久没有听过他所喜欢的音乐了呢。人有时候自己都不明白，以前那么在乎的东西什么时候变得无足轻重了。江雨菲一边打扫卫生，想到年轻时喜欢听的圣桑的《死之舞蹈》，她找出来，擦了擦，音乐响起来，也许是隔了多年的时光，已经没有初听时的那种欢快与浪漫，倒像是真正地理解了圣桑，怪诞的音乐背后是一种灰色的平静。

　　她打扫完卫生，拿着礼物去了龙眉家里。龙眉还在上班，施楠和一个朋友正在喝酒，见到江雨菲，有点语无伦次的样子，专注地看她，连那个朋友都觉得过不去，说他喝多了。龙眉回来，拉了她一块儿坐下，说她变了，像大地方来的。施楠含混地说，气质好神采也好。龙眉按着施楠的肩头开玩笑说，施楠比秦弦更想你。施楠大言不惭地说是的，被龙眉狠狠地揪了一把。施楠哎哟一声叫，那个朋友低头暗笑。江雨菲说要回家等秦弦，还没见呢。龙眉关切地问，他知道你回来了吗？江雨菲说告诉他了。

　　江雨菲等到很晚，秦弦才一脸疲惫地回来。好像江雨菲昨天才走一样，他并没有多大的激情。像是完成任务一样，秦弦带着心不在焉的样子，和江雨菲亲热了一番，就沉沉地睡去。江雨菲心里空荡荡的，不知怎么想起《死之舞蹈》的曲子来，难道爱情就在一种平静中死了。

　　龙眉在市医院只进修半年就回保健院上班了，以她的聪明能干，保健院的业务水平比过去上了一个台阶，被老院长提升为妇产科主任。江雨菲回来之后，又开展了许多新项目和高难度的手术，慢慢地名声打了出去，不仅是本城的人找她看病，连附近县市也有人冲着她的名声而来。关于一个内膜癌病人是否做淋巴细胞清扫的问题，江雨菲和龙眉产生了分歧。在讨论时，两个人各抒己见，甚至针锋相对。龙眉说按你的方案做，出了事你要全面负责。江雨菲说负责。可龙眉又说，你负什么责，我是主任。

江雨菲这种时候却显出不晓事理的固执，说北京的教授也会这么处理病人。龙眉冷冷地哼了一声说，你去做吧。

术后病员恢复很好，江雨菲的威信更加提高。好些医生遇到什么问题都向她请教。有人私下议论，江雨菲当主任更好。龙眉听到大家背后的话，表面却不动声色，在会上号召年轻医生向江雨菲学习，说她理论深厚，经验丰富，乐于帮助其他医生进步。而且光明磊落，从不觊觎他人之位。大家应该共同协作，把精力放在科室的发展壮大上。一席话说得大家面面相觑。江雨菲说，这是哪儿的帽子，太高了。

散会后，龙眉说，上帝是公平的，让你一方面受苦，会让你在另一方面得到补偿。

江雨菲说，明白一点。

龙眉暧昧地看看大家，做了一个很潇洒的耸肩。安慰说，不过男人就那德性。丈夫丈夫，一丈之内是夫，外松内紧才行。

江雨菲还是摸不着头脑。江雨菲隐约地感觉到一种危险，别人什么都看清楚了，独自己迷茫。

龙眉在一个晚上突然约江雨菲出去喝咖啡，说要和她说点事。江雨菲忐忑不安地去了。她们就在那家挂了许多高原画的咖啡厅见到了秦弦，他和一个打扮入时的漂亮女人甜蜜地偎在一起。秦弦看见江雨菲和龙眉，推开女人的头，说，我们正谈明天采访的事。

女人却坦然地说，你就是江医生？很漂亮嘛。

江雨菲咬紧嘴唇，没有说话就往外走。

秦弦要追，女人却拖住秦弦。龙眉轻蔑地看看女人，说，江雨菲才是秦弦的老婆。

秦弦对龙眉冷笑说，你以为你做了好事？

龙眉鼻子里哼一声，出门追江雨菲去了。

江雨菲沿江而行，恍恍惚惚，心里反复出现的只是一个名字，秦弦。慢慢地有了声音，"江雨菲你记住，你是雨菲，我是你的江。"这声音怎么那么远啊，仿佛上一世之遥了。江雨菲停下来，江水无声，在暗影里毫无生机地向前移动着，她开始流泪，明白看来的听来的别人的故事发生在自己身上了，秦弦爱上了别人。秦弦，会离开吗？没有秦弦的日子会是什么样呢？江雨菲发现她根本不能接受没有秦弦的日子时，心的某处尖锐地痛了。她的身子摇晃了一下，伏在江堤上。

龙眉上前扶她，手上用了劲。

江雨菲眼睛盯住黑暗的江面，脆弱地问为什么？

龙眉说，没有想象的那么严重。

江雨菲停止了抽噎，说，你们早就知道了，对不对？每天像看戏一样地看我，对不对？

龙眉说，早该告诉你。可是我想秦弦只是一时寂寞而已。你回来了他就会放下。哪知道他好像陷得深。

江雨菲擦了眼泪说，让我静静。

龙眉说，回家吧。

江雨菲的泪又流了出来。她望着夜色中的岷江，觉得自己受到一种极大的嘲弄，是别人眼中的笑柄。她被龙眉扶着，恍恍惚惚走回青衣巷，月光下的青衣巷怎么像皮影戏，一晃就没了，整个世界只剩下自己的痛苦。直到石竹花声嘶力竭的叫骂才让她回到现实中来，石竹花骂黄皮匠窝囊，不像个男人。龙眉轻轻地笑了一声，说，像男人就不是一个人的了。江雨菲没有说话，龙眉又叹了一声，说人生的苦难无处不在。江雨菲觉得龙眉说这话带有戏谑的成分，苦难只是别人的，至少在目前只是石竹花和她江雨菲的。

江雨菲回到家，拉开灯时，看见秦弦坐在沙发上。他在黑暗中坐了很久吧，江雨菲看见烟灰缸里一堆的烟头。突然间江雨菲心里升起一丝怜爱，坐在黑暗中的这个人是诗人秦弦。秦弦说一句对不起时，江雨菲竟然说，是我没有照顾好你。秦弦只是哑着嗓子喊了一声雨菲。两个人相拥到床上，说起许多往事来。只是在秦弦放肆地冲击江雨菲的身体时，江雨菲在他肩上狠狠地咬了一口，留下紫红色的深深的牙齿印。

龙眉不理解江雨菲和秦弦发生了什么，没有吵，也没有分，日子表面上还是像从前一样继续着。老院长要退休了，院里纷纷传说江雨菲可能当院长。传这话最多的是龙眉，她好像比任何人都高兴的样子。说她一定会好好协助江雨菲工作。可是江雨菲在病员中声望越高，遭受的非议却越多，声音通过各种渠道灌进老院长的耳里。说她倨才自傲，排挤他人。收受贿赂，推诿病人。甚至有病人亲自到老院长那儿举报。老院长找江雨菲谈话，江雨菲愕然。接受病员送的花生鸡蛋之类不是没有，说受贿也成立。可是说推诿病人，江雨菲却觉得委屈。可当老院长点出时间和人名来，江雨菲无话可说了。想起那天她和龙眉一同在门诊上班，来了一个三十五岁的女子，说她要做人工流产。问了她病史，是第一胎，而且以前没采取避孕措施也没怀过。江雨菲说，这次怀上对你来说不容易。一定要处理吗？

　　女子很坚决地点头。龙眉就给她开了药及手术费。可江雨菲看到女子摇头的时候眼里的泪花，就说今天不给你处理，你回家再想想吧。女子眼泪浸浸地走了。龙眉把处方抓成一团扔进纸篓里。第二天就有个年纪大些的男人陪着女子来，怒气冲冲地质问为什么不给病人做手术。女子在一边默默地流泪。男人交完费接个电话就走了。女子才告诉江雨菲，说她已经跟他十年了，而他是有家的，她做不了把孩子生下来的主。江雨菲就劝女子，说那种日子是不正常的，应该有自己的生活。可是女子只是哭，手术最终还是做了。龙眉当时还说江雨菲的同情总是打批发。

　　这件事到老院长耳里，成了江雨菲推诿病人。老院长找她谈话，江雨菲只觉得背后发凉，看不见的人心深处藏着的黑暗无边。她望着老院长说，我只想做一名医生。老院长说，你在逃避？江雨菲眼睛望着别处，说，我不想复杂，更不想成为靶子。老院长说，要做一名好医生也不容易。江雨菲说了一句很傻气的话，那是我的理想。老院长很温和地说，我年轻时候有和你一样的理想。可是后来，算了，人是有命的。老院长满怀心事的样子。老院长的私生活对江雨菲来说是个谜，听别人说，她原来是教会医院的，一直没结婚，却捡了个愚鲁的儿子。江雨菲狐疑地看看老院长，老院长说，去吧，好好做事，对得起自己。

　　老院长宣布对江雨菲的处理时，身为妇产科主任的龙眉却说，院里不是要树名医吗？总要维护名医的声誉吧。处理免了，江雨菲也是好心，不过让别人抓了把柄，以后注意就行了。老院长说，有病人举报，不管名医与否一视同仁。处理依然，鉴于主任说情，处理就不装入档案。

　　老院长在退休之前，推荐了两个人当院长，江雨菲和龙眉。

可是组织部在已经是副书记的施楠父亲的授意下，只找了龙眉谈话。龙眉成了全县最年轻的副院长。宣布任命的时候，大家都很愕然。龙眉却没有给大家议论的时间。上任伊始，一系列规章制度就跟随出台，她推出有偿介绍病人，对那些乡村医生介绍来的病员给予优惠的同时还给予乡村医生介绍费，保健院就像她的年轻一样很快显出生机来。

业务多了，职工的福利就好。拿了钱的职工对龙眉自然另眼相看了。一向对龙眉有成见的石竹花突然有一天杀了两只鸡提到龙眉家，说她会面相，一看龙眉就是做大事的人。当了院长的龙眉皱眉说，她从不迷信。石竹花又说，江雨菲就没你的福相。龙眉不说话，只是居高临下地看着她。石竹花感受到了她犀利的目光，她把鸡心领子往上提了提，好盖着那对张狂的乳房，涂了指甲油的手指往后缩缩。龙眉突然笑起来，说，说吧，你想做什么？

石竹花松了一口气，听说你要招个收费的，我想……

龙眉打断说，听谁说？

石竹花说，听别人说。

龙眉站起来说，那你找别人说去。

石竹花赶紧说，雨菲看我没事做，劝我做点事。龙眉说，既然是江雨菲，那你让她给你做个保证。

石竹花成了保健院的收费员。其他收费员不穿白大褂，石竹花穿，她把衣服洗得雪白，还微微收了腰身。她喜欢穿着白大衣在保健院门外走来走去，更喜欢病人叫她老师。穿上白大衣的石竹花经常送一些小玩意儿给大家，自己也越来越时髦。时髦了的石竹花越来越看不起皮匠，她眼里的光芒只为一个人燃烧，那个人就是施楠。但是施楠只是把她当了玩笑的对象。医院的人分批出去旅游时，施楠对她说，他要和她一起出去。石竹花和施楠如愿地分到一组，龙眉临到出发时，上面突然通知她去党校学习。石竹花心里像要开出花来。施楠一路在她左右，插科打诨，笑声不断，尤其是喝酒以后施楠灼热的目光让她面热心跳。可是喝多了的施楠似醉非醉地说，如果娶了江雨菲这辈子就没什么后悔的了。石竹花很伤感，明白她虽然穿上白大褂，但是她和她们是不同的。看见江雨菲，她忽然恨起她沉静而从容的风度来，她不再叫她雨菲，而是叫江医生。

石竹花当收费员三个月，龙眉就查验她账款不符，挪用公款三千多元。龙眉说七天内不补足公款，就到拘留所说话。皮匠从床下拿出了他的存折，还差得多。石竹花守住江雨菲哭，江雨菲找到龙眉，说既然是担保人就扣她的工资吧。石竹花为了继续穿白大褂，同意到手术室当了一名清洁工。

工作虽然又苦又脏，但是石竹花心里是乐意的，因为施楠就在手术室。没有手术的时候，石竹花会换上干净的白大褂，和施楠一帮人坐在办公室里闲聊。有次龙眉上手术室，看到石竹花眉飞色舞的样子，知道她的那一点心思，亦真亦假地说，石竹花像个大医生，还一脸的桃花运呢。大家哄笑，龙眉又正色说，卫生做干净了吗？石竹花说，你检查。手术室护士长帮腔说，石竹花一般都是在大家下班之后做卫生。

龙眉走了，以后很少到手术室。可是有一天，石竹花找到龙眉，悄悄说，施楠抱着江雨菲进了值班室。龙眉表面上不露声色，说，他们在手术室不是很正常吗？脚却跟着石竹花到了手术室。龙眉在手术室麻醉师值班室外听到江雨菲的哭声，龙眉一下推开门，正看到施楠在给江雨菲擦眼泪。江雨菲泪眼蒙眬地出门走了。龙眉上前就给了施楠一耳光，施楠却抓住了躲在龙眉身后的石竹花，恨恨地说长舌妇。其他医生护士在门外张望，龙眉突然大声说，石竹花，你是个小人。你不喜欢皮匠也罢了，你可以去找其他男人啊，施楠什么没见过，我就不信，你能搅起水来。

石竹花张开嘴，委屈。龙眉前脚走，施楠后脚就跟了出去。留下石竹花成为别人的笑柄。龙眉对施楠说的话半信半疑，江雨菲在手术完之后突然昏厥，在床上躺了一会儿才醒，问她为什么会昏厥，江雨菲说她几天晚上没合眼了，因为秦弦说他放不下那个记者。龙眉没去找江雨菲，江雨菲却主动找了龙眉，说的情况和施楠的差不多。说要和秦弦离婚，江雨菲还流了泪。

龙眉在两天后就让石竹花从单位出去了。但是给她介绍了更好的工作，宾馆里当服务员。后来石竹花出现在一些娱乐场所，和那些小姐一样染了性病，又成了江雨菲的病人。

9

龙眉就是一只鹰，借了保健院这个平台，越飞越高了。保健院从原来的巷子里退出来，重新临江而建，院内还有个花园，大而气派。可是里面却是空的，设备落后，人员青黄不接。医护人员靠那点工资维系着日子。龙眉已调去市里，施楠自己下海办了个医药公司。只有江雨菲还守着医生的理想，待在医院里，做她的天使。

后来医院卖给了某企业，突然间拥进许多专家，医院摇身一变成了综合医院。医务科长就是来自上海的专家。江雨菲住院之后，他几乎天天来晃一圈，有意无意地说，龙副市长很关心江雨菲，好像他与龙眉之间有多近似的。江雨菲只是笑，问那天打石竹花的人到底是谁？

医务科长故作神秘地说，不该知道的就不知道为好。江雨菲讨厌他虚浮的脸，就说她要出院了，让他别来。医务科长说，可以不忙出院，等完全好了再说。不过你可以去上班，老板说你坐在办公室就行了，有那么多病人相信你。看见你，他们放心。江雨菲只是苦笑。医务科长走后，江雨菲出了病房，在走廊里走走，发现她的脚已经有力了，就乘电梯下到院子里。

江雨菲在院子里碰见市医院的妇科主任，江雨菲招呼一声，妇科主任显得并不热情，两个人在市里多年，在学术及手术方面，两个人平分秋色。两个人站定，两句话就说到本行，妇科主任说，你们太黑了，算什么医生。

江雨菲很勉强地笑了笑，说投奔你行不。

妇科主任打了个哈哈，听说给你十五万年薪，我们庙太小，给不起。妇科主任话没说完就走了。江雨菲站了会儿，从身旁而过的人，对她指指点点，她耳里灌进没病有病、小病大病、黑之类的字眼。

江雨菲只觉得燥热难当，径直出了市医院大门。慢慢地走到自家医院的门口，"阳光医院"几个大字早早地开始变幻着色彩。江雨菲看着那几个字，一阵心痛袭来。其实在保健院被某企业收购，摘下保健的牌匾，换上"阳光医院"几个大字的时候，江雨菲已经感觉到心痛。医院扩大了，像一个综合医院那样开始运行了，但是她却对自己为之奉献了青春的医院越来越迷茫。老板找她谈话，说企业经营和国家医院的经营是不一样的，她应该尽快地适应企业经营的模式。可是她只知道自己是医生，谨遵希波克拉底的誓言行医，不可能欺骗病人，无端扩大病情恫吓病人的时候，老板总是有意无意之间说，她不适合在民营医院工作。

当她发现自己不再是医院的主人，只是被当成赚钱的机器的时候，她感到了屈辱。江雨菲望望"阳光"两个字，说不得这阳光的背后藏着多少罪恶。江雨菲在熟悉的地方像一个陌生人那样站了好一阵，然后过老城门拐进青衣巷。十多天没见，青衣巷灰白的木门上，写了无数个鲜红的"拆"字，好像青衣巷流的血，在渐渐降临的暮色里，说不出的凄凉。巷子热闹的日常生活好像一下就消失了，显得冷清。有门路的居民大多搬了家，只有一些风烛残年的老人还守着暮色，等生命流失。江雨菲走到原来的保健院门口，看到对面的黄皮匠铺还亮着灯。她听到黄皮匠的声音，说吃一点，再吃一点。

她推开门，看到石竹花惊恐不安的眼睛和流涎的嘴角。江雨菲觉得很奇怪，问黄皮匠石竹花到底怎么啦？

黄皮匠说，石竹花从局子里放出来就成这样了。

江雨菲在石竹花面前坐下来，拿了她的手看，她画了花的指甲折断了，手臂上有一些紫痕。江雨菲说，他们又打你了？

石竹花突然抽回手，向江雨菲脸上抓去。幸得黄皮匠在旁边拉住了。黄皮匠试探地说，你的医药费很多吧？

江雨菲问怎么啦？

黄皮匠哭丧着脸说，石竹花能出来，前提是付你的医药费和不再追究我们被打的事。

江雨菲脸煞白，骂了句卑鄙。

10

江雨菲出院，因为打架斗殴不属公医范畴，阳光医院暂时结了账，却要石竹花负担全部费用，经江雨菲多次说情，才改为石竹花负担三分之一。前提是江雨菲必须站在医院的立场多创收，可是江雨菲的职业良心却让医务科长很头疼，医务科长当上业务副院长之后，直接撤销了江雨菲的科主任职务。

江雨菲只是一名医生，可是到了下班的时候，她却不知道要往哪儿去一样，在科室里坐了一阵。主任提醒她几次，说你可以走了。江雨菲回到家里，家里冷清，积了灰尘。她在沙发上闷了一会儿，肚子饿了，突然想念青衣巷的凉粉。下楼拐进老城门，可青衣巷已经没有一点影子，散落的瓦砾堆积出荒芜。江雨菲在路边堆放的玻璃里看见自己模糊的影子，影子还像当初走进青衣巷时一样，可是心呢人呢都是沧桑的了。江雨菲心里滤过一些人生的场景，往江边走去。

江边新修复了的老城墙在秋日的晚霞中有一种虚假的辉煌。江雨菲走上城墙上的观景台，老城门与城墙已经连为一体。城墙之内是日益繁荣的城市，之外是波光碎影的江面与对岸沉默的山峦，静静细听，有寺庙灵隐的钟声。向内是躁动，是权欲与物欲，向外却是出尘的宁静。人生却没有这样简单的分界。江雨菲若有所思的样子进入施楠的镜头，他在城墙之下拍了她沉思的面影。他踱上城墙，让江雨菲看她的照片。江雨菲看到眼角清晰可见的皱纹，说老了。施楠笑着哼一句"最浪漫的事是和你一起慢慢变老"。江雨菲说还那样贫。施楠正色说，我知道你的情况了，离开那鬼医院吧。公司现在主要经销医疗器械，一切都步入正轨，你来任个职，只需要在家里动动电脑就行，然后做自己喜欢的事。

江雨菲说，我只喜欢当医生。

施楠指着江面说，随水而行吧，到了这种时候还不明白吗？我现在算是明白了，钱也好，权也好，只是一个苦字，钱够用就行。没事多跑跑，照照相，花、草、树才养眼养心。

江雨菲笑笑，说，你过的是闲云野鹤的日子。可是人总要坚守一些什么吧，还记得克利斯朵夫那本书吗？他在要离开人世的时候说，"我曾经奋斗，曾经痛苦，曾经流浪，曾经创造。有一天将为新的战斗而再生。"我想在我离开人世的时候，也会这样说，不后悔做了医生，也将为再做医生而再生。

施楠哈哈地笑起来，引来一些人的注目。他压低了声音，说，仅存的最后一个理想主义者！你不知道现实再也没有理想主义的土壤了吗？可怜的江雨菲。

江雨菲摇了摇头，说，可怜的是你。龙眉不是一直在为她的理想奋斗吗？

施楠哼了一声，说，这里开会那里开会，到处说一样的话吗？

江雨菲说，你不明白。人生能够找到自己适合的事业也是幸福吧。

施楠说，你和龙眉实质上是同一类人。秦弦怎样？

江雨菲停了片刻，说，他也是个理想主义吧。

施楠说，我是说你们俩的事？

江雨菲望着江面上归巢的鸟说，你还是多回家吧。女人在外无论怎么坚强，她还是需要一个家。

施楠没有说话。江雨菲对他笑了笑，下了城墙。施楠紧跟着也下城墙，两个人并排走着，暮色慢慢地降临，山影朦胧起来。江雨菲和施楠在城门口碰见收拾得光鲜的石竹花，石竹花想躲避，施楠却叫了她一声。问她上告的事怎么样了？石竹花看了看江雨菲。

江雨菲问上告什么事？

石竹花说，我就是要告你们医院，明明是你们的错还打人。

施楠说，奇怪，医院又不是江雨菲的，看你的样子好像要杀了她一样。

石竹花故作轻松地说，看见你们俩在一起，我就想杀了她。施楠要说什么，石竹花的手机响了，她看了他们一眼，用温柔而色情的声音说，来啦，人家走路嘛。

江雨菲看着石竹花离去的背影说，她对你念念不忘呢。

施楠说，她神经出了点问题，时好时坏，清醒时就想着一件事，告状。她以为用色可以打通关节。

江雨菲说，我也奇怪，那天明明有人打了她，可是警察到医院调查，没有一个人说看到，别人还说我是梦魇了。

施楠乐起来，说，你才是到了境界，这么简单的问题也想不通。

江雨菲说，你也许可以给龙眉说说，那天真是有人打了她。

施楠说，我们已经分居一年了，没有离婚是考虑到她的仕途。这件事你别想了，活得轻松一点。

江雨菲看到施楠的背影消失在人群中，非常迷惑。

江雨菲没有行政上的杂事，可手术多起来，有时候一天连台手术，下班时候腰也直不起了。那个上海专家当了副院长，江雨菲手术需要的很多器械都要经过他的批准。他很爽快地对江雨菲说，要什么尽管开口，对你一律开绿灯，你是名医嘛。

江雨菲想上海男人还真有风度，自责以往对他太过挑剔。可是江雨菲很快发现专家联系的厂家器械不好用，而且价格高得离谱，而这一切最终让病员来承担，增加手术费用。江雨菲拒绝专家联系的厂家，把情况向老板做了汇报。老板却让她只管做医生就行。上海男人私下威胁江雨菲说，你要为你的愚蠢行为付出代价。

江雨菲郁郁寡欢，联络几个医生，说要一起检举医院的不法

190

行为。有医生私下对她说，没用，市里某些人物入了股。江雨菲说，总有人出来主持公道，继续写材料，有个医生给她传了条信息，说他认识市人大常委会主任，可把材料给他。材料交出去以后，江雨菲心中却不踏实。

有一天副院长亲自带着石竹花到了重症病房，说石竹花得了宫颈癌，是三八节免费体检时发现的。龙副市长指示了，为了体现医院为人民服务的宗旨，特别关照对石竹花实行免费治疗。还说要江雨菲全权负责石竹花的手术，明天全市各家报纸都会出消息。江雨菲看看石竹花，非常憔悴的样子，她给石竹花做了检查，宫颈二度糜烂，但是仅凭肉眼，她不能确信石竹花得了宫颈癌。虽然石竹花在本院出的病检报告上明明写着鳞状上皮癌。江雨菲对石竹花说，最好重新取组织送到市医院病检。

石竹花说，医院不是做过病检了吗？

江雨菲不好给她怎么解释，就说是癌症慎重一些好。石竹花在市医院的病检报告要等三天才能出来，可是第二天全市各家报纸就报道了阳光医院免费为癌症病人做手术的事。

等石竹花的报告出来，的确是癌症。只不过不是鳞状上皮癌而是宫颈腺癌的时候，江雨菲有些发蒙。通知石竹花入院的时候，阳光医院的副院长却以病员对医院不信任，损害医院名誉为由，拒绝为石竹花免费手术了。石竹花拿着入院单，久久地盯在那一万元入院费上，表情怪异地问江雨菲，如果三天前就手术，是不是我就等于赚了一万元？

江雨菲说，对不起。

石竹花脸露愠色，正要发作，一个病员家属急匆匆地跑来，说病员大出血。江雨菲丢下石竹花，去了病房。石竹花在门外的观察窗里看见那个病人，光光的脑袋下面一张死灰色的脸，石竹花下意识地摸了一把自己的头发，拿着入院单离开了医院。

　　江雨菲处理完病人再找石竹花时，护士告诉她，石竹花走了。第二天石竹花没有来，一个星期也没有来。江雨菲想石竹花也许去了别的医院，因为在这件事上总觉得欠了石竹花。江雨菲想去看看她，青衣巷已经不存在了，也不知道石竹花住哪里。江雨菲在下班后去了农贸市场黄皮匠摆摊的地方，可是周围的小贩告诉她，黄皮匠已经好几天没来了。江雨菲暗暗庆幸，石竹花没有找她多大的麻烦。她轻舒一口气，来到江边，江面上漂着一些水葫芦，江堤下一个老人捞了好大一堆，江雨菲问老人捞来做什么。

　　老人说，不做什么，水葫芦污染水质。

　　江雨菲有些羞愧，石竹花又回到她心里。找到她，必须明确地知道她去做了手术。江雨菲到处打听，一个月以后从施楠那里知道了石竹花的住处。那是一个有阳光的日子，江雨菲和施楠一起走进城市里仅剩的一个村庄，村子里的空地上还零星地栽了空心菜，一个农妇正在割菜。施楠问农妇黄皮匠的住处，农妇手里拿着镰刀走到一家栽了一棵枣子树的屋前，喊黄皮匠。没有回答，农妇说也许出去了，又说黄皮匠的女人神经兮兮的，租人家的房子还经常和房东吵架。施楠笑笑说，精神好。施楠取出相机，看看阳光下青涩的枣子，连拍了几张，又让江雨菲站在树下照相。施楠瞧着镜头说，笑，像天使一样地笑。

　　江雨菲被逗笑了。

　　农妇说，好看。施楠对着农妇照了一张。

　　农妇说等等，放下镰刀，理理头发。

　　就在这时，石竹花突然奔了出来，捡起农妇的镰刀向江雨菲砍去。江雨菲捂住流血的手臂，喊一声石竹花。石竹花被施楠和农妇拉住了，似笑非笑地说，天使，哈哈，天使。

正闹时，黄皮匠提了一大包中药回来，把石竹花弄回了家。黄皮匠对江雨菲不停地道歉，说石竹花头脑不清醒。江雨菲很歉意地拿出一千元钱放在黄皮匠手里。

黄皮匠推辞了一下，说石竹花多数时候还是清醒的。

江雨菲说，抓紧时间去做手术。

黄皮匠只是说，得癌的是我就好了。

石竹花突然在屋里说，黄皮匠给他们泡茶。黄皮匠要去泡茶，施楠和江雨菲说要走了，黄皮匠执意要送，路上断断续续地告诉江雨菲，石竹花把钱都花在了告状上。又说青衣巷的房子没有房产证，就拿不到拆迁费，可是其他没有房产证的却拿得到，请他们给龙市长说说，龙市长也知道，他和石竹花是住在青衣巷的。

江雨菲感到异常沉重，现实中的黑暗压得她难受，心里的疼痛比她手臂的伤口要深得多。她不想去上班，请了病假在家。她拒绝了施楠的照顾，说她左手也能做事。施楠从超市买回许多切好拌了调料的菜放在她的冰箱里，说他会通知秦弦。江雨菲没有说是也没有说不是，忍了忍才没有让眼泪流下来，心里极其脆弱。施楠走后，江雨菲在音响里放进一盘秦江给她买的《情人的萨克斯》，看着墙上她和秦弦秦江在峨眉山玩雪的照片，让自己的眼泪放纵地流了下来。秦江在她和秦弦离婚之后很长一段时间不能原谅父亲，他支撑江雨菲度过了那些寂寞岁月，后来上了大学，到父亲身边，才和父亲关系融洽了，还成了无话不谈的朋友。秦江希望父母还能走到一起，他像一根纽带，连接两人。江雨菲忘不了秦弦，也忘不了秦弦和那个女记者之间不顾一切的疯狂。虽然女记者和秦弦双双辞职到省城后，很快又爱上别人。痛定之后，秦弦应聘到一家省级报刊做了记者，抨击时弊，颇有影响。可是后来变得温和了，尖锐只写进小说。秦弦一直没有再婚。江雨菲幼稚地相信儿子的话，秦弦在等她原谅。秦弦每次回家总有秦江一块儿，江雨菲想不起单独面对秦弦是什么时候的事了。

江雨菲拿过电话，开始拨秦弦的号码，到最后一位数时，她迟疑了一阵，下定决心拨通了，只响了一声，对方挂了机。江雨菲很失落。听到敲门声，等了好一会儿才去开门，秦弦就站在门口。江雨菲不自然地笑笑，想把眼眶里的泪逼回去。秦弦坐下来，说，施楠说你受伤了。

江雨菲忽然很委屈，眼泪在眼眶里打转。秦弦走到她面前，伸出手可却在半空中停了，他退后把椅子拉到她面前，靠她更近些。关切地问她遇到什么事？江雨菲断断续续地讲了讲医院和石竹花。秦弦先有些义愤填膺，后来眼里闪过一丝光亮，说比小说还精彩。

江雨菲诧异地望着他，没想到自己只是眼前这个男人的故事。江雨菲心灰意冷地站起来，问他在这里吃饭不。

秦弦拉着她说，黑暗会过去的。

江雨菲说，是你的小说语言吗？

秦弦脸色有些尴尬。沉默片刻说，雨菲，原谅我。我经常会对自己说这句话，黑暗会过去的。知道得越多，黑暗会越多，不安慰自己，日子没办法继续。有个名家说他害怕读鲁迅，是因为鲁迅让他厌恶自己。鲁迅让他看到自己的麻木苟活而日渐增加耻辱。我也一样，雨菲，太多的不公平太多的丑恶已让我麻木，苟且偷安，明白吗？我，苟且偷安。

江雨菲深深地叹息了一声，不知道说什么好。

秦弦摸了摸江雨菲的头发，说有白发了，想扯下来。江雨菲把头移开，说扯不完的。

轮到秦弦叹息了一声。话题过于沉重了，好像谁都过得不易，两个人都不知道说什么。沉默了一阵，秦弦的电话响起来，他看一眼号码，走到阳台上才接了。江雨菲听不清楚他说什么。等秦弦接完电话回来，说他有事先走的时候，江雨菲很平静地说，下次要来还是带上秦江吧。秦弦欲言又止，匆匆地出了门。江雨菲很明白，自己到秦弦心里的路还很远。

　　一个星期后，秦弦打电话说他在市医院骨伤科住院。江雨菲放下电话就去了医院。她在自己曾经住过的病房里看到秦弦，头上裹着厚厚的纱布，她红着眼睛问出了什么事？秦弦笑了一下，说没事了，不要告诉秦江。江雨菲又问到底怎么回事？秦弦正要说话，两个穿警服的人走进来，说不相关的人离开，有领导要来看望秦弦。江雨菲退了出去，在走廊里遇见龙眉。龙眉很疲惫的样子，说一定会追查到凶手的。而后很体己地对江雨菲说，我希望你们两个人好好地过日子。江雨菲心里有一丝感动，忽然想起应该为石竹花说句话，可她刚说到石竹花，龙眉就说，石竹花疯了，民政局已经派人把她接到疯人院去了。

　　江雨菲一肚子的困惑，茫然地走到江边，发现江面上漂浮着许多水葫芦，江水本来的样子也不见。水葫芦是一种繁殖很快的生物，如果放任生长，整条江都会掩埋在它之下。那么生活暗处的黑暗也像水葫芦吗？江雨菲无法回答。

　　江雨菲给秦弦发了个短信，说她去看看石竹花。又打电话问施楠，问知不知道石竹花进了精神病医院。施楠说不知道，又说，你还是出来走走吧，我现在在若尔盖草原。蓝蓝的天上白云飘，施楠在电话里唱起来。江雨菲挂了电话，草原的气息仿佛通过手机传了过来，她脚下轻松了一些，向专门收治精神病人的博爱医院走去。在医院门口，一个穿红衣服的农家妇女很热情地招呼她，江雨菲应了一声，想不起是谁。红衣女人不好意思地笑笑，说，江医生还是那样，我却老了，江医生认不出来了，我是你带到北京治过病的玲玲啊。江雨菲看着她脸上的皱纹和色斑，慨叹时光的无情。玲玲却很快活，说她现在的生活是江医生给的。江雨菲很耐心地听她唠叨家事，一个普通农家女的快活感染了她，她笑着问玲玲是不是去看了石竹花。玲玲收了笑容，说石竹花已经不认识她了。又说石竹花就是想要的东西太多。说完她又笑起来，说她女儿学习成绩好，将来要让她当江雨菲那样的医生。

江雨菲只是笑笑，与玲玲道了再见。江雨菲在病房的观察孔里看到石竹花，她手里拿了一支口红，往嘴唇上涂，嘴巴周围都是红艳艳的。江雨菲怅然地走了，出了博爱医院，接到秦弦发来的短信，说这里的事太复杂，他们报社来人把他接到省城去了。

江雨菲再一次到了江边，对着江水发呆。从许多悠闲的垂钓者身边走过，到三江汇流的地方，看见一个老人，守着钓竿，手里却捻着佛珠，脸上安宁而祥和。

江雨菲的心稍稍安定，在老人身边坐下来，与青山对坐，与江对坐，水声慢慢地浩荡……

爱情公棚

1

突然接到清若的电话，说她要到乡下来祭爱情公棚。我一时有些发蒙，我不知道该怎么带她穿过乡人的眼睛，尤其是玉金婶的眼睛，然后接受母亲与惠琴的审判。

我回乡已经一个多月了，名义上是玉金婶请我回来打官司，把一个养鸡场赶出村去，因为我是一个律师。可实质上去找养鸡场老板谈过话之后，我就对这场官司没了信心，反而是生产队长华志的故事让我颇感兴趣。我躲在家里写文章。玉金婶来我家多次，看我总是在敲电脑的键盘，和我母亲嘀咕一阵，悻悻地走了。玉金婶的失望让我很开心，可母亲的惆怅却让我不安。玉金婶最后一次来是前天，临走她对母亲说，惠琴请了公休假。

惠琴要来帮扯菜子，我听见玉金婶对母亲说。我狠敲一下回车键，连写的文字都断成两行，我的安静日子也要断了。惠琴是玉金婶的远房甥女，我的妻子。村子里的人都清楚我和惠琴一直闹腾。我出了一口长气，文章是写不下去了，我上网找清若，看到她在我 QQ 上的留言："她一直在等他。可他必是欢喜那样的日子。"

清若总是把第一人称说成第三人称，像是小说，总在等待发展似的。她的 QQ 挂着却不露面，发展只是臆想。我把散文《爱情公棚》粘在她的 QQ 上，留下意味深长的话"爱情在公棚"。

爱情公棚，是我蓄意起的名字。实质上是生产队在远离人烟的山上废弃多年的三间草房，只因为生产队长华志为了另一个女人竟然离开玉金婶，去了公棚定居，用诗意栖居的观点来看，公棚里发生着爱情。我不否认写的时候，对玉金婶有种幸灾乐祸的心理，因为记忆里她总是在欺负我母亲，且一贯是道德的化身。玉金婶个子矮小，嗓门儿却大，在生产队她什么都管，包括我和惠琴的感情。

惠琴是昨天来的，好像并不是来看我，包还没放上，她就开始耻笑我，说："看你脸色白的，像东亚病夫。"说完她自己先笑起来，找到一个多么好的句子似的。我抢白说："你倒像个苦役犯。"

惠琴把包往桌子上一丢，骂我白眼狼，一个月不回家，还不打电话。母亲让她小声点，惠琴又开始怨母亲，说母亲把我惯坏了。母亲赔着笑，惠琴解了气，说她要做苦役犯了。她穿上母亲的衣服，说要把院门外的小路修整修整，免得下雨就打滑还粘一脚的泥。她去河边挑沙石，我站在院门外看她一路和乡人打着招呼，甚至和农家媳妇们推推搡搡，发出欢快的笑声。我就想如果我从来就没有走出过这片地是不是能够感到满足。可是没法子，也许生就这样的命，高大的女人对我总有一种压碎感。我看到一个骨节很大的身子穿上母亲的衣服，觉得很滑稽。丢脸。这就是我的女人，心又乱了，没来由腾起烦恶感。我进了院子，干脆关了院门。母亲默默地看了我一眼，说："惠琴没错。"

"是我的错。"我没好气地说。

母亲没有反驳我的话，默默打开院门，转身进了她的卧室。我知道她会对着黑暗枯坐一阵，然后没事一样走出来。可今天我听到母亲的哭声，心里有一种内疚感。我进了母亲的屋子，站在她背后，我有抱着母亲的冲动，可最终只是把手搁在她耸动的肩上。母亲的肩很瘦，骨骼硌人。我的心像被什么扎了一下，说："妈，我和惠琴不吵了，将就过吧，反正日子就这样，挨一天是一天。"母亲听我这样说，哭得更厉害了。我的心酸楚得厉害，未来仿佛是黑洞，而我必须钻进去。我的眼泪在黑暗中流出来，我的另一只手也放在母亲身上，用力地按了一下，母亲突然转过身对我说："沐泉，妈老了，离土不远了。你要过你自己的生活。"

我怔忡片刻，不明白母亲这话的含义。母亲已经擦干眼泪出去了。我赶紧跟着出了门，生怕母亲想不开。母亲拿了一把锄头，到了院门外。惠琴挑着沙石回来了，母亲把沙石铲平。我在院门内听见母亲说："惠琴，我要是有你这样一个女儿多好。"

惠琴笑说："妈，我不就是你的女儿吗？"

母亲又说："泉没福消受你。"

惠琴说："妈，你放心，泉身体不好，我知道怎么照顾他。"

母亲说："泉总让你伤心，要不你们离婚吧。"

惠琴提高了声音，说："妈，这不可能。"

惠琴又去挑沙石了，母亲把已经很平整的沙石铲来铲去，路面反而不平了。我知道母亲的心更不平静，我说："妈，别为我的事费心，要是能离，早就离了。你也知道我们说了十多年。"

母亲说："惠琴能干，你们和和美美过日子，我闭了眼也不被人戳脊梁骨。"

母亲的话让我心里疼，我是个不孝的儿子，父亲死得早，我没什么记忆，母亲拉扯我长大供我读书不容易。母亲曾随我在城市生活过一段时间，不知道是她对城市不习惯，还是我和惠琴三天两头闹让她心烦，母亲一个人回到乡下，一大把年纪了，还种田。我动员她把田地租出去，她却不同意，说有个事混，才好打发日子。对于农事，我没兴趣，可惠琴却表现出天生的热情，栽秧打谷，种菜施肥，像个地道的农家女人。村子的人对她比对我更热烙。母亲如果站在我一边支持我们离婚，她要承受的谴责不比我少。

惠琴再挑着沙石回来时，眼睛红红的，玉金婶跟在后面。她人未到，声音却先到，像打机关枪似的："秋月，你看看惠琴，你到哪儿去找这样的儿媳哟，别说人家还是城里单位上的人，就是农村的，也没哪个女人还这样下力。"

母亲连说是是。玉金婶还是不放过母亲，她继续说："秋月，不是我说你，你是该好好管管你家沐泉，惠琴刚到，就让她受气，这叫什么话。"可恶的惠琴一定是把母亲说的话传给了玉金婶。我知道玉金婶这话是说给我听的，她的舌头是她淫威的武器。

母亲说："沐泉没说惠琴什么啊。"

玉金婶说："你心里明白。这世道坏了，没有廉耻了。你家沐泉花花肠子多，但是欺负惠琴，我不答应。离婚，亏你说得出来。"

我忍不住说："玉金婶，这是我和惠琴之间的事，你别怨我妈。"

玉金婶冷笑一声："你们娘儿俩真是母子，总要闹点动静才显摆啊。"

母亲沉下脸，说："你是来帮他们还是来拆他们？"

玉金婶的声音小了点："我们都是过来人了，秋月，你说这人折腾来折腾去，为的是啥，一家人没病没灾地活在一个屋檐下不是很好吗？"

母亲冷冷地回了一句："公棚里的人可活得自在呢。"

我暗自为母亲喝彩，我的记忆里玉金婶总是盛气凌人，母亲在她面前好像有多大的错似的。

玉金婶的声音一下提高了八度，说："王秋月，当着孩子们的面，可别让我说难听的话。公棚，你还惦记着？"

母亲说："你别喊，惦记着，又咋个？"

我生怕她们真的吵起来，赶紧对玉金婶说鸡场的事，问她签合同时是否提过排污的事情。玉金婶说好像说过，又说好像没说过。我说那就难办了。玉金婶说，请我打这场官司不过是顺民意，成不成不重要。我知道鸡场老板给玉金婶的好处，我意味深长地说："有些人并不想鸡场搬走。"

玉金婶坦然地说："那这个人肯定白吃了很多鸡蛋。"我倒哑口了。惠琴留玉金婶晚上就在家吃饭，说她正好带了一个豆浆机来，晚上做豆花吃。玉金婶自己打了个哈哈，母亲却冷淡。玉金婶表面上对豆浆机表现出极大的兴趣，实质上是她对母亲今天的倔犟满腹狐疑。几十年了，她习惯了母亲在她面前唯唯诺诺。我也不清楚母亲变化的力量来自何处，好像是从她说沐泉你要过自己的生活开始。

惠琴极麻利地磨豆子，母亲和玉金婶剥胡豆，都没有说话。我想帮惠琴的忙，她说一边去。我去剥胡豆，母亲又说不用。我只得坐在电脑前，装腔作势地把键盘敲响。惠琴说："你们看看，沐泉有什么用？"

玉金婶说："还不是你惯的。"

惠琴又开始数落我，煮饭不知道放多少水，菜不知道切成条还是方，炒菜不知道放多少盐，洗衣服不展平，对儿子洋洋没耐心，在家里乱放书报杂志，身体不好又不锻炼，钱挣得不多，却花得多。自己不怎么样，还装清高等等。惠琴这样的话，我听了不下一百遍，母亲有五十遍，玉金婶大概也有三十遍吧。没人接她的话，惠琴就一直说下去，好像她不是在数落我，倒是在夸我，像很多母亲带点自豪的口吻说她儿子怎么调皮一样。母亲和玉金婶之间的火药味也没了，只是冷着，到吃饭的时候，母亲给玉金婶夹菜，气氛才好了一点。饭后玉金婶和母亲坐在院门口说话，声音很小。听不清她们说什么，后来玉金婶在哭，母亲劝她，说："天知道是不是报应。"

说实话，玉金婶的哭，我有一分幸灾乐祸的心理。像是一只凶恶的老虎突然被人狠狠地收拾了一顿，气焰小了。我从小怕她，到现在还如此。写了爱情公棚也生怕她知道，我的立场是站在她男人队长那一边的。

玉金婶走后，母亲却对我说，玉金婶哭是因为队长得了癌症。

队长得了癌症，天真有报应？我看惠琴收拾床铺，心里阴暗地想，如果惠琴得了癌症，我会不会对她激起一点爱来。答案是有点同情。惠琴脱我衣服，我突然恶作剧地说："我得了不治之症。"

惠琴怔了一下，用她有力的双手抱住了我，说："癌症吗?"

我说是的，想不到惠琴竟然哭起来，说："我知道妈为什么要让我和你离婚了，我是那样的人吗？和你结婚的时候，你就有病。现在有病又算什么呢。我会一直照顾你的。"我想挣脱她的拥抱，她却抱得更紧了，我是有一丝感动，但更多是摆脱不了她的恼怒。

我说了句骗你的，她才松手，骂声恶毒。到了床上，她强壮的身体缠住我，每每这个时候，是我最厌恶也最自卑的时刻，我没法对她的身体产生兴趣。她支着手躺在我身上，说她去看了妇科医生，妇科医生说她一切正常。我说我不正常了。她看看我下身，是没什么动静，她失望地躺下来，说："你是谁？"

我霍地从床上坐起，这句话就像在小时候经常听别人问我"你是谁"，总觉得有一种特别的恶意。惠琴对我过激的反应，不怀好意地笑了笑。说她听玉金婶说了一个秘密，关于母亲的。我重新躺下来，望着窗外布满星星的天空，想到小时候偎贴母亲坐在院坝里看星星的时光，那是我和母亲对现实的逃离。我一直迷恋遥远与深邃的意境，实质上也是对现世生活的无力逃避。母亲的秘密也是我想逃离的，母亲的形象最好只与贤良、慈爱、谦和、淳厚一类的词有关。儿子总忽略母亲曾是少女是女人的时光，母亲的丰富也许是儿子的耻辱。惠琴见我不说话，说："妈挺可怜的。"

这句话让我意外，昏暗的灯光下，她的嘴脸不那么可恶了。我伸出一只手搭在她小腹上，她的腹肌悸动了一下，问一个男人和一个女人在野外做事是不是刺激，我的手往下移了移，问她做什么事，她扭捏地说你明知道。我有些反胃，心思移到别的女人身上，清若。清若，这个名字激起我对一个娇巧玲珑的女人身体的幻想，我幻想着我慢慢地进入，下身声势浩大地勃起，积聚了一个多月的能量，惠琴差点捏碎了我的骨头。我清醒时看见她张大的嘴巴，像坟墓一样朝天的鼻孔，我索性闭上眼睛。

惠琴很明白我对她不满的原因，自怨自艾不是她的风格，何况是天定的没法改变的事。她能忍受那些不满，是因为我没有别的女人，偶尔一次的性生活时表现的饥渴可以作证。这个时代要找个发泄的地方，容易得像找个公共厕所，可我对主动献身的女人总是疑心，怕她们有病。曾帮一个开个体诊所的妇科医生打过一场官司，他对我的感激就是让我穿上白大褂看清漂亮脸蛋的女人身体深处是些什么货色。妇科医生害我不浅，以至于和惠琴吵是吵，还是少不了床上的事。

"你做什么我都不怨，只要没其他女人。"心满意足后的惠琴又开始无聊的话题。按往常的惯例，这种话题继续下去，我身上又会有一块青淤的地方，吵架又会开始。我装睡着了，眼不见心不烦，惠琴的身体贴着我，我往边上挪了挪。她愤愤地坐起来说："假。"我不理她，心里却极鲜活地晃着清若。下乡来一个多月，清若每天都有给我的留言，先是躲躲闪闪，后来有了思念一类的词语。清若是我在一次笔会上认识的，虽然是在彝族聚居的大凉山工作，却说一口很甜的普通话，纤柔的身体，像风拂柳似的，从身边过，总有一份怜惜加冲动，抱着她。当然这只是臆想。风流潇洒的男作家多的是，清若不会注意清瘦又落寞的我。谁想到，她竟然说我是那群人中最有诗人气质的，还用了玉树临风这个词来馈赠我。我受宠若惊，搜肠刮肚凑了几句不知道算不算诗的东西发给她："把窗儿打开，就再也关不上，花香你来吧，鸟语你来吧，相信从今以后总是清风与明月。"清若的窗儿也打开了，她的语言比我更不近烟火气，像梦一般的不真实。

"想什么好事？"惠琴粗暴地揉了我一下，她说一直盯住我，看我嘴角溢出了笑意。我睁开眼，看她扁平的脸在暗黄的灯光下像一张饼子，我恶毒地说："想一个漂亮脸蛋的女人。"

惠琴重重地揪我一把，我哟喂地叫了一声。她先发制人："没良心的东西，没嫌你有病嫁给你，像牛一样给你做这做那，是畜生也该知道感恩。"

我说："早就对你说过，离婚。"

"妄想，告诉你，如果你敢有其他女人，我废了你们。"

母亲在隔壁，我实在是不想吵也吵够了，我背对惠琴，继续想清若。

2

第二天醒来，惠琴已不在身边，我推开院门，有薄雾浮在晨间的乡村，快要成熟的油菜有一种捉摸不定的青灰色，像一缕轻烟要腾起一样。我又想到清若，觉得她就是那种似有似无的青灰。我的脸上是不是漾着春风，我不知道，但是惠琴说我是得意的。母亲也笑着，大概是她没听到我们吵架。惠琴也没闹着要走。这在以往是常常发生的。

母亲说玉金婶要来帮扯菜子，让我和惠琴去镇上买点肉回来。惠琴让我一个人去，说扯菜子要趁早，太阳出来成熟的油菜荚就会爆裂。

我赶紧附和，因为我实在不愿意和她走在一起。

村子离乡镇不远，成熟的油菜田夹着一条小路，一头通向河边，河边有一个大型养鸡场，一头延伸到一棵黄葛树下，连着一个叫伏龙的老镇。我踏上小路，太阳已经驱散了薄雾，风从河边送来隐隐的一股鸡粪臭。油菜田里扯菜子的老人和妇女，好像都闻到了，她们问我能不能把鸡场撵走，说鸡场不仅臭，苍蝇多，还坏风水，弄得男人都想拈花惹草。我说了合同、期限、科学发展几个词糊弄她们。她们也不再追究，实质上鸡场在这儿至少有十年，年年说还不是年年都如此，对我也没抱多大的希望。我赶紧走路，免得继续解释。有个女人突然大声说："你们看沐泉走路怎么像鸭子?"

另外的人哈哈大笑。有个人说:"惠琴饱餐一晚了,你饿,让沐泉帮帮忙。"

女人说:"沐泉,乡里乡亲的,帮不?"

我笑得不自然,很不习惯她们粗野的玩笑。从小形成的面浅,到现在也如此。不过也不能让她们猖狂了去,觉得我憨。何况我在她们心中是见过世面的,我说:"不多,不多矣。"不管是不是贴切,在她们一头雾水的时候,我逃了。

到了镇上,买了菜并不急着回家,一来可以避免那些留守女人的调笑,二来到黄葛树下坐坐,总能获得一些写作的素材。泡一碗劣质的茶叶,听那些老人神吹。今天的话题好像早通过气似的,都在讲一个人,曾在康定劳改,都认为他死了,其实是到拉萨发了财。镇里有人去拉萨修路,结果都在帮他打工。那个人不想谈起老家,说老家让他伤心,但是却总在打听家乡的事。我表现出好奇,大家好像又都有忌讳,看看我并不把话说明白。我正疑心,收到清若要来的电话,心思一下就乱了:暴风雨要来。我把菜托人送回家,又激动又不安地继续在黄葛树下等清若。

3

清若下车时,挽着一个男人的手臂。我说不清是醋意多一点,还是心里轻松了一点。我按捺住内心的躁动,只站在原地向清若挥手。清若穿着一条有喜鹊与花的古老图案的长裙,唐装式样的浅粉色上衣,非常抢眼。她像个明星一样在树下众多的眼睛里款款地走过来,她到了我面前,望着我,我只是像个傻瓜一样笑着。她轻轻地咬了一下嘴唇。我的眼睛落在她身后的男人身上,男人有一个轮廓完满的下巴，目光坚毅，川字形的皱纹深深地刻在双眉之间，让人望而生畏。男人的腿是瘸的，树下有人站起来，跑过去和他握手。众人的眼睛都往他身上去了，黄葛树下顿生一股暗流，男人好像有些不情愿被人注意，眼光变得警惕起来，问清若是否跟他走。清若忽然挽了我的手臂，说走。我左右看看，没人注意我们。但我还是挣脱她的手，问哪儿去？清若说："爱情公棚。"

我吁了一口气，也好，免得马上面对惠琴。

男人径直走上已经废弃的公路，我和清若跟在后面。清若说："那些话是假的啊，他不喜欢她来。"

我酸酸地说："怎么不介绍。"

清若说："他很失望。"

我说："你可不可以不要这样讲话，怪怪的。"

清若望着我，眼神很无辜的样子，脸上的粉和腮红，却又表达另外的意思。清若紧走几步，跟上前面的男人。我看着她摇摆的腰肢，想到昨晚念她的名字，也紧跟上去。

清若说："格桑，这是荒竹。就是写爱情公棚的作者。"

清若说的是我笔名，我想这个格桑也不一定是真名，虽然有一个下巴像藏族，但我觉得他还是一个汉人。一个汉人取一个藏族的名字有些滑稽，我嘴角浮起一丝讥笑。被称为格桑的男人，可能看出我的不屑，礼节性地握了握我的手，脸上露出一点笑容，很快又收敛了。

清若说："格桑也写小说。"我心里有些抵触，清若不该带一个文友来。

格桑却说："见笑。不过是想把有些事记下来。"

清若说格桑有故事。我说每个人都有故事。清若说我说话带刺，我说她心思重。反正是一个格桑在场，我与她的那么点暧昧越来越没味了。格桑走走停停，遗弃的公路坑坑洼洼，他腿本不好，走路更加趔趄，我四平八稳地走在他旁边，有点示威的味道。格桑却不知道我阴暗的内心，他对脚下的公路蛮有深情的样子，他捡路边的石头握在手里，在一棵已经空心的白蜡树前停留。物是人非，他大概说了这几个字。清若悄悄说："是不是很感动。"

我忽然觉得清若浅薄，但我没有说出来。我们下了公路走到河边，沿河上行。河水很瘦，在生了苔藓的岩石上缓慢地流过。两边的滩地庄稼郁郁葱葱，对岸是山，倒映在河里，倒也是一派山河如画的样子。清若说她想起诗经："蒹葭苍苍，白露为霜，有位伊人，在水一方。"

她的说话声惊起停歇在河滩上的白鹭，她尖叫起来，说好美。我没她那个心思，对于这条河流，我有的只是疼痛。我说："这曾是一条大河。"

格桑说："浩浩荡荡的大河。"我看到格桑的眼睛里有泪水，我觉得莫名其妙，但我心还是震颤了，为了这条河流。我们坐在简易的桥中间，听脚下哗哗流过的水。桥的一头是鸡场，隔开了我们与村庄。另一头连接着山，通往山顶的坡路两边是一些坟墓。格桑望着河流说："故乡。"

清若说："君住长江头，我住长江尾，日日思君不见君……"

我粗暴地打断清若的背诵，急迫地想知道我的故乡怎么成了格桑的故乡。格桑说故乡的概念里总有一条河，河边的山和山上的坟地。我再次震惊，我们对故乡的概念竟是如此契合。

桥另一头的鸡场里，有个工人正把鸡粪往河里铲。清若走过去说他破坏风景，工人看是个漂亮女人，乐得和她废话。我和格桑仍然坐在桥中间，凭写了多年小说的敏感，我求格桑说说他的故乡。

　　格桑带着我走向坟地，坟地像沉默了千年那样寂静。风把巨桉的树叶摇下来，静听坟地里尽是落叶的声音。格桑好像是不经意地在一棵黄葛树下停下，对着两个不大的坟茔跪了下去。说实话，坟茔小得有些可怜。我们坐在坟茔前抽烟，格桑的眼光越过河流，越过村庄，越过时空，他在讲一个故事。

4

　　上个世纪四十年代末，国民党军队将领刘文辉率部起义之前，有个军官喜欢上一个流浪女孩，女孩长得并不漂亮，但她有个绝活，能让双腿缠上颈脖。部队混乱的时候军官悄悄带上姑娘回到四川故乡，军官和姑娘过了几年平安的生活，生了个儿子，叫子安。后来军官被打成特务，子安作为特务儿子的成长经历充满了屈辱，他没资格上学，父亲就在家里偷偷教他读书写字，说总有一天会有用。父亲的言论被看成是反攻倒算的阴谋，人们烧了他的书，还打断了父亲的右手。子安在乡人的面前从不敢伸直了腰走路。十七岁那年，姑娘Y进入了他黯淡无光的生活。偶尔的河边相遇，她帮他搓洗衣服，偶尔笑着说他穿白衣服好看，子安就觉得这个世界充满温情了。他们暗暗恋着，在乡人面前装作陌生，他会在经常去的河边看到沙地上Y留的字。一个割猪草，一个放牛，都往山的深处去了。子安觉得世界是有光的，即使全世界的人都鄙视他，只要Y心里有他，这世界就是有光的。他悄悄给Y写信，滚烫的情书塞到Y的怀里，Y俏媚无比。舍不得烧掉情书的Y，让子安和她的感情在乡村曝了光，众人的唾沫全都吐向他。父亲接受比以往更加残酷的批斗。Y在父母和乡人的逼迫下不到

209

十九岁就成了别人的媳妇。

Y被看管，子安的日子又黑暗了。远远地望田间地里埋头劳作的Y，子安觉得心中某个地方特别疼。日子似乎没有尽头，沉闷，贫穷。子安拒绝乡邻为他找的出身不好一脸呆滞的对象。母亲带着他想逃跑，父亲却跪在他们面前，问母亲可以去哪里？母亲除了哭，就是喃喃地说格桑。

复员军人华志结婚的那一天，村子沉醉在喜庆之中，对Y的监视放松了。子安在河边遇到洗菜的Y，他们潜入蒲苇丛中，相拥着长声哭泣。

岸上华志的婚礼正热闹，新娘玉金带来丰盛的嫁妆。玉金的父亲虽是邻队大队书记，但华志是复员军人，长相英俊。出嫁的与没出嫁的乡村女子无不羡慕玉金。只有Y，她一声又一声说对不起子安。子安紧紧地抱着她，生怕一放手，Y就没了。

华志的新娘玉金不仅能说会道，还颇有心计。新婚以后，华志很快成了生产队长，可能是当过兵的原因，他对当过国民党军官的子安父亲批斗少了，还讨子安父亲的意见，带领村民修堤筑坝，使洪水不再冲刷良田。子安就在一种看似宽松的环境中，保持着和Y的私情。他们经常蹚过湍急的河流，在山上密约。有人发现他们，告诉了华志。华志说没抓到现行不好说。有人就上告，说华志包庇阶级敌人。公社下来人调查，眼看华志的生产队长不保。玉金在这个时候，让队长专门派Y到山上看守棉花，防有人偷盗。又派子安去守队上的烟叶。棉花地与烟叶地隔着一座山谷，但是却能彼此望见。子安和Y不知这是计，以为无人的山谷只有他们俩。

华志带领一帮人在棉地里捉着正在缠绵的子安和Y。子安被五花大绑带下了山，捆在生产队队部的柱子上，Y捆在旁边。像是乡村的节日，生产队的人全来了。华志抽打子安，骂他败坏风俗，骂他勾引良家妇女，骂他破坏生产，骂他流氓。玉金把一只破鞋挂在Y脖子上，让Y揭发子安。Y没哭，说是她勾引子安。玉金跳起来说没见过这么不要脸的女人，往Y脸上吐口水，骂她不知好歹。子安高叫一声，让玉金放过Y，是他勾引Y。子安的代价是流配到远离人居的山上看守公棚。生产队长华志的觉悟得到公社的认可，玉金还意外地当了大队的妇女主任。

公棚在顶岗山，顶岗山是一座圆形的山冈，与周围纵深走向的连绵山脉不同，显得很孤立。山顶平坦的地方与山的谷地里种着红薯、花生、烟叶、棉花等庄稼。公棚位于山顶，只有一间土坯房，茅草屋顶。原来是轮流派人看守，现在成了子安的专属。山上清静却死寂，一个年轻人天天守在山上，要足够的定力。子安的头发长长了，衣服穿成了碎片，脸也很久没洗过了，父亲去山上看他，子安好像野人。父亲下山找华志，说他愿意上山看守公棚，让子安下山来。华志有些犹豫，玉金却不同意。父亲说了些威胁的话，父亲被批斗的时候挨了打，脑溢血死了。父亲一死，母亲天天恍惚不安，子安把母亲接到公棚。母亲偶尔唱一些歌，子安听不懂。母亲喊他格桑，说她是藏族人。子安认为母亲疯了。母亲得了病，全身浮肿，很快步了父亲的后尘。子安成了孤儿，还守在山上。Y又去了山上，帮子安洗剪头发，帮子安缝补衣服。两个人战战兢兢，随时提防着身后的眼睛，同时又暗暗感激，日子毕竟还让人有点想头。子安又动手修了两间房，有厕所和伙房了。可是这种日子很快到了头，Y生下儿子不到一岁，她丈夫找碴儿打骂，Y不堪受虐，逃跑到山上。Y白天藏在山林野地，晚上溜到公棚，与子安相聚。他们数次从公棚出走，往山的深处走，因为穿过重重山脉，有一条铁路。可又数次返回，Y放不下山下的儿子。一个清朗的月夜，子安趁月色编了一个背篓，Ｙ端个小凳坐在他旁边，望着月亮说她想回家。子安停下手里的活，怅然说他不能给她一个安稳的日子。她说想儿子。说完她就走到子安身旁抱着他呜呜地哭。

子安送她下山，望着她的身影隐入河谷，月色依然清亮，可子安没回公棚，他在坟地徘徊一阵，躺在父母的坟墓前睡了一晚。醒来就被队长华志带人抓到公社。他被打断了腿，Ｙ竟然出面指证，说他破坏她的家庭。子安以流氓罪判刑，送到康定劳改。

5

阳光在林子外照着，林子里却阴阴的，格桑的烟头闪着红光。他像是卸下了重担，我的心却不安，这故事与我爱情公棚的主人公华志和玉金婶有关。子安是谁？Ｙ又是谁？我不敢问。"你是谁？"风里好像有个声音，我四处望望，坟地仍然静静的。我又感觉背后有一双眼睛，是我父亲的。我对他虽然没什么印象，但对那个坟茔却熟悉，年年都要来祭拜。我指给格桑看我父亲的坟茔，他说："死了!"

我听不出他是高兴或只是对时间的感叹，只是感觉死了的后面有个惊叹号。他到我父亲坟茔前敬了一支烟，默立了片刻。我们走出坟地，清若坐在桥上往笔记本上记着什么，我喊了她一声，她走过来说，她在写一篇散文，两个男人沉默地坐在坟地里，好凄美。我苦笑一声，让她继续在桥上写。她却柔声说："我不会丢下你们两个人。"

清若走在我和格桑中间，她的高跟鞋在陡峭的山路上一歪一扭的，不是让前面的格桑回头牵她，就是让我推她一把。我有一丝不耐烦，只希望是两个男人的山路，我想弄明白子安和Y。清若却兴致很高，看到像星星一样繁多的野莓，她发出尖叫，说莓子晶莹剔透像玛瑙，又说野莓含维生素高，对皮肤有好处。她一手提着她的长裙，一手摘熟的黄色的莓子，不仅往她嘴里送，还往格桑和我的嘴里送。格桑笑着，他的眼光温和了许多。我们坐在一个土坎上，等清若摘莓子。格桑说："这女子可爱。"

我不自然地笑笑，问他怎么认识清若。格桑说博客，你来我往，就认识了。我心里有一丝不了然，说："清若发在博客上的照片对男人有诱惑力。"

格桑狡黠地笑了一下，说："你被诱惑了。"

我反而不好意思，解释说只是文友。格桑没有说话，他的沉默让我心虚。总觉得应该找点话说。我问他后来。格桑说："后来的后来就是现在，活着，还好。"

我说："黄葛树下那些人议论的是你。"

格桑的眼光警惕起来，问他们说什么？说他本来发过誓不再回来，这里的人让他寒心。可是老了，不回来一趟可能就要像母亲一样永远躺在异乡的土地上了。我从格桑说他老了的声音中听出一丝荒凉，我试探说："子安怎么成了格桑。"

格桑说他到了康定，劳改就是挖矿。对于牢狱生活他只用了一句，"不知道有没有挨到明天的勇气？"他挨了十几年，挨到出狱，却再也不想离开那个地方。有个叫梅朵的藏族女人发疯似的喜欢他，他们结婚之后，那女人偶尔也叫他格桑。梅朵让他想到母亲，在那片茫茫的土地，他有种奇怪的感觉，好像那是他的来处。他长有一个藏族人的轮廓，他就把名字改成格桑。他们到了拉萨，做苦工、卖菜，后来梅朵在拉萨公路局的叔叔介绍他去修路，再后来有了自己的工程队。

"成功人士，衣锦还乡了。"我不知出于什么心理，讽刺了一句。格桑盯着我，我移开目光不敢与他对视。

"你是谁？"格桑突然问我。

我是谁？我还真不知怎么回答他，虽然他没带什么恶意，但是这个问法还是让我反感。我说："这是哲学家也没弄清的问题？"

格桑笑了一下，出人意料地温和，他的右手覆盖我的左手，"说说你吧。"

我有一种被征服的感觉，不由自主地说起惠琴，说她能干。说着说着，竟然抖出过去很久的事情。我大专毕业分配到一个电机厂，那个时代我们这种人颇有优越感，虽然只是个大专生，但是有文凭。厂里的待遇又好，青春好像是云上的日子。只是潇洒了那么三四年，工厂就垮了。失业加上每年春天发作的哮喘，日子进入了黑洞。在一个无线电厂找了份包装的活，勉强维系生存。一个下午，我哮喘发作，负责质检的惠琴，把我背到医务室。惠琴是大学生，和我不在一个层次上，但是她常来照顾我。藏在她宽厚的怀里，是我小时候偎依在母亲身上的感觉。惠琴用她的工资资助我继续读书，我通过了法律专业自考，只是心思老是恍惚，没拿到律师资格证。

格桑说："你的时代是个好时代。"

这点的确。那个时代人们崇尚知识与精神。我说："恋爱的时节遇上抒情年代。"我很奇怪，话语里好像和惠琴多么恩爱似的。想想日子的真相，我忍不住说了句："惠琴不漂亮。"

格桑亲昵地拍拍我的肩，问我："开花的时间长还是不开花的时间长？"

这道理我明白，我刚刚说可是，格桑便朝清若努努嘴，说："她就漂亮。"我的虚荣心作祟，吹嘘说："漂亮的也见过几个，不过是萍水相逢。"

清若捧着野莓过来，歪着脑袋说："你们俩有点奇怪?"

格桑突然把手臂搭在我肩膀上，说："你看，我们俩有没有相同的地方。"

清若认真的样子，说："都像人。"

我们都笑起来，其实我心忐忑不安。生怕她说我和格桑有相同的地方。

清若让我给她捧着野莓，她就在我手心里一颗一颗捡来吃，偶尔一只手拉着我的衣服，我闻到她身上香水的味道，她的发丝擦着我的脸，我听见自己的心跳，意念中手伸了出去，揽着她纤细的腰。清若拿野莓时在我手心重重地点一下，我脚下踩滑一块石子，狼狈地摔倒了。清若急急地来拉我，我却拂开她的手，自己爬起来。格桑哈哈地笑起来，说："算了，风流顶多是在文章里。"

清若在格桑身上打了一拳，嗔怪他没同情心。

她又挽着他的手臂了，他们在我的前面小声地说话。我拉后一点，听几只鸟在巨桉树梢的鸣叫，竟是如此的单调。上了山顶，举目四望，山上树种全是巨桉。树下好像喷了药，百草杂树全都枯萎了，只留巨桉笔直向天，蔚为壮观。

我不喜欢这种单调，眼睛寻找其他树种。格桑也在东张西望，说："这是一个市场的时代了。"

巨桉生长迅速，砍伐周期短，用途广泛，经济利益驱使，政府倡导，乡人积极，现在的山上到处可见这种树。我们沿着山脊往前，巨桉林中夹杂一片松林，有烟雾绕在树梢。走近了才看清有人正在烧山，说是要种巨桉。

松脂燃烧的气味飘进我的鼻孔，我眼睛发酸，不知怎么有种疼痛感。

"听说巨桉对土地有衰竭作用。"我显得很激动。

格桑没心情回答我，我们无奈地望着烧山的农民，格桑发了句慨叹："人不是物也不是了。"

清若说："山还是山，人还是人，只是不见为好。"

他们俩相视而笑，我有被排除在外的感觉。我闷闷地走在前面，下山再上山就是公棚所在的顶岗山了。还没上山，我们就闻到一种橙花的味道，清香醒神，莫名地有种激动。清若叫起来，说好闻。她提着裙子的两侧往上跑，我想到我电脑桌面上一个女子提着裙子在麦地奔跑的照片，我往前跑了两步，要告诉清若，意识到格桑在后面，又停了下来。

爬上一土坎，地势平缓了一点，许多橙树静立阳光之下。只是橙树的排列有些奇怪，无序又刻意地计算过，像一个人拿着一支大笔在土地上随意地涂抹一样。橙树之间种了小麦。白色的橙花密密匝匝地开满了树枝，蝴蝶在花中蹁跹。一条小路弯曲地伸向果园深处，小路两边种了很多栀子花，有很多清色的花蕾，偶有一两朵已经泛白就要张开的样子。

"真是生长爱情的地方。"清若说。

格桑深深地吸了一口气，说他梦里多次出现的顶岗山不是现在的样子。我们各怀心事坐在路边，阳光透过树枝漏下碎银似的光斑。格桑说原来这里没有路，只有松林和齐腰深的蕨草。蕨草中间有一两处地，种了烟叶。收烟叶的时候，是公棚最热闹的时候，他躲在一棵鹅掌楸下面望一个人。

"情人?"清若说。

格桑一脸落寞，点燃一支烟，沉在往事里。清若转向我，问我今天能不能见到爱情公棚的女主人。我开了句玩笑，说："你的样子符合传说中的女主人。"

清若很妩媚地笑，说公棚的女主人肯定很漂亮。我说没见过，格桑有些不相信地望着我，问："爱情公棚的女主人只是传说？"

我没法回答，只得又把传说讲一遍。

6

多年前一个夏日午后，我和惠琴吵了架，惠琴一气之下去了玉金婶家。我端个竹编的躺椅坐在院门口，心中有一点不安。母亲坐在一只小凳上摇着扇子，忧戚地说："玉金婶骂你，你只要听着就行。"

我的不安变成对母亲的怒吼："凭什么？"

母亲一脸的无奈，按以往的经验惠琴只要跑去了玉金婶家，玉金婶必定陪她向我兴师问罪。一会儿我看见玉金婶和惠琴出现在田埂上，母亲的扇子摇得快了一些。"别和她吵。"母亲又说。

我故作镇定，看深绿色的秧苗在风里像浪一样荡漾，惠琴和玉金婶仿佛在船上。母亲进了屋，我却一直望着她们，她们划过来的时间很长。惠琴看了我一眼，低头不语。玉金婶破天荒地脸上有泪水，径直去找母亲。我反倒紧张起来，不知道要出什么事。我听到玉金婶的号啕，母亲的声音很小，被哭声湮没了。约一个小时，玉金婶出来，也没声讨我，就回了家。惠琴的表情有些凝重，只是默默地做事。母亲的脸上看不出什么悲伤，只是一个人坐在我坐过的躺椅上，睡了过去。

到了晚上吃饭时，母亲才说玉金婶的男人华志跑了。我很诧异，生产队长华志跑了，跑是什么意思？母亲经常使用这个字，说某家的女儿跑了，那是十多岁的小姑娘跟着养蜂人去了遥远的地方。一个四十多岁的大男人跑了，总是不合常情。我很平淡地说可能有事出门去了。

到了春节，我和惠琴又回到老家。到山上祭拜完父亲，心情有些沉郁，想往山里走走。惠琴却不去，说她要回家帮母亲准备年饭，还说神经，山里有什么，除了鬼。我说鬼都没她可憎。她乜斜我一眼，独自下了山。我赌气似的往山里走。天气阴阴的，浓浓的雾霭罩着松林，湿得滴出水来。山脊上看不出去，偶尔听到鞭炮声，知道那是上坟的人放的，大意是通知土下亲人，送钱来了。人死了真有另一个世界吗？我不相信，但是对着父亲的坟茔，花花绿绿的冥币燃烧的时候，我还是希望父亲能收到，在另一个世界有钱用。不过对父亲的印象我是模糊的，不知道他到底什么样子，只是因为母亲几十年未再嫁，我为自己树了一个好父亲的形象。一路前行，我的思想总是纠缠在坟地的意象里，想起一些鬼故事，背后就有些发凉。不知不觉到了公棚附近，看见公棚在冒烟，还隐约听到一个女人的哭声。早就听说过公棚闹鬼，我打了个寒噤。想前去探个究竟，身体却不由自主地往回走，越走越快，最后跑起来。下山过了河，看到惠琴，才暗暗舒了一口气。惠琴说她来接我，这么久没下山，莫不是被鬼迷着了。我下意识攥紧她的手，她很奇怪地看着我，因为我一般不会在乡人的面前牵她的手。她说："真碰见鬼了。"

我脸色铁青，她又嘲笑说："真没见过这么胆小的男人。"我没有反驳她。她问我相不相信公棚闹鬼。我中气不足地说："鬼才相信。"

惠琴说她听玉金婶说过很多次公棚闹鬼。我小时候其实也听过公棚闹鬼的事，公棚在包产到户后就废弃了。没有人的气息的公棚破败的速度很让人不解，越没有人靠拢，它越像个聊斋里的鬼屋。只因为山的深处有一个铁路小站，乡亲要进省城，喜欢抄近路。有时候晚车回来，走到公棚就是晚上了，有人说看见一个女人的影子，还有人说听见一个女人凄切的哭声。我把这些话转给母亲听时，母亲总是很严厉地说，是造谣，人的心里才有鬼。我和伙伴们去山上放牛，大胆地带着大家去公棚，房子里是纵横交错的蜘蛛网，我们取了树枝狂扫，一个伙伴的手被一只奇大的蜘蛛咬了。伙伴的手很快肿起来，我们赶紧下山，再也不敢去公棚。玉金婶说烧了公棚，去的路上却崴了脚，也不再提公棚的事。

其实从我离开家乡，我就离开公棚的鬼故事了。乡亲们好像也渐渐忘记了公棚，但是今天我确信我听到哭声，我不敢对惠琴说，因为她会很快让村子里的人都知道。回家之后，喝了杯热茶，坐在灶门前烧火，漫不经心地对母亲说，公棚在冒烟。母亲说有什么奇怪呢，生产队长华志跑到公棚去了。

华志跑到公棚去了！我大声地笑起来，觉得全身的血脉流通了。对母亲说了刚才的情况，惠琴笑得弯下腰，母亲的表情却有些伤悲。她说华志为了一个女人去的。说玉金婶在村里天天骂华志，骂得他不敢下山来。

惠琴说："该骂。"

母亲却说："华志也很可怜。"

我不想判断谁是谁非，在城里这种事也还遭唾弃的时候，华志的确需要勇气。我感兴趣的是到底是怎样一个女人让华志做出大逆不道的事来。母亲说她也没见过，那女人现在还有家。

春天的时候，我回家专门去了公棚。公棚的屋顶已经翻新了，只是公棚里没什么家具。华志在公棚四周垦荒，他说他要栽果树，很多很多的果树。我问他一个人在山上寂寞不。他说有盼头。

华志的一举一动总有人报告玉金婶，玉金婶总是冷笑，说会

219

有报应的。玉金婶坚决不离婚，偶尔跑到公棚大吵，砸坏一些东西。大概又过了三四年，华志的果园成了林，那个女人和他住在一起了。村里有许多关于那女人的传说，说她长着一双狐狸一样的眼睛，说她笑声淫荡，在山上裸体。传说终归是传说，村子里的人面薄，谁也不敢到华志的公棚里做客，怕被玉金婶的口水淹没。但是村子里的人慢慢接受了这个现实，生产队长华志除了玉金婶有了新女人。

母亲对此尤为感叹，说世道变了。说华志很勤劳，公棚完全变样了，果园收成不错，扩建了公棚，修了一条路与另一个生产队相通。公棚的对面新搬来两住户。"像过日子的地方了。"母亲说这句话，有种向往的样子。

母亲没见过队长的新女人，问玉金婶。玉金婶说瘦精精的，一点都不好看，队长是被什么蒙了心了。女人喜欢喝豆浆，专门打了个石磨，磨豆浆给她喝，女人喜欢打麻将，专门做了桌子，要不就是送她到火车站去打。"你说这样的女人叫女人不？"玉金婶往往这样问母亲。母亲每一次都是无可奈何地说，谁叫队长喜欢呢。

母亲对华志的事表现出一份过分的关注，我有时不耐烦，粗暴地打断她在电话里的唠叨。母亲不在我面前说了，华志和女人的事除了玉金婶还在意，也不再刺激乡人的神经，有更多年轻的出外打工的男女上演分分合合。时隔两年，华志在公棚闹出大的动静，引进了新品种脐橙，果园丰收，还养了几十头猪，发了财。大家记起他已不是队长，而玉金婶才是队长。于是有人提出质疑，公棚归华志一个人吗？几个游手好闲的人找到玉金婶，说要到公棚去闹，却遭到玉金婶一顿臭骂。母亲说玉金婶还念着华志。母亲用入骨入血几个字来形容，让我重新审视母亲。我问一句，父亲是不是入骨入血了，母亲的神情很迷茫，而后有一丝羞赧，说我没大没小。

再去公棚，是受母亲的支使，因为华志的果园下果以后，给母亲送了一筐下来。母亲要我去感谢。见到华志时，他穿着雨衣，戴着口罩，正在给果树喷药。我到处张望没有见到女主人。华志脱下雨衣陪我进了公棚。公棚的屋顶已经改成青瓦，又增加了几间。只是风化的土墙还在。西侧墙角堆着金灿灿的玉米，一台粉碎机下磨了一堆玉米粉。东侧是一个石磨，石槽里还是湿的。我问："还磨豆浆？"

华志爽朗地说："屋头人喜欢喝豆浆。"

"你屋头人呢？"

"打麻将去了。"

"你没意见？"

华志笑起来，眼角堆满了皱纹。说："她喜欢。"

"那你为什么对她心甘情愿？"我问。

华志只是笑。我又说："玉金婶很能干……"

华志站在能看到他的果园的地方，问我当家做主的感觉怎么样？我一时没弄明白他想表达什么，他脸上的表情很丰富。

我又问："那人比玉金婶好？"

华志说了两个字当兵，但是又停下了，狡黠地笑说："她湿得快……"

我恍然时，华志放肆地大笑。我不想和一个高自己一个辈分的男人讨论这种事情。我提着一个坏了嘴的陶罐看，问他是不是从山下带上来的。华志转眼间变了脸，说是另一个人的。不知那个人是不是还活着。他突然说到我母亲，说母亲受了很多苦，要我对母亲好点。

7

"你母亲还好吧?"格桑突然问我。他问的口气让我心里一惊,我回忆这段往事时,一条原本模糊的线索渐显清晰,Y,我的母亲?

"问世间情为何物"清若唱了一句,她说快看,我们坐下休息的时间,竟然有一朵栀子张开了花蕾。"花也被感动了。"

我和格桑都没有说话。我紧盯住他,说实话,我不想我的母亲与这个男人有瓜葛。作为儿子对于母亲有另外的情人接受起来比接受一只苍蝇更可憎。清若看我神情异样,说:"生活按小说在发生,对不?"我懒得纠正她的逻辑错误,我只是觉得害臊,为我母亲的情人。

格桑其实也有点尴尬,他不敢对视我,眼光闪烁不定。他站起来往公棚走,清若拉我跟在后面,我忽然对到公棚去感到难为情,华志很清楚母亲与格桑的过去,准确地说是子安的过去。这个已经叫格桑的男人不应该回来,更不应该再去公棚。可我还是跟在他后面,站在公棚的院坝里。墙角四周堆满了橙子,好些坏了。清若尖着声音叫女主人。院坝一侧的猪棚里,白色的猪伸长脖子狂叫起来。华志从里屋出来,瘦了许多,他怔怔地看着格桑,激动地说:"子安,活着!"

两个人先是握手然后紧紧地抱在一起。清若很感动的样子,忙着给他们拍照。他们坐下来,说着久远年代的事情。格桑说出某人的名字,华志就说那个人还活着,或死了。后来格桑提到我母亲的名字,他们两个人都盯住我,我没好气地说,母亲好得很。华志却让格桑去看看我母亲,那些年她不容易。说起我母亲含垢忍辱的岁月，我听得鼻子发酸，只怨自己那时太小，不能为母亲分担。

格桑捂着脸，我看见泪水从他的手指间渗出来。他说要到处走走，清若陪他出去了，华志歪在竹椅上休息片刻，然后开始喂嗷嗷直叫的猪。他的步子有些疲沓，想起昨晚母亲说华志得了癌症的消息。我同情地说："身体不好，叫你屋头人喂嘛。"

华志苦笑一声说："跑了。"

"跑了？"我目瞪口呆，爱情公棚岂不是荒诞。

"为什么？"

华志摇摇头。我问他有什么打算，他说橙子卖不出去，体力也不行了，想把果树都砍掉，栽巨桉。我说不要，却没有更好的理由。他一个人要怎么办呢？问他恨那个女人不？他却说不。那个女人本来就是个替代，她长得太像他在陕北当兵时恋上的一个姑娘了。

"为了一个影子，你就丢下玉金婶？"我有点诘难的意思。

"你玉金婶太聪明，也太霸道，包括做那事。"华志勉强地笑笑。

"可是……"

"你相不相信，我并不是为了女人。我，喜欢土地，一个人做土地的主，过瘾。"

说实话，我有些发蒙。对华志私奔的解读流于浅薄，一个人做土地的主，过瘾。这句话像是对我的爱情公棚极大的嘲讽。

"有时候也想要下山，但山下的人认为我是为了女人，那就为了女人吧。男人为女人这事儿给男人脸上贴金呢。古话不是说英雄难过美人关吗？"华志笑。

我无奈地说："队长是个人物啊。"

华志叹了口气，说："要说感情，你母亲和子安是真好。你们见过你母亲了吧。"

我说："子安已经死了，现在是格桑，他的女人叫梅朵。"

我说完就离开华志往外走，华志在我后面说："替我带句话，告诉你玉金婶，我死后，让她把我埋在这儿。"

我转身说："到医院去。"

其实到医院去又能挽留多少时光呢，华志、格桑、玉金婶还有我母亲都是越来越接近土地的人。见还是不见，我的思想激烈地斗争着。格桑的情绪已经稳定了，他站在严重风化的土墙前让清若给他拍了一张照片。我站在院子外，望着果园，果树围绕的小麦长势很好。清若问看见了什么？我说："土地。"

清若说："不，我看见爱情。"

我鼻子里哼了一声，清若离我是远的。

回程，并不因为知道格桑曾是我母亲的情人多份亲切，反而有了隔阂。清若也明显地感到我对她的冷淡，一路上大家都有些沉默。过了河，看到乡人神色慌张地往一个方向跑，拦了人问，说有人死在扯菜子的田里。我的心一下慌张起来，顾不上格桑和清若，我也跟着乡人跑。我看见惠琴扶着母亲，我的心才落了地，我悄悄站在她们的后面，我听见惠琴说："妈，我们不种田了，你一定要跟我们去城里。"我眼一热，真想抱一下惠琴。我说："谁死了？"惠琴看见我咬牙切齿地说："你死哪儿去了，电话打不通。"

母亲说："玉金婶死了。"

"……"

我喉咙里发出一声怪叫，像要哮喘的样子。惠琴放开母亲，不停地抹我胸口，说："男人不能这么哭。"我控制不住，泪眼中看见格桑和清若站在小路上向我这边凝望。母亲好像感觉到有眼睛在望她。她望着小路上的他们，脸上的表情急剧地变化着，一双混浊的眼发出闪亮的光来，眼泪无声地顺着她瘦削的脸颊流下。惠琴说："你看你把妈惹哭了。"

大家都在讨论玉金婶的突然死亡，没有人在意母亲为什么哭得那么伤心。

我知道。格桑向这边慢慢走来，我告诫自己选择沉默，但是一个我却挽着母亲走向格桑，另一个我留在原地，看着我的母亲走向绝望。

永远的新娘

我在一本《岗巴故事》的书里认识了寒月。书里说寒月和她的新郎永远地躺在那片生命的禁区，听生前生后一样的雪飘和风吼。我的的确确是流了泪。一连几天心情都很郁闷，我不知道这样的书还有谁在看，又有谁在乎那样一种近乎完美的结束。当我行走在这个城市，耳里充满麻将声、眼里是无处不在的关于性病的广告。我甚至找不到一个地方，可以想想寒月。

在所谓的文化人聚会上，我说起了寒月，泪痕未干。却听一男士贪婪地说，那真是一个天生尤物，美得像狐狸精，是专为男人而生的。女友也不甘示弱，说要找情人也要找特种兵似的。接下来的话题实在是太远了，至少是目前还不敢企及的。我留下一个附和的躯壳，灵魂却又回到寒月的身边，我在喧闹和浮华中去编她的故事。但那种爱情却是我永远不可理喻的。当我站起来勇敢地说：

"我要去走寒月走过的路，去体味她的爱情。"

女友只是望了我一眼说："你是个精神旅者，属美丽的哀怨或很久以前的忧伤那一类。"

我忽然觉得女友很睿智。把她的话玩味了半天，贬义不如褒义多吧，于是把它当成一种鼓励。

接下来的日子，我开始拼命地攒钱，以便早一天开始我的远行。忙碌的时间长了，却淡忘了最初的目的。

没有什么东西能比时间更容易让人忘掉过去的了，寒月好像隔了山隔了海的光，我已经看不见了。我试图弄一篇名为《迷乱》的小说，写一个"小姐"放荡而糜烂的生活。入流入俗，也许最颓废、最荒唐的小说，能让我找到一条成名的捷径。

星期天值班，病人少。正是我胡编乱造的大好时机。我把所有的恶习、艳俗，乱七八糟地往"小姐"身上安。"妇产科是治病的地方，也是接受语言垃圾的地方……"

就在这时，来了一个病人。我的样子一定是愚蠢的，迥然不同的风采使我不能那么快地从刚才的小说里醒来，我瞠目结舌地望着她。她穿一身黑色的曳地长裙，挺拔的身姿，使她显得神秘而又高贵，脖子上一条雪白的绸巾，却又像神秘里为人打开的一角，在深邃的门里透出一点光来。她的眼光不是纯粹的，像一本翻开的书，明明写了很多字，却不能明白那些字的含义。

"你真美。"我由衷地说。

她没为我的赞叹露出半点的笑容，只是那眼光飞快地闪过一丝嘲弄。我藏起我的好恶，不动声色地为她检查病情。我告诉她她有严重的性病，她居然像听了感冒一样的无动于衷。我的同情心让我忍不住说了一句：这世上真是没有好男人。这么出众的女子也拴不着丈夫。

她笑了一下，她说她早就习惯了。她到过很多专门的性病治疗中心。她说好男人还是有的，那是留给好女人的。我说这个社会到处是男人的陷阱，小姐们像猎人一样盯着男人。她说那是因

227

为男人是这个社会的主宰，他们喜欢小姐。

我给她看我写的小说，对小姐的蔑视、鞭挞，好像是要为她出一口恶气似的。

她低头看我的小说。我却看着她，觉得她是这个夏天最美的一幅画。她的五官那么精致，每一处分开来都是可以作为广告的，黄金比例地合在一起更是美妙绝伦。颈脖的线条是美丽的，那白色的绸巾放在别处是不起眼的、普通的，而在她的脖子上却显出价值。正如古董放在地上不过是垃圾，而放在天鹅绒上却价值倍增。裙装的领是 V 字形的，她低着头，丰满的双乳隐约可见，含蓄地克制恰到好处。甚至她的手也是漂亮的，丰润的样子，散发着某种诱惑。她轻轻地放下稿子，先是浅笑了一下，却突然爆发出歇斯底里的狂笑。我不安地拍着她的肩，以为她是受了刺激。她却粗鲁地拂开我的手，说：

"医生，你只是写了表象。从某种意义上说你像那些男人一样可恶。"

我讨了个没趣，闹了个大红脸。却不敢与病人翻脸，或者说她与众不同的气质震慑了我，想她必定比我懂得多，我几乎虔诚地说，请赐教。她却莫名其妙地流泪了，泪顺着她美丽的脸不停地流。吸取了教训，我打消了想安抚她的念头。

我说："什么都会过去的，苦难也是。"

我还说，她那么美丽，幸福一定在什么地方等着她。我给她纸巾，她却抓紧我的手说：

"医生，你是好人。"

她说她叫查拉，一个很特殊的名字。我记住了她。

查拉又来过好多次，做完几个疗程的治疗，我们很熟悉了。只要她来了，同楼的男医生总是借故来妇科坐坐，表现出平日里少有的幽默与潇洒。查拉却不轻易笑的，一副见惯不惊的样子。

病好以后，她打电话来约我出去吃饭。订在"金海棠"。我说不行的，那地方我不自在，不如江边的大排档。她不再坚持，我们选择了滨江路一家名为"好又来"的饭店。一个男人坐在角落里喝酒，一脸的落寞。看见了查拉，眼里放出光来，却很快就熄灭了。查拉怔了一下，呼了一声"轩……"走过去想说点什么，终于什么也没说，拉我进了另外的单间。

饭后，我们坐在三江汇合的肖公嘴喝茶。江面辽阔，水声浩荡，世人敬仰的大佛巍然于江边，注视着人世间的悲欢离合。好长时间我们就那么望着，看对面太阳岛的炊烟袅袅升起，看黄黄的天光在江面晕出一片朦胧，看寻归的水鸟在远山的剪影里翻飞。

坐在夕阳里/看夜色怎样来临/看景物怎样由清晰到模糊/看月亮浮上来……

我沉入一种少有的境界。多年前一个朋友的诗在这时那么清楚地记了起来。我不知道查拉想些什么，我也不想问她在想什么。我觉得这样的感觉真好。有一个人能那么悄悄地陪你坐着，你不必担心不说话会冷落她。临走的时候，查拉说给我看一样东西，但前提是看后别问为什么。

"寒月死了，死得多么干净啊。是在雪之中，远离污秽与脓血，远离充满腐败气息的城市。她的脸那么安详，一种渴望以后的宁静。寒梅觉得寒月连死都是美丽的。峰抱着寒月站在风雪中，像一座山托着它的树，是这个荒野雪原最完美的一尊雕塑。寒梅真想随寒月而去，让她在生命结束之时贴近纯洁。让峰也为她有一点悲伤。不、不，峰说她属于城市。她的灵魂散发出的气味，只适合于那个表面美丽的，而本质却是肮脏而迷乱的城市。

寒梅还是像从前一样美艳惊人。她依然坐在城里的一个门里微笑。男人们还一样地在她那里乍惊乍喜地感叹。她笑的样子依然，眼光却少了那种勾魂的急切与妖媚。男人们觉得那眼光是空洞而遥远的。与她做爱时，仿佛奸尸一般。他们怕了，她就笑，说别怕。给人的感觉是一朵毒花了。只有轩常来，只有轩能理解种眼光的含义。轩总陪梅那么坐着，却少了做爱的激情。梅说，你不知道的，你真的不知道，他们死得多么美……"

　　看完这篇名为《寒》的东西，我把《迷乱》烧了。很后悔给查拉看了。好像穿着一件不能遮着隐私的脏衣裳，与一个清洁而高贵的身影相撞似的。我从头到脚地浸在一种自卑里。

　　编辑林荻曾说过，不要老是重复自己。我连重复自己都谈不上了，曾有的那么一丁点儿至善至美的真情，也被时间挥霍殆尽。生活就像一杯寡味的白开水。勃朗宁曾坚信：爱和被爱是人生命的本源和支撑，人生在世没有爱情的滋润是不可思议的事情。于是我把我的平庸归结成：从未遭遇激情。

　　林荻说，你那么丰富的人，我不信你的感情是空白。好好地想，使劲地想，有没有那么一个人让你怦然心动。我拿了放大镜仔细检索心动的痕迹。

　　我说有那么一个人，很想给他打电话，拿起话机心就像惊慌的兔子，随时想逃。有时号没拨完就放下了，有时拨通了听到他的声音，却把电话挂了。再或者一味地听他说话，当他问你想说点什么时，你却显得愚蠢而迟钝。

　　林荻说，好好，这有点暧昧了，再想。

　　我说没了，就这点感觉还隔了厚厚的纱，偶尔有风掀起一角，仿佛接近他了。但又怕风太大，害怕完全明了的结局。

　　林荻很失望。我也很失望。今天不过是昨天的重复，明天还和今天一样。我也不愿再浑写些没人看的破玩意儿。在查拉短短的一篇文字里，我看见了我的肤浅与可笑。但我还有一点可爱之处，那就是林荻说的，善良而不忌妒。我乐于阅读，在别人的快乐里快乐，在别人的爱情里感动。我把查拉介绍给林荻，我怂恿查拉写作。

林荻有一帮姐们儿，拿她的话说，是这个城市的灵魂。画画的、搞音乐的、还有写作的。我有幸成为她们中的一员，是这个城市给我最大的奖赏。我们是唯一聚在一起只谈天说地的人。我们试图做一些努力高于目前的生活，在音乐、美术和文学的游戏里，为平淡增一点色彩，为迷惘找一条出路。画家朵朵幽默机智，是这伙人的轴心，有她和林荻在，聚会总是快乐的。这种快乐甚至会延续一个月，直到下一次的再聚。

朵朵打来电话，相约"海棠春雪居"。我说我要带一个朋友，朵朵不怀好意地笑：是情人。我说：是的。

周末因为临时做了一个手术，赶到"海棠春雪居"时，已超过了相约的时间。我走进去有一种眼花缭乱的感觉。朵朵一反常态地精致，头戴一顶饰有花儿的软边草帽，耳环夸张了些，却是画画的朵朵能相配的。林荻却是帅气的，下摆很宽的外套，有一种灵动的飘逸，像武侠小说里身怀绝技女扮男装的英俊少年。哇，我叫了一声。抱了这个，又拥那个，对她们今天如此的美丽赞不绝口。

我开玩笑说：搞清楚，今天是我带情人，你们搞得这么隆重，想抢走我的情人啊。

笑成一团时，查拉出现了。尽管我已经给朵朵们描述过她的与众不同，但她们还是像一群傻瓜，被查拉超凡脱俗的美丽吓着了。查拉穿一条天蓝色高领长裙，浑圆而修长的手臂裹在柔软的天蓝里，胳臂却是露着的，明快得逼人的蓝中一点白，像蓝天配上一朵白云，极尽的完美了。

"这就是我的'情人'。"我说。

朵朵动作激烈地拉着查拉说："你进门的瞬间，我就想画一幅画了。"

朵朵从不隐瞒她的观点，她说她就是喜欢帅的男人和美丽的女人。她有一位体贴的先生和优秀的儿子，但她是不满足的。偶尔的心仪，会填补不经意出现的空虚。即使这样，她说她绝不会为此影响了家庭。男人却不会仅仅停留于风花雪月，他们最终的目的是要灵肉合一。与其不知道怎样才能抽身而退，不如早一点清醒，拒绝所有男人的单独邀请。而女朋友却没有这样的麻烦，而且可以畅所欲言。特别是聪明的智慧的女朋友，心灵一样可以得到洗礼。朵朵说她珍视这样的女朋友。她渴望她的女朋友们快乐。

朵朵说她是火，林荻是风，而我是水。查拉呢？我问。

"查拉是正在飘的雪。"朵朵说。

说到雪，林荻激动了。她说总想在飘雪的冬天，在人迹罕至的峨眉山万佛顶，几个好朋友围着一堆篝火，喝红酒。夜色已经深了雪却依然在飘……

朵朵说到亚丁去，那里有辽阔的旷野，广袤的草地，众多宽阔而幽深的峡谷和绵延的山……

林荻还讲了一个故事。一个叫金巴的同学从外地转来，他说他的家在一望无际的草原。每一次作文，他总写他的草原，写他的马，写他挤奶的阿妈，写他是猎人的阿爸。每一次都不同。同学们非常羡慕金巴的草原。聚在一起，总要追问金巴的草原，金巴不厌其烦地回答骑马的感觉，草原上有些什么花，他和阿爸打猎时碰到的惊险等等。有一天金巴说他要回他的草原了。还说欢迎同学们去他的草原。后来一个戴眼镜的男人来，问老师金巴怎么那么久没回家。老师说，金巴回他的草原了。男人很吃惊：金巴从没去过草原啊……

林荻的故事让大家沉寂了。朵朵郑重地拿出一幅画，慢慢展开，一幅关于草原的画。画面色彩强烈，紫色花不可思议地开满了草原，一群洁白的羊散落在草地上。牧羊女只是一个背影，阳光朗朗地照着她鲜艳的头巾，她望着远处，远处一群牦牛正翻过低低的山冈。只有风是动感的，牦牛的裙裾飞扬如帜，草向一边低伏，牧羊女的衣裙掀起来。画的技巧我不敢说，打动我的是画上的意境和画面后的东西。一种淡淡的忧郁，一种关于远方的幻想。人总是在一种环境中想象另一个地方。就如我们站在这个城市，我们想象有阳光、风和草地的地方。就如牧羊女，当阳光、风和草地作为一种生存方式伴随她的生活时，她也在幻想一个更远的或者是海或者是城市的地方。这时的"阳光、风和草地"不再是单纯的阳光、风和草地，那是我们寻找的一种理想，一种可以存放灵魂的地方。

林荻说："朵朵这画是有某种情结的。"

我只说："这幅画感动了我，就像林荻的金巴的草原感动我一样。"

"就叫阳光、风和草地吧。"我说。

朵朵说她这幅画要卖的。等一会儿某宾馆的人要来拿。我们觉得有点悲哀，阳光、风和草地离我们身处的城市实在太远。而我们的心要突破欲望与诱惑、金钱与权力的阻挠时，可能已经心力交瘁。对于再好的阳光、风和草地，我们也只是一群心衰的病人。我们是一群普通的人，又是一群心灵渴求丰富的人。而普通的身份注定我们要承受更多的痛。我们在夹缝之中拼命地攒钱，渴望一次身心交融的阳光、风和草地之行。而现在朵朵却要卖掉她的《阳光、风和草地》，我咀嚼着一种叫做无奈的东西。

宾馆的一个男人来取画。那男人说，牧羊女不该画成背影，还说画得不够明媚。看在朵朵的分上只给五百元。朵朵很不自在，好像出卖自己却卖了草价一样地难堪。

"先生，请您把画留下。我出十倍的价钱买它。"一直微笑着的查拉却用一种不容置疑的口气说。

我悄悄地拉查拉，让她别开玩笑。查拉却从包里取出一叠崭新的人民币递过去。朵朵没有接钱，却觉得撑足了面子。

"不卖了。这幅画属于我们大家。是我们的阳光、风和草地。"

有人呼查拉，她说她先走了，还说能与大家做朋友，她很荣幸。对于朵朵们的疑问，我只能摇头。我给朵朵们看查拉的《寒》，大家觉得查拉是神秘的。朵朵说，在乐山的许多风流人物她都听说过一二。这么美的查拉，从来没见过也没听人说起过。看来美术界那些哥们儿夸口的：撒了一张网，淘尽嘉州美女，也是白忙乎了。

一个朋友说："干吗非要给她找个出处。管她呢，只要不是特务。"大家笑起来。

我却像想起什么似的，再次看那篇《寒》，"寒月，寒月"不会是巧合吧。多年前的那个心愿在此时突兀地想起来。此寒月是岗巴故事里的寒月吗？或者她们有什么关系。我不能再信守不问为什么的诺言，我急切地呼查拉。

"查拉，我只想给你说一个真实的寒月。"我给她讲起了寒月，讲起了我曾经许下的诺言。查拉没说话，我却听见了她压抑的哭声。她说：

"你真想去那个地方？"

"是的。"

"那里远得你不可想象。"

"是的"

"那里是雄性的。那里缺氧。"

"是的。"我只是答。心里的疑惑却越来越深。我不敢问为什么她知道得那么清楚。好像她去过那里一样。

几天以后，查拉告诉我，说她找到一家企业赞助，我可以约几个朋友来一次阳光、风和草地之行。目的地是远得不可想象的西藏。

我约了朵朵、林荻。准备行期的日子，比要做新娘的日子还要激动。朵朵不停地打电话，吩咐这吩咐那。好像要去一辈子似的。

对于许多人来说，西藏是一场遥不可及的梦。西藏是写意的，不是写实的。西藏就像夜晚的星空一样幽凉，带着许多神话与破解不开的密语。

当我们在贡嘎机场从飞机里走出的那一刻，我们看见了梦寐以求的西藏，看见了山，看见了阳光和天空。空气中的那种干净、清新、那种佛教的气息，让我们疑惑是到了一个不能称之为尘世的世界。朵朵使劲拉了一下林荻：

"这是西藏！这真的是西藏！"

"是。朵朵同志，这是西藏。"林荻严肃地说。

在拉萨的第一晚，查拉给我一张军人的照片。照片已经发黄了，但少尉棱角分明的脸一样英气逼人，像鹰一样敏锐的眼光傲视远方。照片的背面是一首上世纪八十年代流行的诗：

我有无数的梦，

每个梦中都有你。

我有无数个幻想，

每个幻想都是你。

我曾千百次地祈祷，

让我看到你听到你。

　　我把照片还给查拉，我看见她小心地把它收起来。我对她意味深长地笑。其实我是傻瓜，我什么也没明白的，我没有问，是因为我想保持在她们看来可爱的愚钝，和我的一点矜持。

　　查拉好像很满意我的沉默。因为她也沉默着，显然不愿意多说什么。她给我一本发黄的本子。说是寒月留下的。在途中可以翻翻，还说这本日记让我们更接近西藏。我躺在床上，高原缺氧，头脑里塞满了各式各样的疑问，翻来覆去也无法入睡。干脆翻开发黄的本子，字是圆珠笔写上去的，有些都褪色了，但工整的字迹还是清楚的。

　　刚下飞机，空气中有一种好闻的令人浑身舒畅的味道，那是你的气息啊，峰。你那么近那么近，仿佛一伸手我就能捉着你了。

　　我使劲地吸着清凉的空气，让那种清新与干净滤过我的每一个毛孔。峰，我想在最美丽的时刻站在你的面前。走过接机的人群，我知道有一双眼睛是属于我的，我高昂着我的头，高原风使你喜欢的长发飞扬着……

　　峰，你居然没来。当你那个在贡嘎军用机场服役的同学，接过我的行李，说你因有任务不能来时，你不知道我有多失望。走在偌大的贡嘎机场，看周围的山有一种假的感觉。好像电影里军事地图里的沙盘。

　　你的同学说，西藏就是一个沙盘，堆着许多山，你的查果拉就在其中的一座山上。

　　我就做梦了，峰。梦见我双手一扬，飞过许多高山与湖泊，见到一座山上插着中国的国旗，我看见了你在国旗下向我望呢。

　　峰，峰，我高喊着，却飞不动了。明明看见了你，怎么牵不着你的手呢。我好累好累，却一直走着……

　　我合上本子，内心被一种温情溢满。查拉一定来过的。我想，也许那英武的少尉就在西藏的某个地方，查拉去看过他。查拉一踏上西藏的土地，竟藏起她目空一切的傲慢，变得温柔，甚至有一些羞怯。查拉是个好向导，带我们去了布达拉宫，去了大昭寺。几个人在八角街转悠时，一定是引人注目的。林荻高昂着她的头，说让高原富足的阳光流过她的每一个毛孔，让阳光亮到心里去。朵朵毫无节制地激动和感叹。查拉是袅娜的，属于回头一笑百媚生的那种。即使我低到尘埃里，我一样为这些漂亮的女朋友们感到自豪。

　　查拉联系了去日喀则的车，车是部队的，一个少校军官和查拉一同到我们住地来。少校不是照片上的那个人，除了身材还算高大外，他的眼光并不敏锐，甚至有点温和。他的脸色也不像西藏军人那样黑红发亮，显得有点苍白。他是儒雅的，某种意义说更像一个学者。朵朵厉害的眼光像 X 线，扫描一圈后，她的嘴角微微上翘，明白地显示出她的不以为然。

　　"不配查拉。"朵朵说。我想起查拉的旧照片，那个英武的军人，就说，别拉郎配，本身就不是配对。少校和查拉说话，听不见我们的嘀咕。"少校有点唐朝的颜色。"我说。林荻惊讶地望着我，说我感觉奇特。

少校和查拉说话时，查拉谦虚得有点自卑。少校说两天后要去某边防团。因为大家是查拉的朋友，所以欢迎大家同行。查拉居然红了脸，很感激地对少校笑。

朵朵却说她要去纳木错，林荻也说想去看看那个称为天堂入口的地方。拗不过大家的要求，少校传了他认识的一个出租车司机。司机长着一头卷曲的头发，一张极有特色的藏族人的面孔，高大而略显英俊。他朗朗的笑如阳光一样热烈。少校叫他巴桑。巴桑的出现使朵朵两眼放光，她说这种男人才叫阳光男人。巴桑开车，少校让查拉坐前面，查拉不同意，让少校坐。朵朵说，别推了，我来。话音未落，人已坐到巴桑的身边。林荻无奈地耸了耸肩，说朵朵真是不可救药。

拉萨离纳木错两百多公里，念青唐古拉的雪峰在阳光下熠熠生辉。八月的草原更令人应接不暇。我不知道查拉和少校说些什么，我把自己全身心地交给了这个陌生的却令人心动的远方。直到巴桑停下来说要加水，直到少校伸过他的手说，认识你很高兴。我顺口说认识你我也很高兴。却不明白为什么他握手那样有力。

朵朵们要方便，草原却无遮无拦的，看她们猴急的样子，少校和巴桑站在车的一边，她们就顾不上淑女的风范在车的另一边解决问题。大家有点不好意思，少校说这不足为奇的。他说他们部队一次野外驻训，因喝了不洁的水，全连一百多官兵都拉肚子，此起彼伏没完没了。而上级又规定必须在天黑之前赶往某地，怎么办，连长决定车继续前行，要拉肚子的对着车外即可。我们不相信少校的话，但那种尴尬的气氛没有了。

少校说："这是西藏，会有许多意想不到的事情。"接下来的路程，少校讲许多关于西藏的事，关于西藏军人的事。像听天方夜谭一般。这方土地于我是神秘的，它令我歆歔感叹又充满敬畏。

汽车翻过海拔五千多米的纳根山口时，纳木错在草原和天相接的地方，不可思议地蓝。

草原上本来没有路，只有两条隐约可见的车辙通向神湖纳木错。可能是朵朵的主意，巴桑的车独辟蹊径，对着已经看得见的纳木错直开过去。

"不行，这路走不通。"少校说。

朵朵说："平坦坦的，怎就走不通。'世上本没有路，走的人多了就成了路'，这道理你们懂不。"

"围湖的一段是沼泽。"少校又说。巴桑敌不过朵朵的蛮缠，对少校说，让她们看看。

车轮压断了许多浅草，草原鼠在这突然而来的灾难面前，来不及躲藏而横尸车轮，野兔和小鸟尽力逃窜。

"一只猫。"我们几乎同时惊叫。巴桑在我们惊乍乍的叫声中，差点失了方向盘。我们下车，想再看看那只猫。

嗨，那不是猫，是只漂亮得惊人的红狐。它还在那个位置，还以一样优美的姿态驻足凝望。那一刻我们看见了它的眼睛，在那种眼光中，我们都忘记了该怎么做。谁也不知道它是怎么从我们的视野中消失的。缓过神的我们疑惑它是一种幻影。

"红狐出现了，爱情不会远。"巴桑说。

"爱情在红狐出现之前，瞧，她早在那儿了。"朵朵说。

"哪儿，哪儿。"林获围绕朵朵转了一圈。

大家笑闹的时候，我却蹲在地上，不停地呕清水。胃一阵阵地痉挛。少校端来他的热茶，问我是否晕车。我不好意思地说：我饿了。少校跑回车上拿来一块面包，提议大家吃点东西。

"不会吧，才一个路上的过程，你就移情别恋了。"朵朵对少校说。少校不知道该怎么回答，他还不习惯朵朵说话的方式。善解人意的林荻对少校说，别理她，她净浑说。

"巴桑，巴桑在藏语里是什么意思?"林荻问。

"星期三。"巴桑摊开他的双手。

"没劲，我还以为是什么神呢，我就知道央金表示妙音天女，多棒!"朵朵说。

少校说巴桑你唱支歌，看她还小瞧你。巴桑用藏语唱了好几首歌，我们不知道歌词，但我们明白歌声表达的意境，那是关于草原的，关于雪山，关于这片澄明天空下的苍茫大地的。后来他和朵朵合唱了《走进西藏》。

走进西藏/也许会发现理想/走进西藏/也许会看见天堂。

在雪山和阳光的地方，唱走进雪山，走近阳光，我们感受到一种幸福。我们在这种幸福里流泪。

峰，不知道什么时候才能见到你。汽车走得真慢啊。无休无止的山，无休无止的山……坐了两天的车，一路很不顺畅，泥石流总在不断地发生。

前面又堵塞了。我靠在一块大石上，阳光照得我昏昏欲睡。车从高崖急速摔下，我们被重重摔在地上。摔死了，我们都摔死了。我为自己哭泣，我怎么能死呢，峰，我还没见到你呀。

一个人轻轻地走来，一滴泪落在我的唇上，我活了，我高兴地跳起来。他拉着我的手向前闯去，一路的艰难险阻也如履平地。当我不安、惊慌和害怕，他总说"别怕，有我在"，于是我有了安全感。我问他是谁，他说"我是你呀。"

我迷惑不解，什么是我是你呀。寒梅不知从什么地方飞来，说：你们不是早也不分彼此，你是他，他是你吗。峰，原来是你呀。我们开心地笑起来，我是你呀，我是你呀。

从纳木错回到拉萨，趁她们休息，我又翻开那本日记。也许接下来的路，真如日记里记的，没完没了，而且充满惊险。巴桑听说要去日喀则的岗巴，他说他的车不好，他不去了。朵朵说，我们去林芝，再从川藏线回四川。

我却说我一定要去看看寒月。

朵朵说，你来真的。

我说是的。

朵朵说我们犯不着去冒险。我固执地坚持己见。

林荻说："西藏的博大精深，我们仅仅走一遭是不能了解一二的。但走了总比不走好，也许日喀则能带给我们不同于纳木错的感受。"

大家争执起来。我心里一急，没征求查拉的意见。我念了寒月的日记。

少校说："寒月如果知道除了她的亲人，还有人这么念着她，她一定无怨无悔的。"

查拉却流着泪说："她一直是无怨无悔的。"

巴桑好像下了很大的决心，说他愿意与我们同行。

车在茫茫峡谷中穿行。两山高耸。天空只在两山之间露出一点脸。太阳带着强烈的光芒直直地射下来，温暖峡谷中急行的雅鲁藏布江。尽管那江水带了泥沙，混浊而又鲁莽，但它是流动的有活力的，为没有树没有草的堆满乱石的山谷带来一点近乎女性的柔软。一条不宽的公路沿江而行，像寒月的日记中写的一样，无休无止没完没了。不知走了多久，没走出这条山谷，前面却发生了泥石流。巴桑的笑声有了一丝坚硬的感觉。朵朵却在乱石中发现一种闪闪发光的石头。她贪婪地捡了一大堆。少校笑着说，没用的。又说在接近岗巴的地方有一种很漂亮的玉石。

我说，为什么生存环境如此艰苦的藏人从不移民，另外选择一个莺飞草长的家乡。

少校说，因为佛教在这块土地上保持着原始的纯净。

我和查拉站在江边，看脚下很深的江水滚滚而过。江面看起来不宽，但对面放牧的人却像火柴盒一样大小。我说真是奇怪。查拉说，这是因为能见度高造成的假象。她说生活中有很多假象，她就是假象中的一个。我不明白她隐晦的是什么，我只说，我们只力求自己活得真一些。

我问："寒月日记里的寒梅是谁?"

查拉说：是她的姐姐，她们是双胞胎。她们出生的时候正是冬天，她们的父亲平日里喜欢舞文弄墨，用雪地梅花，寒冬清月来为她们命名，自有父亲一份厚望。她们很漂亮，正如父亲希望的那样出众而美丽。寒梅开朗，热情奔放，她的身上更多的是父亲的秉性。她是不甘寂寞的，她的身上有一种原始的力的冲动，似乎总在寻找一种突破。寒月却是宁静的，柔弱的，是那种月牙儿一样的，随时想把自己藏起来。自小，寒梅就充当了哥哥的角色，她不允许任何人欺负寒月。有时候为了寒月她把自己搞得浑身是伤，像一个假小子。父亲却不批评她，却奖赏似的抚摩着她的头。

峰是她们的同学，峰和寒梅之间有一种哥们儿似的默契。她们长大了，寒梅收藏起她的顽劣，她那么喜欢峰，初恋竟使寒梅变了一个人，有些柔情似水了。

但峰喜欢寒月。峰大学毕业竟然从军去了西藏。寒梅也离开了舒适的生活去南方独闯了。

查拉断断续续地诉说，让我的迷惑越来越深了。

查拉是可疑的，如果寒月和寒梅都是她的杜撰，那么日记又怎么解释呢。我带着不解在车有节奏的摇晃中昏昏睡去。

峰，我又向你靠近了一点，尽管一路的磕磕绊绊，走走停停。但在离你很近的地方，我的心要开出花了。

高远的蓝天，粗糙的山风，嶙峋的岩石，凹凸不平的道路，这一切因了你变得多么亲切啊。寒梅说，能够找一个自己所爱的人结婚，是做女人最完美的归宿。峰，你是我的山吗，只要你为我伫立，无论相距多远，我便会像最勇敢的少女，扑向你，我要紧紧地，紧紧地搂着你的双肩……

峰，告别日喀则，往岗巴的路更难了。海拔越来越高，我有些不适应了，但一想到马上就要见到你，我兴奋得失眠了。峰，我真的就要见到你了吗？所有的等待的日子，我无数次地想你念你。你的眉、你的眼、你的声音，都是天地间的最亮。你是空中的彩虹，绚烂了我的生命。寒梅说，我一直在写一首诗，诗的主题是你。

在日喀则，阳光更加强烈。见到的人大多数是一个面孔，黑红、发亮、两颊明显的两团红晕。少校和他们站在一起，儒雅有余而粗犷不足。

林荻说："少校不该是军人，他让她想起曾经念过的书，那个忧郁的苍白的诗人——拜伦。"

少校说，还好没把他想成林黛玉。大家哄笑。

243

少校的战友请客，在一家浙江人开的餐馆。浙江人做生意是无孔不入、精明有余的。那老板拥抱少校的动作像是在作秀。老板高声地说："好久不见了，我的大作家，今天我请客，少校我要好好地敬你几杯。"少校的战友说，老板每年免费为查果拉哨所转业军人做一顿全是新鲜蔬菜的饭局。少校写了一篇报道，给老板带来了丰厚的利润。日喀则是兵城，当兵的冲着他够义气，他的生意红火着呢。少校很兴奋，喝得满面红光。他霸道地打断其他人的话，说：

"那时候我正在查果拉采写关于西藏边防军人情爱生活的报道。采访了好多个人，不是妻子离了，就是女朋友吹了。"

朵朵说："是不是高寒缺氧，那方面有问题。"大家笑。

少校把杯子重重地摔在地上，骂了一句脏话。

林荻说："朵朵啊朵朵，你怎么就没有正经的时候。"

朵朵拿了酒，拍着少校的肩，说，老人家，你大人有大量，我这儿给你赔不是了。朵朵拖腔拖调，把少校也逗笑了。

少校说，喝了一点酒，刚才有点过分了，别介意。我这人就是过不了这关，我爱那些兄弟，这情感你们很难理解。

他们并不是不正常，而是因为环境太苦，男人待着都困难，何况是女人。所以那些当兵的妻子离了女朋友吹了，他们也不怨恨她们。祖国能明白他们的牺牲，能理解他们的付出。这听来像是一句空话，但在他们却是实实在在的安慰。就在那样的背景下，听说，中尉的未婚妻来哨所结婚，全哨所沉浸在一种少有的节日的气氛里。战友们采了好多的雪莲花装点连长的新房，还维修了唯一的很少有人使用的女厕。

大家笑。少校说你们不可小看了这女厕。你们也不能理解这女厕对于山上的士兵是什么样的意义。那是女人的象征呢。少校把一杯酒灌下去，剧烈地咳嗽起来。

少校的战友夺过他的杯子说："别喝了，喝醉了又要讲你的岗巴故事。我都能背了，过去了那么多年，能为你的故事感动的人已经没有了。"

少校指着我说："这儿还有一个人呢。"

"为谁?"我莫名其妙。

"为寒月。寒月的那篇报道是少校写的。"查拉说。

我为这种巧合而激动。少校居然是那篇《岗巴故事》的作者。我伸出手说，认识你真高兴，而且不由自主地用了力。

查拉笑起来，说你们不是为这个已经握过手了吗?

我的脸腾地红了。朵朵走过来，偏着头看我一眼，又看少校一眼。怪兮兮的样子，惹得我的脸更加发烫。朵朵却握着少校的手说：

"谢谢你! 我代表我们所有的人谢谢你! 没有你写的寒月，就没有她执著的牵挂，也就没有我们的阳光之行。"

少校说，我不写依然有寒月，她是实实在在活过的。

　　高原反应使我疲惫不堪。到达营里，没有见着你。营长说，他代表你向我道歉，你的哨所还很远，因为有特别的任务，你不能离开哨所。营长还说，全哨所的人都在像过节一样等我的到来。峰，我怎么会怪你呢，我知道你等着我，我就满足了。你在这么艰苦的地方，我想着就要流泪呢。峰，我真好想多陪陪你，如果你能快乐一点，我将比你多十倍的快乐。

　　营里派车送我去哨所，同行的两个归队的战士却只能待在车厢里。我过意不去，他们却说这是营里的规矩。车在冰峰雪岭中穿行。天空飞起了纷纷扬扬的大雪，这是夏天呢，我好奇地伸出头，好冷啊，风要吹掉耳朵似的。想着待在车厢里的战士，我心里很难过。但是我没能力帮助他们。心里越来越紧，我在车的反光镜里看见了自己，青紫的干裂的嘴唇和同样青紫的脸，峰，我不要再这个样子见你。

岗巴，岗巴，朵朵说，这字念起来很有质感。巴桑说岗巴就是雪山下的村庄。可是我们一路行来却没看见村庄的影子。辽远、空阔，我们感到了孤独。领悟了一种洪荒与永恒。少校说大自然让人既敬又畏，它诠释着人类的伟大与渺小。在这冰雪连天的世界，寒月觉得这一切是亲切的，她带着的是一颗纯净而愉快的心，因为这片苍茫中有她的爱情。而我们行走在这好像永远也走不完的苍凉的雪山之中，我们想家了，想那个名为乐山的城市了。

朵朵说，少校你到过乐山吗？巴桑你听说过乐山吗？那真是一个好地方。

是的，乐山，我们的家园。那是秀美的，柔软如女性一样的，你愿意把她揽在怀中的那一种。山在城市中耀眼地绿，城市在山水环绕中滋润地成长。"少校，我们欢迎你到乐山。"我说。

在这遥远的地方想起了家，才知道我们付与她的是怎样的爱。

林荻说，在峨眉山洪椿坪的夜晚，雨飘着，我们却唱着歌。

朵朵说，我高叫拿酒来。

林荻说，早上吃了正宗的白果炖鸡。

朵朵说，林荻就是林荻，对于美食有一种天生的敏感。喂，我真的好想家。

林荻说她也想家，但她喜欢这路上的过程。

我说我喜欢漂泊的感觉，那么伤感那么诱人。

朵朵大有西游记里孙悟空的豪迈，她说她想站在雪山之巅拉她的小提琴呢。她还说，她明白了西藏的歌唱起来为什么有那么一种大气，一种穿透云霄的力量。

　　这是一条什么河，我不知道。司机说，河对面的那座雪山就是你的查果拉。可现在我只能眼睁睁地望着河水发呆。我不知道冲毁的浮桥什么时候能接通。天气真冷，他们把大衣给了我还是冷。峰，我集中精力想你，希望你能温暖我。司机说，他送过好多家属来查果拉，走到半路就退回了，她们怕这山，怕这满世界的雪。而我是最勇敢的，也是最美丽的。我知道他在鼓励我。峰，你在这儿，我怎能不来呢，能成为你的新娘是我梦寐以求的。

　　峰，拥抱我吧，像阳光照射青涩的果子那样，让我鲜艳而滋润。

很想高唱迷迷茫茫的山，摇摇滚滚的风。但天地间弥漫的寒冷，让我们完完全全地没有了兴致。我们尽最大的可能蜷成一团，以减少体温的散发。巴桑的车一而再再而三地熄火，搞得他心烦意乱。朵朵不停地叨念，乐山乐山，我的家呀乐山。林荻说朵朵缺氧，神经错乱了。查拉笑，却怜惜地拍着朵朵的肩，问她是否头痛。

我披着少校准备的军大衣，听少校用他磁性的像说悄悄话一样迷醉的声音不停地说着，汽车有节奏地摇着，迷迷糊糊中我看见了寒月，看见她变成了雪人，她却仰着脸说，"峰，拥抱我吧，像阳光照射青涩的果子那样，让我鲜艳而滋润。"

247

我说我看见寒月了，看见寒月变成了雪人。我问查拉，做新娘时有没有寒月的感觉。查拉苦涩地笑。自从踏上岗巴的路，查拉就出奇地沉默。她显而易见地陷入一种回忆里。有时候竟然泪光闪闪。

我说，少尉还在吗？

查拉说，死了。

我就想，人有这样一种回忆也是丰富的。曾经爱过也是幸福的。少尉在照片上依然年轻地笑着，那挺直的鼻子是她摸过的，那丰厚的唇是她吻过的，那明亮的眼里储存有她的形象。查拉心目中的少尉永远年轻。

我说，在西藏灵魂是不死的。也许少尉在某个地方看着她呢。查拉说少尉去了天堂，因为寒月也去了天堂，他们在那里幸福地活着。

我问："少尉是寒月日记里的峰？"

查拉说："是的。"

"你是寒梅？"

"是的。"

我有点目瞪口呆。

查拉说，寒月去了，接到峰的电报时，她感觉到一部分从她身上分离的疼痛。她的心里充满了对峰的怨恨。为什么他要从军，为什么他要去西藏，为什么他要在那么远的查果拉。寒月那么柔弱，他却让她独自一人穿越冰天雪地。到了查果拉，读了寒月留下的日记，才知寒月连死都是幸福的。当峰把头埋在她的怀里恸哭的时候，她忽然间明白峰失去的是什么了。她反过来安慰峰，说寒月能怀着那样热烈的爱情，在她最喜欢的雪中冰清玉洁地死去，说峰能记着她年轻美丽的样子，寒月在天堂也是幸福的。

山色在查拉的回忆里，渐渐地暗去。高原月如此惊人地明亮。只是那莽莽雪山在月光中更有一种森然的感觉。我觉得我们是那么渺小，如果不是查拉断断续续的话，我真怀疑我们是否是活在一个真实的世界里。

查拉说，留在查果拉的日子，是她生命的另一个起点。那些雪、那些战士，让她在南方腐朽糜烂的生活里醒来。她说她发觉自己是那样的肮脏。她每天用雪洗手，下意识地希望洗去心上的身上的耻辱。查果拉让她获得了新生，她为自己取了一个新的名字：查拉。峰问她在南方做什么工作，问她一个人在陌生的南方是否感到孤独。峰还说，她是出色的，相信她在什么地方都能闯出一片天地来。因为从小她就是坚强的，寒月才是需要人保护的。可需要人保护的寒月也是那么的坚强。

查拉说她去南方一是因为骨子里对新鲜的、蓬勃的生活的向往，二是因为所爱已经属于寒月，心中了无牵挂。在南方她过得非常充实，她说她喜欢那种空气里都有的冲击与竞争。那个躁动的兴奋的南方对人充满了种种诱惑。她的老总爱她，说为了她寝食不安。他让她相信自己是幸福的女人。偶尔想起峰，觉得那是要经过时空隧道才能到达的。

查拉说，她以为那样的生活会继续。但那老总的夫人从香港来早早地结束了她的梦。她被挟持到了香港，在一个旧仓库里遭受那些人的轮奸凌辱。几个月的监禁，完全没有了尊严的生活，放荡也许会麻木一下神经。从那以后她走上了不归路。只要她愿意，那些衣冠楚楚的老总、官员会像苍蝇一样扑上来。她在厦门一家宾馆生活了很久。一天一万的收入也不是奇事。看惯了那些来自全国各地的官员的丑恶，她居然有点心安理得地挣那些钱了。

"这次来藏是你的钱？"

"是的。你觉得不干净?"

我不知道该怎么回答。心里有那么一点别扭。我不知道鄙视的成分多一些还是同情的成分多一些。幸亏是在黑暗中,我不必在查拉的眼光下无地自容。

少校说:"很少有人能按自己设计好的那样生活。"

查拉说,当她把这一切告诉峰。峰像盯着一个天外来客,他说他不相信这天方夜谭的事。他说回你的南方去吧,那里更适合你。

少校说:"那时候真年轻。就像雪莲花只能生长在雪山之上。我也相信峰,只有寒月那样的女子才配得上他。"

巴桑把车停下来,他说前面有牧人的帐篷,建议大家休息。帐篷很简陋,是迁移的牧人临时搭建的。但牧人燃起的牦牛粪,却给了我们温暖。浓浓的酥油茶让我们精神倍增。朵朵高兴起来忘了念家。她说这样的夜晚,在她的生命里不会有第二次。她一股脑儿从车上搬下饼干、罐头、饮料、塞进牧人的手里。巴桑充当她的翻译,她对自己的角色很满意似的,不停地问这问那。牧人也兴奋了,青稞酒一杯一杯地喝下去。巴桑和牧人围着火堆跳起了舞。少校唱了一首《花儿为什么这样红》,听得我热泪盈眶,我说少校怎么可以唱成这样。

牧人说,你们是演员吗?来岗巴拍电影。我说我们是来看一个人的,她把生命留在这儿了。

少校说,哨所建在雪山之顶,海拔五千三百米。雪山下有一条沙河。沙河的浮桥被冲垮了,河水湍急而寒冷。中尉和几个官兵用绳子系在每个人的腰上,蹚过冰冷刺骨的河水,把新娘背过了河。在回哨所的途中,刚才还阳光朗照的天空,暴风雪却骤然而至。中尉拉着他的新娘艰难地往山上爬去。新娘因为激动、寒

250

冷和缺氧，渐渐地爬不动了。中尉背着她，她听见了心爱的人沉重的喘息声，坚决要求自己走。

她说，让我们休息一下吧，让我们休息一下吧。

中尉双手捧着她的脸，吻她干裂的唇。使劲地揉搓着她冰冷的双手。他说亲爱的，我们不能停下，不能停下。否则寒冷会冻伤你。他拉着她，同行的士兵推着她，一步一步地往上爬。风把他们掀倒了，雪在她的发丝上结成了冰，她坐在雪地上，风雪很快地淹没了她的脚。他们轮流地背着她，几乎贴着地面往上爬。

她在谁的背上停止了呼吸，他们不知道。

当中尉抱着他的新娘在风雪中狂号，那是怎样泣血的声音啊。多么美丽的新娘，她苍白的透明如冰雪般的肌肤，那脸上幸福至极的安详。官兵们一起站在高高的哨所上，齐声吼向那空旷苍凉的世界，吼向那夺去美丽新娘的暴风雪。

少校说着说着，竟然哭起来。

大家沉默了。那一夜，我们就坐在火炉边。听少校断断续续的故事。

早晨出发的时候，我却说我不想继续走下去了。没有人理解我在接近寒月的地方却要放弃了。朵朵摸摸我的额角，说没病吧。

林荻说，回吧回吧，朵朵不是已经送完了干粮吗？让查果拉与寒月永远是一个遥不可及的梦。

查拉说她要去陪陪寒月，还有峰。她望着我，眼里被雾湿透似的。

我冲动地拥抱着她，说："我们在乐山等你。"

再拿什么感动你

老黄推着坐在轮椅上的儿子小黄，在体育馆逆人流而行。他的脸上挂着笑，碰见熟识的，他停下来打招呼："走路啊。我儿子……"对方没等他说完，就啊哈两声甩着手臂离开了。

老黄更殷勤地笑，可仍然没有人停下来问候小黄。

老黄给记者李克打电话，说："李记者，我在体育馆，你可以来采访，我儿子能站起来了。"

记者李克听老黄说完，没说来，也没说不来，只是挂了电话。

老黄推着小黄又转了几圈，时不时把电话拿出来看，生怕记者李克找不到他，错过了。

电话一直沉默，其实老黄的电话已经很久没响过了，没人找他。

老黄调整一下脸上的肌肉，笑也会让人疲倦。他把儿子推到练器械的场地，一个正在做仰卧起坐的男人看见老黄，蹦起身抓了衣服离开了。老黄半抱半扶把小黄放在练背肌的器械上，拉着小黄的双手，清了清嗓子，喊："起……来!"

"起……来!"老黄的声音很有节奏。小黄半闭着眼，身体像一张弓仰躺在冰凉的铁质器械上。小黄很配合老黄，一次又一次地欠起身，父子俩的动作可算得上完美。可仍然没有人停下来观看。

体育馆里人很多，有人跳劲舞，有人甩扇子，有人练太极，有人快走，就是没有人停下来，问候小黄。

"起……来！"老黄的嗓子有些嘶哑了，额上也沁出了汗。他用眼光挽留走过他身边的那些人。有一些他认识的，秃顶的男人两年前给小黄送过一本书，叫什么坚强；穿红绸缎衣服的女人，在本地电视台镜头前深情地喊过小黄儿子；对，还有那个教跳舞的教练，当时也信誓旦旦要帮小黄做康复训练。可他们现在都像不认识他，不肯为小黄停下脚步。

老黄又给记者李克打电话："李记者，你过来看，我儿子能站起来了。"

李克说："你买房吗？我能给你搞到最优惠的价。"

老黄说听不清，重复一句："我儿子能站起来了。"

李克一字一句地说："我能帮你搞到最优惠的房价。"

老黄张着嘴，说不出话来。

李克最后一次采访小黄已经有一年的时间了。李克把老黄和小黄的境况做了很详细的报道，指责有些企业的许诺只是空头支票，指责政府对弱势群体的关注缺少持续性，当然也对老黄和小黄对于鲜花和掌声的依赖予以抨击。李克的报道没能为老黄带来救济和荣誉，老黄认为是李克的文章写得不够好。他固执地给李克打电话，希望他能重新写一篇，而李克在无语之后，总是让他买房子。"李克有病了。"老黄想。

老黄的脸阴下来，看看小黄，小黄的手还伸着，好像一个婴儿在等待父母的拥抱。老黄又像注入一种兴奋剂，立马觉得自己很强大，他拉着小黄的手，说："起……来。"老黄记不清小黄起来多少次了，跳舞的人散了，灯光暗淡下来，老黄的眼角渗出泪，被风一吹，割得已经裂口的眼角生疼。他把小黄扶回轮椅上。轮椅的手把很有弹性，老黄使劲地捏着手把，想把什么捏碎。

路灯把老黄推着小黄的身影拉得很长，身影不断地覆盖榕树的影子，斑驳的影子在地上很热闹。老黄踩着这些影子向前，说："我明天去找李克，让他给你写文章，你一定会站起来的。"

小黄说："我站起来了，你怎么办？"

老黄松了轮椅，轮椅沿着有些斜坡的街道快速滑动，轮椅撞在街边护栏上，小黄埋下头，像狼那样低号。

老黄跑过去，抱着小黄，又是揉肩又是拍腿，说："我儿子能站起来。"

小黄停了号，望着老黄，望得老黄转到背后，推着轮椅继续向前。这路一直通往江边，老黄就让路带着到了江边。

冬天的夜晚，江边寒噤。一个男人牵着一个女人的手从树的阴影里钻出来，瞟了一眼老黄和小黄，女人很害怕地说："疯子。"拉着男人跑开了。女人的背影让老黄想到老婆李小花。李小花长得有些姿色，平日对老黄横挑鼻子竖挑眼，怨他不像男人，活得籍籍无名。老黄总是为这点事和她争。说你称二两棉花去访问访问，我小时候就出名的，当值日生，上课时间突然跑上去帮老师擦黑板。同学们现在还说这件事呢。李小花说恐怕那是你一生最得意的事了。老黄说运气不好而已，总有一天会做出点什么。老黄实质上很聪明，只是工作不停地换，刚弄个一官半职，单位就垮掉了。小黄出事前，老黄刚从丝绸厂下岗，虽是个车间主任，却没拿到几个钱。李小花好一顿讥讽，说她同学都有私车了。唉，李小花心大得无边啊。

老黄点了一支烟，看着江发神。五年前读高三的小黄就是从这里走下江的。老黄一直想不通小黄为什么会自己走下江，从那么高的护堤上走下江，小黄跌成脑震荡。老黄平日喜欢往人堆里扎，对儿子小黄并没有多少了解。老黄在医院看到儿子的第一眼，真想给他一个巴掌。只是巴掌未到，小黄突然间吐起来，喷出的食物残渣糊了老黄的双手。小黄昏迷了，脑出血。

天，你眼瞎了？老黄喝了酒就喊。老黄用在丝绸厂下岗发的钱维系儿子在医院的开销。等钱用完，小黄却还像个植物人那样躺在床上，不说也不动。老黄决定带小黄回家，老婆李小花搬动小黄的时候，老黄看到小黄眼角滚出泪。那一刻，老黄的心疼得痉挛，父性在沉睡了十八年之后突然苏醒过来。治好小黄，哪怕医生说过恢复的可能性极小。

为了小黄的病，老黄到处借钱。到医院照顾小黄，成了他下岗后的新工作，有事做总比无事做踏实，何况可以回避老婆的数落。

老婆李小花在一个纸盒厂上班。为了给儿子治病，把材料带回家晚上做，白天到一个律师家里做钟点工。可能是律师出的主意，说小黄走下江，与城建的河堤坏了没修有关，可以找城建索赔。李小花到城建闹，没个结果，反而被纸盒厂辞退了。

老黄很绝望，可是更心疼小黄，开始变卖一些家具为小黄治病。老黄天天陪小黄，没事时就帮小黄按摩。小黄的右手能动了，脚能动了，老黄很感激小黄让他在绝望中看到生机。在医院康复走廊里，老黄帮小黄按摩下肢，等小黄能扶着站起来的时候，老黄想了个办法，把小黄的腿绑在自己的腿上，带着小黄往前移，移动几乎是看不见的，不长的走廊对于老黄和小黄来说，像一生那么长。

老黄的腿和小黄的腿绑在一起向前移的场面，让看男科的记者李克发现了，李克写了一篇稿子，发在当地的报纸上。老黄想不到以这样的方式出了名。有人到医院来看小黄，总是看到老黄满头大汗帮小黄按摩。好心人买来饮料，佩服老黄作为父亲的慈爱。

老黄的腿绑住小黄的腿能移动五分之一走廊的时候，李克又写了追踪报道。文章写得很煽情，还配了父子俩腿绑在一起的图片，说老黄为了儿子的病，放弃了工作，放弃了人生许多享受，到处借钱，后来变卖家具，只因为心中有一个信念，帮儿子站起来。

因为李克的文章，来看老黄的人多起来，首先医院医疗费打了折，然后电视台又做了报道，接着老黄被评为"感动三江"人物。

"感动三江"，老黄念了一遍，想起中央电视台播放的"感动中国"人物，多荣耀啊！夜色中的江水竟然星光点点，美气。

烟烧到手指，老黄才掐了烟蒂。看了一眼小黄。小黄的手撑住头，若有所思。老黄用皱巴巴的手纸帮小黄擦并不存在的鼻涕。在亮晃晃的路灯下小黄看老黄的眼光有些悲切。老黄心虚，其实老黄很怕小黄不再需要他，老黄背过小黄深深地抽了口气。

老黄推着小黄拐入江边的一个巷子，路灯暗暗的，微弱的光被茂盛的小叶榕吸收了。一只流浪狗窜到小黄面前，小黄侧了一下身子，老黄说："儿子，别怕。"

小黄张了张口，趁老黄不注意，伸出一只脚踹了狗一下。

老黄说："你一定会站起来的，儿子。"

小黄说："我现在就站起来。"

老黄说："别急，你一定会站起来的。"

小黄不说话，无话可说。

进了屋，家里冷清清的，老黄拿了一个热水袋放进儿子手里。倒了一碗一元钱一斤的白酒，打开 VCD 看录像。

老黄穿了一身西服扶住小黄。戴金表的男人对着镜头笑了一下，送来一把轮椅，把小黄扶在轮椅上坐下。戴金表男人说，这是我们公司生产的轮椅，质量过硬，希望为更多的人服务。然后男人握紧老黄的手说他是一个了不起的父亲。

老黄推着轮椅上的小黄，接受领导的接见，同时接受那个叫"感动三江"的奖杯。老黄的双手握着领导的一只手，嘴笑得合不上，说这是作为一个父亲应该做的。掌声中，小黄的轮椅上摆满了鲜花。记者李克也获了奖，和治疗过小黄的医生一起，亲切地谈起老黄和小黄的事。

老黄和李小花推着小黄走进一家房产公司的大厅，坐在沙发上的女老总和员工都拍起了手。女老总发表一番热情的演讲，还走到小黄面前，亲热地拍了拍他的脸，当场和李小花签了用工合同，许诺会一直负担小黄康复的治疗费。"为社会担点责任"，是女老总说得最多的一句话。

老黄推着小黄在体育馆走，两边的人好像欢送一个获胜的冠军，纷纷为其让道，送水的，擦汗的，还有拥抱小黄的。小黄笑着，不停地说谢谢。小黄仰躺在器械上，老黄拉着小黄的手，喊："起……来！"

围观的人一起喊："起……来！"小黄挣扎着，只起到一点点，老黄使劲地拖他，满脸是汗。

镜头出现雪花，老黄喝完最后一滴酒，看小黄正咧嘴笑。

老黄说:"儿子,你一定能站起来,我们要感动中国。"

小黄立刻合上嘴,脸色又沉重了。小黄摇着轮椅慢慢进了卧室。

老黄揉了揉眼,看看表,十一点,睡不着。他又倒了一碗酒,重放那些镜头。等镜头再次出现雪花,他才摇晃着推开小黄的门看了一眼,小黄没睡,在报纸的招聘信息栏涂满了圆圈。老黄说:"睡吧,儿子,爸爸坚信你会站起来。"

小黄像是生气地丢开报纸,望着窗外好一阵子,才嗯了一声。

老黄掩了门,上床。床是冰凉的,李小花在一年前已经从这个家走出去了。李小花说她要像个正常人一样生活。老黄鄙视李小花。因为李小花不在乎"感动三江"这个名头,只要热腾腾的生活。

老黄在乎。关切的目光、亲热的慰问、领导的握手、一封又一封捐款……他就是永远推着小黄,也可以昂起头。

可是人们逐渐淡忘。又有新的感动人物,又有新的孝子,新的,人们喜欢新。

老黄想明天一定要去找李克,写文章,感动中国。

老黄起了早,穿上他曾在电视镜头前亮相的西服。对小黄说,在家好好待着,他要亲自去找李克。

小黄哀求老黄别去。说到激动处,小黄腾地从床上坐起。老黄死死地盯着小黄,慢慢地萎下去,嘟噜着说:"你不需要我了,就像你妈,不需要我了。"

小黄沮丧地躺下去,用被子蒙了头。老黄捏了捏被角,说:"儿子,我找李记者去了,你会站起来的,一定。"

老黄到了李克的报社,见了人就说找李克。好像所有人都忙着，许多人只是努努嘴，并不告诉他李克在哪儿。老黄坐在报社的接待室里等李克。后来一个领导模样的女人告诉他，李克已经不在报社了。问老黄记不记得以前那个感动三江的人物，就是那个人反复骚扰李克。害得李克丢了工作，李克为了还房贷，到房产公司做推销员，天天给报社同事打电话，推销房子，就差要疯了。

女人问老黄是不是想找李克买房子。老黄扯动脸上的肌肉勉强笑了一下，出了报社。

一根救命的稻草忽然断了，老黄走路的姿态像个老人。蹒跚之时看见儿子小黄站在一堆色彩鲜艳的皮包前，高声叫喊：快来买，快来买，撤柜品，十元一个。

老黄盯了很久，眼睛发直。后来舞着双手，边走边喊："李记者，感动中国，我儿子站起来了。"

梦里薛涛

　　阳光在树之外明晃晃地照着，腾起的水雾让江水有些不真实。我坐在江边的树下等。她没来。

　　我的手在雕刻了细纹的红沙石上抚摩，我喜欢这种感觉。

　　我在这种感觉里等待。她还是没来。

　　阳光伸出它的足，拼命往树下挪，再细密的叶子被风吹了，也漏出光来，洒银一般，地上只见了光斑跳跃。忽然一只蝴蝶，玉色的双翼上长着墨绿的斑点，和着阳光的碎片上下飞舞。风吹不走，时光也吹不走。

　　她要来了，我知道只要玉蝶出现的时候，她就会来。我抬起头望着岷江。岷江上有一只画舫，随水而下，白纱披肩的女子站在船头，我使劲地挥手，可落在手上的只有那只蝴蝶。我焦急地对蝴蝶说："飞吧，告诉她我在等她。"

　　"起来啦，死猪一样。等谁啊？"女朋友小片摇醒我，带着轻蔑的神色。

　　我揉了揉眼睛，真是邪了，从搬进新家的第一天开始，我总是重复这样的梦。

那个披白纱的女子是谁？我为什么总要急着见她？为什么总有那只蝴蝶？

我闹不明白。小片跟我闹过多次了，问她是谁？是不是我的前任妻子？

"感情是念着她，拿我来抵日子。"小片心眼好，一张嘴却厉害。

我说："以人格担保，我也很想知道她是谁。"

小片撇了撇嘴："鬼才信你的话。作家都是些骗子。"

我想说八成是梦魇了。不管梦里的她是谁，只是反复梦见要等她，就让我都觉得对不起小片似的。为了弥补我的过错，我说今天牺牲麻将时光，陪她去小店。小片高兴了，在我脸上飞快地吻了一下。

小片开了一家专卖石头饰品的小店，还有一些玉佩之类，可一看那些死水芹的颜色，就知道是假的。我懒心无肠地坐在角落里，看进进出出的女人把一些发亮的东西往手上脖子上耳朵上挂。小片一脸喜色，说好看好美好有气质。

我却无精打采。

小片说："魂丢了？打你的麻将去。"

我得了圣旨似的往外逃。出门的时候，和一个穿白裙的女人差点对撞。女人胸前挂着一样饰物，玉做的蝴蝶。天啊，像极了我梦中的那只蝴蝶。她闪身去了柜台，看其他的玉佩。我转到她身边，紧盯着她胸前。女人看我一眼，却不恼，故意挺了胸。小片却揪了我一把，推我到门口，悄声说："看我回家收拾你。"

我出了小店，打了几个电话，可是那些麻友早已坐上桌子。我觉得很无聊，想起梦里总是有岷江，于是就去江边要了一杯茶，坐在树荫下，像梦里一样，坐在那儿等。

江边砌了仿古的江堤，眼光掠过江堤，看对岸青色的山，看波光粼粼的水，心里忽然就有些感动。这山青了多少年，这水又流了多少年。我今天坐在这儿，今天的以前又有多少人坐在这儿，感悟江风，青山与明月。我像一个怀幽的古人，摸了一下刮得光光的下巴，想象自己衣袂飘飘的样子。口占一首：

> 梦里恍惚是前身，
> 揽衣推枕见月明。
> 联翩浮想嘉州事，
> 谁是岷江梦里人。

我喜欢仿照唐宋诗词，填一些自以为是的东西。可是我从不把这东西示人，我只写小说。写小说的时候，我是作家，有些深沉，还有些脱俗。这种时候只有小片看得见我，小片对于写小说的我多是崇拜的，不然不会又年轻又有钱还找我这样的二手货。小片对我还抱着一种找到爱情的感觉。可我没了，我太清楚爱情是什么东西了，何况我是小说家，我知道可歌可泣的爱情都是我们这些没有爱情的人杜撰来安慰自己的。小片却不这样看，她说每个人都有一个他要等的人，那个人出现了就会带来爱情。是吗？我对着亘古的岷江问了一声，我真想天真地相信小片一次。

可谁是岷江梦里人呢？

喝茶的打麻将的，我脑中一一闪过那些女人，一个个庸脂俗粉，没有一个能进入笔下，何况是梦里。我在树荫下打盹儿，想再做梦。电话却响了，一个女作者打来的，她说她对薛涛感兴趣，可否给她提供薛涛当年在嘉州的情况。我含糊地打了个哈哈。女作者不依不饶地说："我看过你在杂志上写薛涛的文章。"

我心里就发憷，女作者属于那种很认真的人，她如果照我说的写了，薛涛少年在嘉州，岂不是又要和一些学者闹不愉快，学者们都说薛涛是成都的。

当年给杂志写的文字，我就已经被一些人攻击了。纯粹的学术争论倒没什么，可是有人说弄个妓女来乐山沾边，污了乐山名声。我就特别气愤，薛涛是妓女吗？那家伙灵魂真是很肮脏。现在想起来我还气，管别人怎么说，我就要说薛涛是我们嘉州的。我约女作者来江边谈，但先给小片打了电话，晚上一起吃饭，免得她跟我急。

接下来，我就开始想薛涛。穿越时空，回到中唐时期的岷江。我坐在江边，等薛涛，等一个才华卓越又美丽非凡的女子，这大概是有点想法的男人一生都愿做的梦。我也愿意等她千年。这样想薛涛的时候，她近了也活了。我要理直气壮地告诉女作者，薛涛就是我们嘉州的。

一个人沉入某种想象的时候，时间总是过得很快。女作者还没来，我就有些不耐烦，又没有薛涛的才华，凭啥让我等。我想给她打个电话，说我走了。小片却一个电话接一个电话地问，还不完吗，要谈多久。我说了多次没有来就没了耐心，对她吼，无聊。小片感到委屈，我只得安慰她说："放心，她不是我要等的人。"

女作者来的时候，太阳已经移到江的对岸。岷江在阴影里，看阳光下的对岸，就有一种恍惚的感觉，这时候是最容易产生诗意的。念出一句薛涛的诗："夕阳沉沉山更绿。"女作者愣了一会儿，说："你相信阳光下也会做梦吗？"

我看她一眼，漫不经心地说："不是有白日梦的说法吗？"

她说："写小说的人总认为什么都明白，少了诗意。"

我笑一笑，不接她的话。她看着岷江，说："我要给你说的就是一个白日梦。"

她说她给我打电话的时候，正往大观园去。大观园门前拦了栏杆，不准进去。她给守门的人说了好话，说不是进去搞破坏，只是看看薛涛。守门人像看了鬼，说神了，又来个看薛涛的，不行不行，继而又说你去吧。她到了薛涛的园子，薛涛的像倒了，被荒草埋了。她想看看刻在石上的字，字也模糊了。她说："知道历史走到今天，一千多年过去了，湮没是必然。何况只是一堆石头。"但是她还是为薛涛悲哀。她坐在薛涛的塑像边，一丛长得很好的杂树，正好遮蔽了阳光。她就坐在树下，看阳光照在荒草上，荒草被烤出一种好闻的香味。她深吸一口，开始清理薛涛身上的杂草。却在草里摸到一样东西：像蝴蝶一样的玉佩。她觉得奇怪，左看右看玉佩，可不知怎么就睡着了。梦见了薛涛，没有塑像表现的那种丰腴与安静，她穿一身白纱衣，眼光忧郁得紧，胸前就挂着这样一个玉佩。她走路的时候，玉佩就像活了的蝴蝶。她说玉蝶在，人在。告诉石匠，我等他回来。

女作者把玉佩递给我看，说："你不觉得奇怪吗？她说这是玉蝶。"

我拿着玉蝶看了半天，心里一惊，这不是梦里反复出现的玉蝶吗？为什么和小片店里出现的那个白衣女人挂的一样？我揪了一下自己，痛。又看了一下周围，打麻将的散了，喝茶的还在，还增加了人。我确信这不是梦，可是我还是觉得前所未有的诡异。我说："可以把这玉蝶送给我吗？"

女作者看我一眼，不说话。

我又说："你可以到小片店里选你喜欢的。几件都行。"

女作者笑笑，说："怕是薛涛托了梦给我，要告诉一个

'他'。"

我说:"我正准备当石匠,薛涛找你托梦而已。不然为啥你在来见我的时候捡到它啊。"我没有告诉她我那些荒唐的梦。

女作者一反平日的文静,咯咯地笑,说:"想不到,你还是情种一个啊。"

小片来,看见女作者正笑得欢,还看见我手里多了一个玉蝶。就抢过去,看了半天,说:"当是什么稀奇玩意儿,一块石头而已。"

女作者附和她说:"小片这方面是专家。反正是块石头,我也捡来的,不妨让你家大作家写了,也枉做一回《红楼梦》里的石头,让它也性灵一回。"

小片不悦地说:"你们这些人,一根野草也能生出事来。"

我给小片使眼色。小片不理解,但至少认为我和她才是一伙的,就不再拿玉说事。

女作者对小片笑笑,说:"安心吧。写小说的人,早把什么事都看透了。他得了你还有什么能刺激他。"

小片终是单纯的人,释了嫌,就挽着女作者的胳膊,拉着去吃晚饭。桌上我一直捏着玉蝶,喜欢那种冷冷的浸润的感觉。我相信小片说了假话,这不是一块石头,绝对是块玉。小片和女作者聊得投机,饭后还相约去江边喝茶。我坐在一边,握着玉蝶,心就像有了一根细细的线牵着了什么。

我和小片带着玉蝶回家时,天已经很晚了。我们走在山路上,凉风一吹甚是清爽,可我却感觉到一种阴郁。这片山叫鹅紫山,是乐山引以为骄傲的城市绿心,人们像保护自己的肺一样保护它的生态。本来不许在山上修建房子,可是谁知道开发商通了什么关系，还是在山坡上修了这片房子。我表面上积极反对，可还是经不住森林的诱惑，买了一套单元房。在一帮朋友们面前炫耀了许久。可是今天我却有点发毛，总觉得是犯着了什么。

想薛涛当年住的竹公溪，大概就是鹈紫山的某一处，会不会就是我住的房子，也难说。不然为什么搬进这个新家就做这样一个梦呢。我不敢把玉蝶的事告诉小片，她胆小，说了还不吓着她。我把玉蝶藏在枕下，揣着它入梦，但愿梦里要等的人真是薛涛。不过不能把女作者的话当真，玩文字的人，总喜欢编一些与生活无关的似是而非的梦。

我等着梦来，却睁着眼，进入不了睡眠。小片已经发出轻轻的鼾声。我拿着玉蝶出了门，想往山上走，可是人对于黑暗总有一种天然的恐惧。我到了竹公溪边，处在城市的灯火中，望鹈紫山。薛涛的诗《题竹郎庙》顽固地进入我的脑子里：

> 竹郎庙前多古木，
> 夕阳沉沉山更绿。
> 何处江村有笛声，
> 声声尽是迎郎曲。

竹公溪以前有竹郎庙是不争的事实，庙宇不在了，但青山还在，江村还在，竹公溪还在。只是现在的鹈紫山却没有古木，树荣了又枯，枯了又荣，但山还是薛涛那时的山。待所有的人都进入夜的深处，留下我一个人在竹公溪守候的时候，我看到了穿红纱衣的薛涛，像打开了翅膀的蝴蝶一样，在山路上飞上飞下。

我和母亲告别家乡来到嘉州府的时候，是在公元 780 年的夏天。在凌云山上凿佛的父亲，看到母亲到来，并没有表现出多少高兴。他摊着一双像树皮一样糙的双手，说："哪儿住啊。"

母亲说："房子被大水冲走了。"

父亲叹息一声，伸出他的手来摸我的脸，我不知道为什么就流了泪。父亲说男子汉不能哭的。我便眨着眼，生生把泪咽了回去。父亲带我们到他的住处，一个山洞，除一张破席，什么也没有。父亲说吃饭是僧人送的。母亲抹着泪数落父亲，出来那么多年，银子没捎回一两，连个安生的地方都没有。母亲说着说着就大放悲声，引来一个僧人，僧人知道了情况，对母亲说父亲先是得了工钱，可后来，佛像只凿出佛头佛身，没了银子，支持凿佛的剑南节度使，章仇兼琼又调走了，凿佛的工程被迫停下。可父亲一直坚持着，把他的工钱都赔了进去，一个人还坚持凿。僧人说父亲是最能干的工匠。母亲搂着我，说："我们娘儿俩怎么办啊。"

僧人双手合十，念了一句："阿弥陀佛。"就退了出去，一会儿领来一个官员打扮的人，僧人叫他薛施主。僧人说："薛施主慈悲，你们就跟他去吧，也暂有个栖身之处。"

父亲对着他鞠了一躬。他说："石师傅别客气，你做的也是慈善之事，只是让夫人照顾家眷，委屈了她。"

父亲拿着我胸前挂的一块锁形的石片，看了一阵，说："石柱也该学门手艺了。"母亲一把拖过我，说："石柱还小。有手艺怎样，还不是像你，能做什么？"

父亲愧疚地说："去吧。"

我们跟着薛大人坐木船过岷江。木船在涨了水的岷江中像一片叶子被抛进了水里，几番挣扎才到了对岸。对岸是嘉州府所在地，一番热闹景象。遇到江边烤豆干的，薛大人买了一串给我。

我对这个薛大人产生了好感，但我还是埋着头，对于新的地方充满了少年人的羞怯。

告别闹市，沿岷江逆行，走入一片林子，像是步入荒郊。人烟少了，一条竹公溪从葱郁的山脚流过，两岸是接壤在一起的竹林，风吹得竹叶沙沙地响。我一下高兴起来，这和我的老家一样啊，也是竹林。我不自觉地哼起了家乡的小调。薛大人也高兴了，他说他喜欢竹子，也喜欢清静，他在这儿置了几间房，可以遮风挡雨。母亲说了几句奉承的话，说："我们要是有这样的房子，除非佛显灵了。"

薛大人安慰母亲说："石师傅造佛，总有一天佛像会成功的，那时你们说不定就会好起来。"

薛大人和母亲说话的时候，溪边一间瓦舍里跑出一个穿着红衣裙的小女孩，一边跑一边娇声喊："爹爹……"

薛大人敞开了双臂，小女孩扑进他怀里。薛大人就势坐在溪边的石头上，说："我的涛儿，今天念了些什么？"小女孩抱着薛大人的头，在耳边说了一阵，小女孩的口音和我不一样，像唱歌一样。薛大人高兴地大笑。小女孩从薛大人怀里偷看我和母亲，看着陌生的我们，她快活的眼睛露出困惑。我们跟着薛大人进了屋，一个穿着很得体的妇人在择豇豆，母亲见了就上前帮忙，妇人不给。薛大人说："你身体不好，我带他们来，帮你照顾家里。"

妇人说："哪用得着，再说家里也不宽裕。"薛大人对妇人说了我母子的情况，妇人同情地点了点头。母亲对妇人鞠了一躬，说："太太今后教我，乡下人没见过世面。"

我和母亲从此在薛家住了下来，知道薛大人薛勋本来是京都人氏，为躲避安史之乱，来到成都，混了一官半职，却不愿在混乱的官场曲意逢迎。于是到了嘉州，在嘉州府谋得个小差事。嘉州山水自是陶冶性情，竹溪两岸竹林婆娑，鹈紫山古木参天。闲时醉卧青山，吟风弄月，倒也过得自在。夫人裴氏，为人温雅，待母亲如姐妹一般。有个小女名薛涛，字洪度，爱如掌上明珠。

薛涛是个快乐的女孩，而我住久了，乡下野孩子的习气就露了出来，上山打野鸡野兔，下河捉鱼捉虾，薛涛像崇拜英雄一样地崇拜我。我更喜欢带薛涛出门网蝴蝶，薛涛很喜欢蝴蝶，她把网着的蝴蝶一只一只压在父亲要她背的书里，经常拿出来看。有次我们网着一只很漂亮的玉色蝴蝶，翅膀上有墨绿的斑纹。薛涛说她要是一只蝶就好了。她舍不得压死它，我就为它编了个笼子。薛涛把它放了进去，可那只蝶还是死了，薛涛很伤心，以后再也不网蝴蝶了。读书、练字、抚琴，这是她每天必练的功课。可是看见我出去，她就心慌，对太太说回来再念。薛涛跟着我出去回来，往往是一张小脸像花猫，太太精心为她梳的头发也散了，衣服也脏了。太太生气，说："涛儿，你是小姐，就该有个小姐的样。看我告诉你父亲，你怎样？"

薛涛说："娘，别气，涛儿这是学本事，将来像花木兰，替父从军。"

太太笑了，爱怜地说："涛儿，多读诗词，才是你爹爹的愿望。"

薛涛朗声说："涛儿知道。爹爹教我的，我也会背了。"薛涛学父亲的样，背着双手摇头晃脑地说：

"归去来兮，请息交以绝游。世与我而相违，复驾言兮焉求！悦亲戚之情话，乐琴书以消忧……"

看着十岁的薛涛可爱的样子，十三岁的我心里有种异样的感觉，发誓也要读诗。薛大人回来听见薛涛正在背诗，就站在院子里，背着双手，不断地点头。听薛涛背完了，望着院子里的梧桐树，吟道：

"庭除一古桐，

耸干入云中。"

说完看着薛涛，薛涛抬头看树，一只鸟正从树上飞过，就脱口而说：

"枝迎南北鸟，

叶送往来风。"

太太和母亲都拍手，薛大人重复一遍枝迎南北鸟，叶送往来风，却一脸忧戚。他揽过薛涛，一枚黄了的叶子正好落在薛涛的头发上。薛大人拂掉叶子，对我说："石柱啊，你长大了，要像对妹妹一样爱护涛儿。"我点了点头，好像一下就长大了。

从此后薛大人教我念书，写字。和薛涛一起念书，我特别长记性。虽然不能像薛涛那样能够出口成诗，但也能像模像样地背出前人写的诗来。两年下来，母亲看他儿子变了个样儿，对薛家更是尽心尽意。但是背底里告诫我："小姐始终是小姐，别想出格的事。"我红着脸说母亲瞎想，可心里却有了秘密。出去做事的时候，带着薛涛，我护着她，不让她做一点事情。薛涛也越来越依赖我。

一天带着薛涛上集市，薛涛很兴奋，看这摸那。她买了一张丝绸的小方巾，像那些大姑娘一样披在衣服上，一摇一摇地拐进一家卖玉器的铺子。薛涛看见一枚玉做的蝴蝶，拿着看了又看，不忍释手。店老板从她手里拿走了玉，说："珍贵物，别失了手。"

薛涛说："给我留着，等我长大了来买。"

店老板盯着十三岁的薛涛看，像研究一件玉器。说："我给小姐留着。"

我暗下决心要挣足够多的银子，为薛涛买玉蝶。可我又没什么本事，一路上都很沮丧。快到竹公溪的时候，一个小丫头抢了薛涛手里的丝巾，我几步追上小丫头，让她还给薛涛。小丫头却用丝巾擦了一下她那脏兮兮的脸。露出狡黠的眼光，说："小家子气，还你。"我正要发火，薛涛却笑着问："小妹妹，叫什么名字？"

小丫头说："小丫头片子。"

薛涛笑得更欢了说："真好玩，小片子。"

小丫头不满地抗议："你才小骗子。"

薛涛看丝巾已脏了，就把丝巾送给小丫头。小丫头接过丝巾时，很奇怪地看着薛涛。我拉着薛涛走了，小丫头却跟上了我们，我威慑她，她就落得远一点，可还是跟着我们。薛涛问她家在哪儿，小丫头说："我没家了。"

薛涛又问她父母在哪儿？小丫头呜呜地哭开了，说她父母死了，她一个人流浪到这儿。小丫头跪在薛涛面前，说："小姐，你心好，就让我给你当丫头。你随便叫什么都行。"

薛涛扶起她，把她带回了家。太太皱眉说："只怕，哪一天我们自己也要流浪了。"

薛涛说："娘，你不是常说善有善报吗？留下她吧。就当是陪涛儿。"

太太的眉还是不展，小丫头又跪在她面前说："太太，小片一定好好对小姐，小片吃饭少一点。不长大，穿衣短一点。"

小片把太太说笑了，太太对母亲说："这丫头，倒机灵。好好调教，将来做石柱媳妇。"母亲看我，我看薛涛，薛涛却看着她母亲，说："娘，小片是涛儿的丫头，涛儿不允许她嫁。"太太和母亲都笑了。

小片把太太的话当了真，总是缠着我。薛涛和我一起读书，她也要守在一边。薛涛说你做事去，她才不甘心地走了。有天薛大人带太太和小姐去了同僚家，小片回来对我说，见到好多有钱人，有个公子和小姐很般配。他们谈得很高兴呢。我听了，暗暗生薛涛的气，故意对小片好，薛涛也很生气，不理我。

母亲觉察了异样，对薛大人说我已经十六岁了，还是要送到父亲那儿学门手艺才好。薛大人考虑了一下说："也好。本州府凑了一些凿佛的银子，大概又能凿一阵佛像。有了手艺也能挣点银子顾家。"

我喜欢薛大人顾家这个说法，我会永远是这个家的一员吗？薛涛终是要嫁的，拿母亲的话说，嫁个有钱人家的公子，才是她最好的归宿。可是一个没有薛涛的家，我不敢想下去，只觉得有一种很深的忧伤，让我疼痛。我只有暗下决心，挣足够多的银子，为薛涛买下那枚玉蝶。

告别家人的那一天，母亲看着比她高一截的我，说："柱子，好好学，将来你要挑家的。你长大了，要照顾你父亲。"我对着母亲，郑重地点头。

太太说："你走了，我们倒不习惯。"我看一眼薛涛，她低头不语，我说我会回来的。

薛涛和小片一直送我到江边，薛涛一路都很沉默。小片却唧唧喳喳，我不理她，她带着哭腔说："石柱哥，你要回来看我们。"我看都没看她，只对着薛涛挥手，船儿如箭离了江岸，我伫立船头，看看波浪滔滔的岷江，很有一种诗里写的出征的感觉。

到了凌云山，凿佛的人多了。父亲和各地来的工匠们，夜以继日地做事，佛像的两条腿有了雏形。父亲和几个工匠做最后细微的雕琢，我和大多数工匠只能做粗略的打磨。我心里想着薛涛，便在坚硬的岩石上，凿出薛涛的名字，再凿平。一次一次凿出，一次一次凿平，我从中体会到了乐趣，干得也很起劲。再后来，我试着凿出她眼睛的样子，可每一次都觉得太粗陋了，我竭力想把她凿得传神一些，反正有那么多岩石要敲掉，给我提供了那么多的练习机会。别的工匠不知道我为什么凿个石头也凿得其乐无穷。

有一天，父亲站在我面前，看见岩石上凸现一双眼睛，父亲蹲下来，用细凿把眼角往上挑了一点，一双石眼就活了。父亲说我可以去做细微的雕刻了。我很高兴，因为别的工匠做了两年也只能做粗活，我半年就可以做细活了，细活还可以领到银子。

一天，有个僧人说，庙宇石壁上要刻几个字。拿了字来，问有没有认识的。我说我认识。他就带我去了山上的庙宇，因为雕琢过无数次薛涛的名字，再加上薛大人教我练过字，我雕刻在石壁上的字，得到僧人的极力赞美。僧人给了我比干一个月还多的银子。从此后，我在凌云山出了名，附近有个经常来庙里上香的太太，见了我，就说要把女儿嫁给我。我说我定亲了。我想起了薛涛和小片，快一年没见了，不知她们怎样。就和父亲打了招呼，父亲就去找了监工，准我快去快回。

我小心地收好了银子，在一个有雨的秋天回到竹公溪。泥泞的小路上铺满了厚厚的落叶，风过竹林，传来谁吹奏的笛声。我快步回家，兴奋地推开门，却听到一阵窒息似的咳嗽声，小片端着一盆水，根本没注意有人进来，闪身进了薛大人卧室。我跟着进去，一家人看见我，好像我才出门回来，没人理我。薛涛看了我一眼，眼睛亮了一下，很快就熄灭了，然后是深深的担忧。薛大人躺在床上，像风干的树枝，出气很急。太太坐在床边流泪。母亲把我拉了出来，说："薛大人病很久了，看来熬不过了。"母亲眼睛红了。

我说："快请郎中啊。"

母亲用袖子擦眼，说银子早花光了，还赊欠着郎中呢。我赶紧拿出准备给薛涛买玉蝶的银子，让母亲去请郎中。

我进屋，站在薛涛身边，说："别担心，郎中马上来。"

母亲带来的郎中把过脉，开了药。对太太说："支持不了多久，药只是让他走得好一些，还是准备后事吧。"

太太边哭边说："老爷，你留下一家人怎么过啊。老爷，涛儿还没长大啊。"

薛涛也流着泪，说："娘，爹不会扔下涛儿。爹不会。"

话没说完，又听到薛大人一阵咳嗽，还吐了一摊血。我坐在薛大人身边，拍他只剩下一把骨头的背。他睁着眼看我，却没有力气说话。一会儿又咳嗽起来，我们的神经也快崩溃了。小片取回药，煎了给薛大人服下，才好了一点。薛大人抓着我的手说："替我照顾涛儿。她们娘儿俩在这里没有亲人。"

我说："老爷你要好起来。"

薛大人的手突然有了劲："答应我。"

我咬着嘴唇，使劲地点头。薛大人的手一下松开了，闭上眼睛。在公元784年的秋天，薛大人死了。我那一点可怜的银子，除了安葬薛大人也所剩无几。一家人的生活陷入困境，来不及安慰薛涛，陪她度过悲伤的日子，我又去了佛像工地，挣钱养家。父亲和我发了银子，就托熟识的艄公带给早在江边等候的小片，小片带给母亲维持生计。可是生性耿直认真的父亲，却因为监工克扣工匠工钱，和监工发生冲突，被监工推下脚下湍急的江水。想父亲一生凿佛，却落得如此下场，佛也会落泪。僧人们组织起来，和工匠们一道要求严惩凶手。凶手伏了法。可是父亲的命却不能再生，不满十八岁的我挑起了全家的重担。

可是祸不单行，在冬天快要结束的时候，剑南节度使韦皋大规模地征兵，而且要求征用有手艺的工匠，说是要对付吐蕃。我被迫从军，好在韦皋将军待技艺超群的工匠不薄，给了好大一笔安家费。我用安家费买了玉蝶，其余给母亲留做家用。母亲失了丈夫，眼看又要丢了儿子，哭得很伤心。太太说："这世道真是乱啊，从京都逃出，没过几年安稳日子，又遇战乱。自古忠孝不能两全，让柱子去吧，也许几年就回，她们也长大了。"

母亲说："太太想得周到。只是家里没个男人，难啊。"

薛涛说："娘，我会照顾你。"

太太心疼地喊了声涛儿，再也说不下去。

薛涛对我说："韦皋将军为什么要征用工匠呢，是要你们修工程吗？不是，多半是要你们深入对手营里。柱子哥，你要机灵一点，涛儿和小片等你回来。"

看着快要有太太一般高的薛涛，出落得花似的，我就有些担心。我盯着她深深的目光，欲言又止。薛涛抚琴一曲说是为我送别，琴声甚是凄婉。小片也擦着眼泪，怯怯地说："小姐，柱子哥命大，他会回来的。"

我拿出黄绸包裹的玉蝶，递给薛涛："等我走了再看，它在我在。"

薛涛听话地点了点头。我对小片说："照顾好小姐，等我回来。"

到了军队，我才知道薛涛何等冰雪聪明。韦皋将军果真是让我们化装成百姓，混入吐蕃王朝正在修建的宫殿，刺探军情。进一步离间他们和云南王的关系。入了吐蕃，家书往来都断了，度日如年，我常常对着故国方向洒泪。一别经年音尘绝，魂断嘉州竹公溪。到了公元 788 年，我们的身份被识破，一场悬殊的战事，使逃出来的几个人被逼到一个开阔的荒原，我们成了吐蕃人练习射箭的靶子。一支箭穿透我的心，我叫了声薛涛，就轰然倒下。

　　我惊了一身汗醒来，发觉我坐在竹公溪边的椅子上。我摸了一下自己的心脏，居然隐隐作痛。一瞬间我还是很迷茫，我是在做梦，还是刚才在做梦。哪一个是真实的我。我看一眼周围，也有早起的环卫工人在打扫卫生。我才明白，如果是小片和众人去了夜的深处，那我是去了更深的深处。

　　我像患了寒热病的病人，顶着一张烧得通红的脸出现在小片面前，不停地打着寒战，说我冷。小片像见了鬼似的从床上跳起来，摸了摸我的前额，从抽屉里抓出一把药灌给我吃了，我倒在床上，迷糊了好一阵。醒来时，太阳已经从东窗移到了西窗。我的头脑清醒了一点，喊小片。小片不在，桌子上有她煮好的南瓜稀饭，还有一张条子："亲爱的，醒了记得吃药。"我心里流过温暖的感觉，小片啊，前世与今生你都欠我么，爱得这般辛苦。

　　我坐在面对鹈紫山的阳台上，翻一本薛涛诗抄，有《赠远》二首：

扰弱新蒲叶又齐，
春深花发塞前溪。
知君未转秦关骑，
月照千门掩袖啼。

芙蓉新落蜀山秋，

锦字开缄到是愁。

闺阁不知戎马事，

月高还上望夫楼。

诗的注解是薛涛渴望爱情，写给假想的恋人。可是我知道这是写给"我"的诗。

我又翻到《思乡》：

峨眉山下水如油，

怜我心同不系舟。

何日片帆离锦浦，

棹声齐唱发中流。

何日片帆离锦浦，薛涛，我知道你不会忘记竹公溪，尽管你后来因生活所迫，离开竹公溪，但你的心始终念着，那是你的家乡，有你忘记不了的人。

我呆呆地在阳台上坐了很久，望着阳光涂抹过鹈紫山的森林，然后隐入山后。小片回来，我还坐在阳台上，看我一副魂不守舍的样子，小片很担心，说："是不是这房子闹的，我们卖了，到山下买吧。"

我不置可否，对小片说要去买花。小片也不问买给谁。我像那些发热的少年一样，捧着一大把白玫瑰，到了乐山广场。找到薛涛的塑像，把花放在她面前。心里默念："薛涛，石柱来看你了。"小片惊乍乍地叫了一声："啊，薛涛小姐。"

引得好些人看，小片吃喝道："看啥，看啥，没文化。"又对我说，"花放下去的时候，薛涛好像活了。"我笑笑，小片有小片的可爱。我挽着小片的手往回走，碰见女作者。女作者说她到图书馆查了薛涛的资料。她说："薛涛和韦皋及唐朝著名诗人元稹都有情感瓜葛，我要写写她的爱情。"

我知道历史不会记载"我"，谁也不知道历史到底是什么样。可是薛涛知道，"我"知道，"小片"也知道。

我匆匆告别女作者，挽着小片，走入暮色之中，写我们自己的历史。

雪　地

　　他走了很久了吗？仿佛是这一生都在雪地里。曾有的色彩只是前世的一个梦影。突然他看见故乡了，看见小红帽了，他们就在雪的那一边啊。他心中有一种意外的感觉，他想穿过这片雪地，可是雪下得又急又密，幻影消失了。天地间唯一的声音是雪落的声音，唯一的东西是雪。

　　"小红帽，小红帽。"他叫着。

　　"真是个孩子。"老兵推了推他，拨了一下火盆中的火又去睡了。他睁开眼，好一阵回不过神来，不知刚才是梦，还是现在正在梦中。火苗一舐一舐的，有一种牦牛的粪味，他才明白，故乡实在遥远，小红帽离他实在遥远。他披了大衣来到门外，寒浸浸的风使他打了个冷战。无边的雪泛着白光，增加了夜的苍白，冷森森的寒气从雪地升起，聚拢来，包裹着他温暖的躯体。他没动，任凭寒冷麻木他的脚，浸透他的心。这片雪地，包括雪地里的他被一种千古的寂寥笼罩着。有一瞬间，他觉得生命也不存在了。实在地说，是他有那样的愿望，宁愿生命也不存在。和雪一起冷冻，待到明年春天，不，应该是夏天才苏醒，同这片新生的草原

279

一起迎接鲜活的绿。

可是双眼穿不过雪地，穿不过季节。月是照了千万年的月，雪是下了千万年的雪。高处不胜寒的孤寂轻易地击败了他年轻的心。没有亲人的信，没有父母的关爱，没有小红帽的问候，他写的无数封信也寄不出去，像做的梦一样，故乡是在另一个星球，小红帽是在另一个星球。他只能去想，只能去等待。小红帽唯一的一封信是他等待的日子所有的寄托。顶深沉的老兵也常和他玩花样，用一个新的信封装入旧的信封，在他冥思苦想的时候，对他说"你的信来啦"，而他每一次都是惊喜地抢过来。如今那些信封也成厚厚的一叠了，可内容却还是那样一封。许多天了，本来言语不多的老兵更是没有一句话。夜晚坐在火炉边，一样相对无言，重重的叹息落在火盆里，一些不很明了的想法像火盆里跳荡的火焰一样，哔的一声就没了声息。只有雪原的风一阵又一阵撕扯着屋顶的铁皮。恐惧袭上他年轻的心，如一个困在雪地的人听另一个人讲雪地里发生的悲剧。

"你说这雪会化吗?"他明知问也白搭，但他实在想说点什么。

"你说你想小红帽的时候，想过把她拥在怀里吗?"老兵点燃一支烟，沉默了很久，冷不丁说。

"你想你老婆了。"他说"老婆"两字时，脸有些红红的。老兵不喜欢说爱人，说叫老婆通俗易懂，说什么爱不爱的，给了老婆什么样的爱呢（老兵的口头禅了）。

"想了，想死了!"老兵灭了烟蒂，狠狠地说。大概是酒喝多了，血涌上老兵粗黑的脸。

他看着老兵，脸又红了。他想小红帽，那女孩子清纯飘逸的形象，时时激起他心里的温情，但他明白不是老兵想的那种。老兵不再说话，他在半梦半醒之中，听见老兵床上发出一种模糊的声音。他拉了被子蒙头而睡，沉入自己的梦乡里，可谁知道，在梦里也走不出这片雪地呢？在这黎明前的雪地，小红帽的信又在他的思维中活跃，小红帽的形象如雪夜的灵魂，在每一个方向俯视他。

分到文科班时，他和梅子同桌。在一次朗诵比赛中，梅子居然有那么一种引人遐思的声音，把同学们个个都会讲的《小红帽》，讲得那么美丽神奇。从那以后他对这位经常戴着一顶小红帽的女同学，有了一种说不清的感情，在他心中梅子就是那个善良又聪明的小红帽。他常常设想女同学长发飘飘拿着鲜花在森林中奔跑的情景，他为自己的想象而感动。"就叫你小红帽吧。"一天他说，从此小红帽的名字在班上叫开来。他参军时小红帽去送他，他不算强壮的身躯裹在偌大的军服里，全没了平日被称为"才子"的潇洒和斯文，小红帽却非要拉他去照相，说她喜欢纯自然的东西，红和绿是自然界的原色。

"听说你去的地方，有很美丽的草原，像电影里的一样。给我寄张相片回来。"

"你翻过地理书吗？那地方一年只有三四月与外界相通。其余时间大雪封山。漫天漫地的雪啊！你又可以写很多的诗了。"

"在那遥远的地方，请你记着我与你同在。"小红帽把手放在胸前像是陶醉了。奇怪竟没有一般别离前的悲伤，好像他不是去当兵，而是到一个风景优美的地方去旅行。小红帽对草原对雪充满向往，只恨自己不能同他前去。而他自己，对将来陌生而新鲜的环境也有一种神秘的渴望。像是无数爱冒险的人一样，想去领略那是些什么，有些什么。

他的的确确地惊喜过，在下雪的最初的日子。他冲进雪中，任大团大团的雪花飘进他的嘴里。他亲眼看着那些低洼的地方积了雪，很快雪又淹没了草地，一条雪的河在原来的河中流着，后来河水载不动了，成了凝固的雪川。视野所及，对面的山及开阔的河谷全是一片冰清玉洁。他的心充满一种圣洁的快感。老兵教他滑雪，教他滑冰。他高声地叫着笑着，在雪地和老兵玩起擒拿术。老兵去巡逻时，他就坐在哨所门前，痴痴地望雪，天放晴了，地那么白，天却那么蓝，蓝得他不知所措，仿佛有什么东西太强大了，在冥冥之中主宰一切。

他不知道雪会下个没完没了；不知道一天是雪两天是雪；一月是雪，二月还是雪。他的眼睛有些雪盲了，待在雪的世界，风掀起雪沫纷扬，雪的诗已经写完，风的语言无法破译。巡逻时整个雪地冷极了，靴子踏在雪地里的声音空寂而遥远，仿佛只有他才是雪地唯一的生命。"寂天寞地的圆心"，他在给小红帽的信中写到，他躁动的青春忍受不了这种单调的白。他想看看其他的颜色，甚至雪地下枯黄的草。一天他发疯似的用双手在雪地里刨着，指尖麻木，沁出了血都不知道。

"我要看草，我要看草。"老兵拖开他时，他绝望地叫着。

"熊样，你干脆回家吃奶。"老兵发火了。他还没见过老兵发火，他心里有点发憷。老兵是个志愿兵，到这儿快十年了，每次上级给他调地方，他总说这儿也需要人，反正他都习惯了，换上别人又要好久才适应。老兵患了严重的风湿病，很少见到的排长来巡哨，也对老兵存有一份敬意。他有些害怕地望着老兵，呆立在雪地里。

"再给我讲一遍《小红帽》的故事吧。"老兵望着他说。

他不解老兵用意，但还是又一次讲起那个讲了无数遍的故事。

"很久以前，一片美丽的森林里……"

老兵的眼有些迷离，望着对面的山望了很久，说：

"翻过对面的那座山，有一片树林。"

"树林里有你想要的一切。"

老兵的话给了他很多希望。他对山那边的林子，他寄托了无穷尽的幻想，仿佛那林子里真有他想要的一切，他常常望着山那边发呆。现在寒冷又让他失去时间概念，他却突发奇想：山那边有林子，我可以摇落树上的雪，雪落下来，就可以看见绿色了。他为自己这个想法叫了声好，怨自己为什么早没想到。几乎冷凝的神经，受这个想法的刺激，在瞬间活跃起来。他跑着，想尽快地到达那片林子。雪把他绊倒了，他又爬起来，继续向前。头脑里只有一个概念：树林绿色。绿成了魔力的化身。他真的着了魔，不知道自己是跑着的，走着的，还是爬着的。天色微明时，他才爬到半山腰，这时暴风雪又来了，狂风带着尖厉的啸叫掀起地上的雪，大块大块地往下落。有的地方发生了雪崩，他只觉得每向前一步，全身的骨架都要散了。而稍慢一点又被雪埋着的危险。

"这就是雪，这才是雪啊！小红帽，你不明白雪的。"他喃喃自语。爬不动时，停了下来。雪很快地盖着了他的身体，他懒得动一下。

"这样好，这样好，有一张雪被，我暖和了，雪停了，我就有力量爬过山去，看见那片树林，看见绿色。林子里坐着小精灵，小红帽会戴着红帽子在那儿等他。小红帽，小红帽……"这细若游丝的意念抓住他，他看见小红帽来了，披一件红色的披风如天使降落在雪地，全身罩着一团绚烂的光晕。光照亮了雪地。她在雪地跑着，跑着，跑过的地方长出了草，开出了花。他想接近那一团光，也拼命地跑着。待要接近她时，小红帽一下跃到天上，变成红红的太阳，发出万道霞光，照得他热烘烘的，他喊：

"小红帽，下来！"

"小红帽，下来！"

"别动。"是老兵遥远的声音。他昏昏然，使劲睁开双眼，却发现老兵把自己的双脚抱在怀里。身边是一盆旺旺的火，当他明白发生了什么时，眼角滚出了泪，孩子样的在老兵怀里哭着，老兵眼睛也红了。

"你必须等待！如果你想保住你的生命，你必须学会等待！相信雪会化的，总有一天会化。"老兵像是对他，也像是对自己说着。

"每一个来这儿的人都注定要重复相同的故事。当初我也跑过，是想去找排长（他所在的哨所在山的那一边）。爬到山顶，正遇飓风，和我一起的班长救我回所的途中，被雪崩夺去了生命。后来他倒下的地方开出了一朵雪莲。班长最爱雪莲。昨天在找你的时候，也找到一朵雪莲。我想可能是班长在帮助你。"老兵说完，开了门出去，捧回一朵雪莲花。他望着老兵，望着雪莲，忽然觉得老兵就是他生命里的雪莲花。

老兵出去了。他往火盆里加了一块风干的牦牛粪。火大起来，温暖了他的身体。他想起那些拾牦牛粪的日子。想起开遍了草原的花草，丰满了草原的牛羊。望着雪莲花，他很相信老兵的话，雪会化的。他的心慢慢地舒展开，觉得有一种活力随血液流遍全身。眼睛透过火焰仿佛看到了活活泼泼的草原。

他记得很清楚，这片雪地以前的风貌。山上没有树，只有茂密的草和吸足了阳光开得潇洒的花。开阔的河谷中间有一条河，成了这片草地绝妙的风景。水草丰美的时节，牧民大批大批地拥来。在高原炽热的阳光下，服饰鲜艳的藏族姑娘，常在河边梳洗，嬉笑着把五颜六色的彩线和着头发编那长长的辫子。而近黄昏时，草原响起小伙子们高亢的歌声：

"等到太阳落下山，等到牛羊进了栏，我的阿妹，我的阿妹，你为什么还不回还……"

每当这时他常常对这片草地充满感激之情，他的眼光翻过山去，想起他的小红帽，心中充溢着一种甜蜜。小红帽的第一封信到来之时，他急急忙忙展开信笺，急急忙忙看了信，又急急忙忙出了哨所。他觉得狂喜要把他的心胀破了，他跨上军马在草原上飞奔起来。小红帽的信他并未读清楚，他只记得一些单调的句子。但他不需要弄得太清楚，以后有的是时间。只要是小红帽的字，那些经小红帽的手写的方块字，足够是一曲强而有力的音乐了。那音乐从天空倾泻而下，洒满了草原。他策马冲进牦牛群，牦牛四散逃去，颈脖上吊铃响起一片叮叮当当的声音，在他听来如天籁一般。他冲过河去，在一片百合花的身旁躺了下来，"爱情的季节，传来百合花的哨音。"他的头脑中忽然冒出这样一首诗。他把百合花摘下来，揣进内衣口袋里，他需要常听那哨音，枯萎了，也让它贴着他的胸膛。

想到这儿他笑了，一笑觉得轻松多了。今天该他巡逻，他要去把老兵换回来。他裹紧大衣出了门。

这是一条小路，花开时节小路两边有很美的草地红灯，他忽然很清晰地想了起来。沿着记忆中的小路在雪地摸索。再望雪地，他觉得今日的雪地和昨日有些不同，他仿佛听到千千万万的小草在雪下挣扎的声音。再往前走突然发现雪地上有一串小小的不知什么动物的蹄印。他惊讶了，蹲下去用手按在蹄印里，瞬间便有一种温暖，从指尖流遍他的身心。

"我不是孤独的，还有生命与我同在！"

他的身影在雪地里越来越小，他绿色的军装成为老兵眼里唯一的色彩。

亲爱的宝贝

1

梅影刚让丁点儿睡着，就听到护士站一个怪怪的声音在喊："梅医生，痛。"

梅影出了医生办公室，看清是明一在装怪，就说上帝啊，你让这个男人也体味一下女人生孩子的苦吧。明一装出很疼的样子，把梅影和护士小米都逗笑了。

明一停了笑，说他一个朋友的亲戚的朋友生孩子，已经在来医院的路上了。梅影说："天下人都和你沾亲带故。"

明一耸了耸肩，说职业害的，他就是那帮朋友的私人医生。话没说完，尖声的叫喊，在电梯打开的时候，把空气都搅起了旋涡。"明医生……明医生……"女人夸张地叫着明一。好像明一能减轻她痛苦似的。一大帮人手里拿着各种各样的婴儿用品，一脸的重托，眼巴巴地望着明一。朋友拍着明一的肩，说交给你，就放心了。孕妇的丈夫叶胖子，说等儿子出生后，好好感谢你。这不，从怀孕到现在，他在娘肚子里就认识明医生了。明一脸上笑着，心里却说，还是不认识的好。说不定以后还得当这儿子的私人医生。明一真的想躲了，从产妇怀孕开始，每次都来找他，让他带她去做B超。超声室的医生开他的玩笑说，明一，你这胎是儿子。弄得明一很尴尬。

叶胖子把一本厚厚的病历交给明一，朗声说孕前检查全部正常。

明一顺手把病历递给梅影。叶胖子把明一拉到旁边，悄悄地说，找个好点的医生。明一让他放心，说梅影是很负责的医生，还开玩笑说，你的儿子一出生就看到美女医生岂不更好。叶胖子的眼光上下扫了扫梅影，笑说，那不和他老子一样地色。

产妇安排在33床，在窗边能看到远处的岷江，可是产妇好像并不满意，说33这号码不安逸。梅影说33是最为神圣的数字，在伊斯兰教里，天堂里人们的年龄永远都是33岁。产妇被梅影说得笑了，走到窗边，叫了一声哇："叶胖子，江边好美耶，叫你爸给我们买个临江房。"然后拍着肚子说，"儿子，我们要住临江房。"

梅影忍着笑，把产妇带到检查室，检查宫口才开两厘米。可是产妇叫得很投入，还把头摇来摇去。梅影说，你看过生孩子的电影吧。产妇来了兴趣，说她怀孕后就没上班了，几乎天天看电视，那些生孩子的戏都是假的。那些演员都没生过孩子。"梅医生，你好像韩剧里那个妇产科的女医生哦。"

梅影说没看过。产妇又叫一声哇："这个电视你都没看啊，不过电视里好血腥哦。我才不当医生呢，太恐怖了。"

梅影说，你现在不疼吗？

产妇说："真的耶，怎么和你说话就不疼了。哎哟，开始了，

开始了，不行了，我疼。"

梅影把手放在产妇的手上，说："假如把孩子的出生当成一条路，那么这条路有一百米长，现在孩子刚刚出发，所以你还是节省些力气，到孩子需要的时候，你好帮他。行吗？"

产妇咬着牙，点了一下头。问孩子还要走多久才来？

"你帮他的话，也许和太阳一起来。"梅影说。

出了检查室，产妇很兴奋地对她老公叶胖子说："梅医生说我们的儿子和太阳一起来。"

叶胖子又上下扫描梅影，然后对梅影重复了一遍对明一说的话："等儿子出生后，好好感谢你。"

梅影笑笑，说明医生的朋友嘛。明一撞一下梅影："行啊，几句话就赢得了她的信任。"

"她自己还是个孩子呗。"梅影说。

明一笑了一下，只说小心点，有事给林主任打电话。梅影说啰唆。

叶胖子把明一送下楼，说反正一时半会儿还生不了，干脆消夜去。明一吃惊地说，老婆要生了，你还消夜，太潇洒了吧。

叶胖子说，再体会一下无牵挂的感觉。

明一耸了耸肩，说怪不得每次产检都是你老婆一个人来，敢情你并不想当爹。

叶胖子笑说，老子逼的。

明一想起朋友曾经告诉他，说叶胖子的父亲是个倒卖古董的生意人，积累了些资产。膝下一儿一女，女儿嫁给他的合伙人，年纪比他还大。他一度和女儿断绝关系。对儿子叶胖子寄予很大希望。叶胖子却是个玩主，没个正经工作，拿父亲的钱和一帮哥们儿混在一起，白天打牌，晚上喝酒，不到夜里三点不归家。父母从他二十出头开始，就给他张罗婚事，希望有个孙子后，能收他的心。叶胖子和前任老婆生活了五年，没生育离了。晃荡几年，和现在这个女人结了婚。这个女人是闯过江湖的，你很难知道哪一面才是她真实的一面，叶胖子和她合作在父亲面前表演得恩爱有加，其实不过是为了他父亲口袋里的钱。这个即将出生的儿子是他们的筹码。

明一把叶胖子推进了电梯。又给梅影打电话，说如果需要帮忙，叫他。

2

梅影没有睡，她翻看产妇厚厚的孕前超声，从孩子还是一个小水泡开始，慢慢长大，胚囊，心跳，粗具人形，有了可以动的身体和胳膊，然后长出肌肉。人的发育是多么奇妙啊，再美的花朵也不如一团细胞发育成人那么惊心动魄。梅影看着最后一张超声图片，孩子把小手含在嘴里，美丽得让她全身流过一阵愉快的战栗。梅影忽然觉得还在子宫中的孩子不是某个人的所属，是这个奇妙的星空寄放的，只是出生的过程才慢慢加载某个男人和某个女人的生命信息，出生以后，才属于这个男人和这个女人。

梅影把自己想得痴了，恰好老公胡安的短信来，"抱枕而眠，造人计划又耽误一天，明天加倍补起。"

梅影回说："梦里造吧。"

胡安回了个流口水的头像，梅影笑了。胡安刚从西藏回来不到十天，决定这一次要个孩子。她和胡安算好了，假如现在怀孕，孩子就在龙年春暖花开之时出生。胡安要一个女儿，梅影堵上他的嘴，说只要一个孩子，儿子还是女儿都是命定。胡安说白当个医生，有科学的。梅影说什么都科学了，这日子没法过。胡安不理解，只说她脑子里乱七八糟的事太多。

梅影发了一枝梅花给胡安，独自笑了。工工整整地写下诞生花，透过窗口看深邃的夜空，仿佛她的孩子在星空的某一处，她呼唤一声宝贝，自己把自己感动了，好像被爱浮起来。她到婴儿室巡视一圈，花朵们都合了花瓣，到夜的深处梦游去了。婴儿在梦里去了什么时空，能否记起在子宫里的岁月。梦里是五彩缤纷，还是世界最初的模样。梅影屏息，静听婴儿们香甜的呼吸，闭上眼睛，恍惚置身一个五彩缤纷的天堂，花朵们正一瓣一瓣在绽开。

叶胖子来找她，问他老婆怎么不疼了？是不是出了问题。梅影说宝宝累了，要休息一会儿才赶路。梅影给产妇做了检查，她的手抚摩产妇的腹部，胎儿反抗似的动了一阵，又睡了，好像说别动我，我还不想出来。梅影听了听胎心，像时钟的钟摆平静而有节律。梅影安慰叶胖子："别着急，等待越久喜悦越多。"

"太折磨人了，我喜欢痛快。"叶胖子揉着眼说他要睡了。产妇拍着她的肚子，"乖宝宝，不让你爸爸睡哈，让爸爸陪。"

梅影笑笑，回到护士站。走到丁点儿的摇床前，本来睡着的丁点儿，睁开眼睛静静地看着她。那一刻，梅影觉得丁点儿的目光是上帝的。此刻上帝与丁点儿同在。上帝好像借丁点儿的目光告诉梅影，接受并且感激。

丁点儿的眼睫毛垂下来，像是幕布关闭了星空。梅影呆呆地站了好一会儿，喧哗的产一科此时奇怪地安静，已经诞生的生命偎在母亲的怀里，即将诞生的生命还在母亲的身体里，他们或她们都是今夜开放在产一科的花朵。诞生花，梅影想到这个词时，觉得应该分开来读：诞生——花。她在处方上反复写这三个字，把自己的心也写出花来。诞生是动词，花是名词，而她帮助花诞生，有那么片刻她对自己的职业，接受并且充满感激。

给丁点儿换了尿不湿。丁点儿只是哼哼两声又睡着了。梅影把丁点儿的手放脸上，来回摩挲。丁点儿的小手激起她无限的母性。

叶胖子的儿子在太阳升起的时候还待在母腹里，神也许宽限他的安全感。明一上班时，梅影说："那孩子是在等你。"

梅影交接病人时，叶胖子不管不顾冲进办公室，说他老婆吐血了。林主任示意梅影去看。梅影跑到病房，产妇只是把嘴唇咬出了血。叶胖子说："你还是把她弄到待产室去吧，我的肉快被她揪掉了。"

产妇咬牙说："你必须陪我，我是给你生儿。"

叶胖子跟梅影眨了眨眼，说手术室闲人免进。

梅影说，进待产室还早，在病房待着还可以看电视。又对明一说："即使进了待产室你也可以陪她，还可以为孩子落地的一瞬间拍照。"

梅影对产妇说她要下班了，明天来看她，就是两个人了。产妇却要梅影帮她接生。梅影为难地说，科室有交接制度。实际上是林主任说今天带她去参加一个关于双胎妊娠的学术会。

产妇遗憾地说："晚上做了个梦，就是你把儿子交给我的。"

梅影说："白天你会做另外的梦。"然后对叶胖子笑笑，说需要什么可以找明医生。

梅影用消毒液洗过手，站在衣帽镜前画口红。明一站在她身后，说，亲，要去约会啊。

梅影不理他，每当明一用这种淘宝体说话的时候，坏主意接着就来。

明一的听诊器挂在脖子上，工作服像风衣那样敞开着，一副风流倜傥的派头，朗诵般："我的真情像梅花开透。"

梅影对林主任笑了一下，哼起老歌《一剪梅》，这歌属于林主任时代的，因为林主任喜欢，经常哼，他们都学会了。

梅影在医院门口等林主任。一个卖花人骑着一辆带货架的人力车，停在她面前。货架上摆着一些长势葱茏的植物，其中多是栀子花，小小的枝头不可思议地承载了许多花骨朵儿。买菜的晨练的人们经过时，都说花开的时候肯定漂亮。一盆一盆的栀子花被人们买走了，剩下一盆叶子对生，花茎折断的植物，孤零零地歪倒在货架上。新鲜折断处渗出一些浆液，梅影不知怎么有一种痛的感觉，她问卖花人这植物的名字。卖花人说："风铃草。"风铃草大概是太普通的品种，加上又断了茎，卖花人倒提花钵，向垃圾桶走去，可到了垃圾桶边，又停下，把风铃草放在路边的花圃里。

这时候林主任打来电话，说临时有急事，听课的事取消了，梅影如果要去可派车送她。梅影脱口说算了，太麻烦。说过又有些失落，她对这种事先安排好的事突然变卦而产生一种空虚感。

梅影的眼光落在风铃草上，这名字让她的想象力无限地张开。旷野里到处是风铃草，花开的时候，风吹过能发出一种声音，像叮当作响的风铃一样的声音，澄明之景让她变得轻盈起来。她俯身抱起风铃草，好像拥抱的是整个开花的原野。她仔细地看剩下的花茎上还有六朵花蕾，蓬蓬松松的，快开了的样子。折断的一端花蕾繁密，还有一点纤维连着。梅影把它抱回家，用胶布接好断端，放在阳台上。

饭桌上一盘新鲜草莓压着一张纸条，胡安说他回去看看妈妈，让她自己做饭。梅影看了看收拾得整齐的家，心里暖暖的。她边吃草莓，边在百度输入风铃草，却出来与诞生花连在一起的网页。

传说在希腊罗马神话时期,大自然一片洁净,碧海蓝天,众神化作的花朵降临人间每一天。诞生花由此而来,在生日当天得到诞生花祝福,视为获得幸福的最佳途径。今天也就是七月十号的诞生花恰恰是风铃草,太有缘的巧合,有了解不开的神秘之感,梅影觉得有化作风铃草的神在看不见的地方注视着自己。她打开风铃草的图片,白色、紫色、淡蓝色还渐变红色,都那么楚楚动人与娇弱堪怜,与她想象的能发出金属声音的风铃相去甚远。风铃草唤出她柔美的心境来,身体的每一个细胞都伸出怜爱的触须,她给胡安发了个短信:"爱"。胡安回说:"N次方"。

梅影独自笑了,哼着小曲洗了澡,换上白色的睡袍,躺在还存有胡安气息的床上,把自己扔给了众神聚会的梦境。

一个俊朗的男人,托着两个孩子,站在高高的海堤上。我在堤下,仰望那个男人,心里万分紧张,生怕那个男人把孩子抛下大海。虽然大海已经张开丝绸一样光滑柔软的怀抱,准备接纳孩子,我还是下意识地伸出手臂。男人却一个漂亮的入水动作,把孩子放在海中。他围着孩子,哼一首曲子,那首曲子慢慢长成一朵莲花。两个孩子躺在莲花的中央喊妈妈,我推着莲花,在冰蓝色的海上飘过,多美的孩子啊,我哼着男人哼过的赞美诗一样的音乐,望着莲花中的孩子,幸福与爱好像无边无际的海水,把我淹没了。

梅影在胡安送给她的密码锁笔记本上,记下这个奇怪的梦,在扉页工整地写下诞生花——神赐。

梅影想做母亲了,为了将来的孩子,不再胡乱地对付自己,方便酸辣粉是她的最爱,但是今天她自己做了青豆炒碎肉、蒸茄子,还弄了小白菜汤,胡安问她吃什么时,她报出的菜名,让胡安说,2012到了。梅影说,2012如果是真的,那么她责任重大,为了人类，生一个孩子。两个人在电话里讲得久了，等打完电话，梅影发现电话显示有个未接来电，是产一科打来的。梅影刚刚接通电话，护士长的声音非常焦急，只说来医院。

梅影刚出电梯，就听到女人声嘶力竭地尖叫，护士们行色匆匆，护士长兰瑾看见她，就说快点去产房，林主任和明一因为胎盘前置大出血正做手术。33床偏偏在这个时候快生了，不要助产士接生，正闹腾。梅影在准备间换衣服的时候就听到产妇高声叫骂："叶胖子，你浑蛋，老子不生了，不生了，叶胖子，我日你先人。"

梅影皱了皱眉头，疼痛让先前那个满口台湾软语的女人，变成了另一个人，哪一个才是女人真实的面目呢。梅影进了产房，叶胖子满头是汗，手足无措的样子，产妇在产床上动作幅度很大地扭来扭去，助产士按住她的腿，不耐烦地说："别叫了，全世界的女人都会生孩子。"

梅影听听胎心，偏快了。就把氧气给她罩上，抚摩着产妇的肚子，说不疼的时候深呼吸，疼的时候用力往下。产妇说："梅医生你来了就好，我要你给我接生。"助产士不满地哼了一声："全世界就你一个人生孩子。"梅影拉拉助产士的手，表示歉意。助产士甩开了。助产士做了二十年，经验比梅影丰富多了。而产妇却选择一个毛丫头，助产士是有些不愉快。产妇却不管，一下变得乖巧起来，不再大幅度地动，疼的时候也不骂叶胖子了，只是嘴里无目的叫着："梅医生……梅医生……。"疼痛的间歇，她说："梅医生你给我说话吧，我喜欢听你说话。"

梅影看胎儿的头发隐隐而现，边穿手术衣边说："知道诞生花说法吗?"产妇说："蛋生鸡，怎么生花?"梅影扑哧一声笑了，给产妇讲欧洲古老的习俗，讲诞生花的传说，说今天出生的孩子，诞生花是风铃草，一种很美的花。产妇高叫一声，孩子脱离了她的身体。孩子的脐带较粗，梅影用钳子钳夹时，钳子好像小了，不能夹完，助产士开了另一个消毒包，取大号的钳子，助产士边开包边说，消个包，成本要几十元钱。梅影没有说话，孩子一直没有哭，肢体的肌张力也在降低，梅影吸尽了羊水和痰液，孩子还是像待在母腹一样，闭着眼。叶胖子焦急地说："梅医生你要救我儿子，我给你烧高香。"梅影用一张纱布盖在孩子的嘴上，对口做人工呼吸，孩子慢慢地恢复了张力。梅影剪断脐带的瞬间，孩子才哭起来，声音越来越大。梅影给孩子穿衣服时，发现孩子骶尾骨的上方隆起一个米枣大小的囊肿，梅影脑子里闪过脊柱裂几个字，但是自己又在心里否认了，想只是一般的皮下囊肿就好了。梅影把哭叫着的孩子举到产妇面前，惴惴不安地说："看看你孩子。"

3

　　产妇头发被汗水湿透了，粘在一起，睁开疲惫的眼睛，看了一眼，说："梦里你就是这样抱给我看的。"梅影本来想把孩子长有囊肿的事告诉她，但是又忍下了。她把叶胖子叫到了婴儿室，让他看孩子后背的囊肿，叶胖子说："无所谓吧，这么小一点，切了就完了。"

　　梅影说等林主任看看再说。孩子的小嘴张张合合，像是寻找吃的，梅影把孩子抱给产妇，教她怎么喂奶。叶胖子在旁边愉快地说："晚上我请你们吃饭。"

　　梅影摇了摇头，回到办公室，林主任还没有下手术台。她查了关于脊柱裂的资料，真怕是脊柱裂。脊柱裂是一种常见的先天畸形，是胚胎发育过程中，椎管闭合不全而引起。椎管内容物从骨缺损处膨出形成囊性脊柱裂。但愿但愿，孩子不是这一种。梅影有个让明一嘲笑的习惯，遇到不好的事，总是徒劳地说但愿但愿。梅影放下书，又去看了看孩子，很仔细地摸，越摸心越紧。她不知道怎么告诉叶胖子最坏的结果："孩子先天脊柱裂。"

　　梅影沉郁的样子，让护士长兰瑾觉得很奇怪，但是没时间来问她。只说太忙，还没给丁点儿喂奶。梅影仔细地洗了手，在品牌众多的奶粉中选择了伊利，商家为了做广告，送了各类婴儿奶粉来，丁点儿从来不缺奶粉。梅影兑牛奶时，丁点儿的目光跟着她转，她明显是饿了，但是精灵一般的小家伙却很少哭。有时候医生护士一忙，根本没机会喂她，她也习惯了到下班的时候再吃。梅影把她抱在怀里，丁点儿是一天比一天地沉了，表情也一天比一天地丰富起来。梅影埋头看着她，心里说："丁点儿，但愿那个孩子像你一样地健康。"

　　"亲，你喂孩子的姿势特美，如果再敞开怀，绝。"明一说。

　　梅影却一脸正色地问林主任在哪儿？

　　林主任查看了孩子，说马上CT。叶胖子不同意，说孩子这么小就让他吃射线。林主任说孩子的病情需要，如果有椎骨缺损，孩子需及时治疗。

　　明一拍拍叶胖子的手臂，说诊断清楚才好治疗啊。叶胖子却骂开了："锤子，B超不是说一切正常吗。还是你亲自带去做的。"

　　明一要解释，林主任挥手制止了，说："现在是明确诊断，这是医生的责任。"

　　孩子的CT报告，比梅影想象的还要严重，缺了两个椎骨。梅影忽然想到那个断了茎的风铃草，难道世间的一切真的是安排好的吗。

林主任对叶胖子说，必须要尽快手术。叶胖子问手术成功的概率有多大？林主任说最好的结果是残疾，最坏的结果是截瘫和大小便失禁。

"不做呢？"叶胖子又问。

林主任说："比最坏的结果还坏。"

叶胖子抓起桌上的茶杯泼向林主任。护士长兰瑾以最快的速度冲到林主任面前，问他伤着没有。林主任推开兰瑾，平静地说："如果泼水能泄你心中的绝望，那么你尽管泼。"林主任没有发火，但他坐在那儿自有一种威严，叶胖子停了手。

明一说："我们和你的心情一样。"

"去你的一样，是我的儿子。我，一辈子只能守着一个屎尿都拉在床上的人，是我。妈的，怎么是我。"叶胖子拍着胸大声叫，一边擤鼻涕一边流泪。梅影递给他一张纸，他接了却指着梅影狠声说："你就不该救他。"又指着明一骂："你不够朋友，每次都是你带去做的B超，每次都说正常。"

叶胖子伏在桌子上哭，没有人劝他，大家只是看着他，怎么劝都苍白无用。

叶胖子哭完了，一个人向病房走去，走廊里有一些男人向他投去同情的目光，有个认识他的中年女人不合时宜地对他讲："你这辈子别想伸抖了。"叶胖子不知道女人说了什么，他的脑子里全是表哥一家的情景，表哥两口子都是老师，可是却生了一个脑瘫儿，为了这个脑瘫儿，好好的职业没有了，好好的家也没有了，脑瘫儿在八年之后无缘无故地失踪，表哥还进了疯人院。叶胖子去看过表哥一次，表哥很清醒地告诉他，不要孩子，孩子是来索债的。如果父亲能慷慨地拿钱给他用，他不会和这个女人结婚，更不会要孩子。他无法想象每一天只能守着一个截瘫的孩子过完他的余生。

叶胖子回到病房不到五分钟，就传来激烈的争吵，叶胖子说老婆生了个怪胎，怨她天天看电视。老婆怨他天天喝酒，种子不好，还说他报应，在外面乱搞女人。叶胖子说别以为不知道你的底细，他妈的就是个妓女。其他病人家属纷纷来到护士站说太不像话了，让管管。兰瑾要去，林主任却说，梅医生去吧，她是主管医生。明一的眼光在林主任、兰瑾和梅影身上游移不定。对梅影小声说："聪明点。"

梅影不知道怎么劝他们，她心里更多的是对孩子缺陷的遗憾，那么一个美丽的孩子却少了两个脊椎骨。刚出生的孩子脊柱骨应该有三十三个，他却只有三十一个，无法达到完美与神圣的 33。梅影推门进去，叶胖子和老婆吵得更凶。梅影走到婴儿床前，她抱起孩子，走到窗边，说："33，你爸爸妈妈不欢迎你来，你说不是你的错，不是，你也希望美丽着来的，你很抱歉，是不是。33，给爸爸妈妈说对不起。对不起。"梅影叫孩子 33，她希望他是完美的 33。33 块骨头，天堂里人们的年龄永远 33。泪水在梅影眼眶里打转。叶胖子跑了出去，产妇呜呜地哭，梅影帮孩子换了尿布，按了一下产妇的手出了病房。

走进办公室，却听到大家在说笑。梅影心想，叶胖子骂得对，我们和他一样难过吗？不可能。日子是他在过，我们只是看客，同情也只是倏忽而过的情绪。现在大家可以笑了，林主任说过我们是医生，如果所有的生与死，所有的疾病与痛苦，我们都和当事者一样，这日子怎么过下去。梅影告诫自己要学会放下，但是她无法像其他同事那样，让苦难转身得如此利落。

4

梅影回家，奇怪钥匙却开不开门。弄了好久，门才从里边打开了，胡安蒙上她的眼。梅影说："别闹，没心情。"

胡安说："闭上嘛，下一分钟是惊喜。"

梅影不耐烦地唉了一声，但是很快控制了自己，她无权把工作上的不愉快带回家，何况胡安在家的日子是可以用分钟来计算的。胡安把梅影领到客厅的中央，才放开她的眼睛。梅影看到小桌子上摆着一黑一白两个芭比娃娃，梅影说好可爱，抱起来，握她的小手，明明是握黑色的芭比，白色的芭比却发出声音：妈妈。梅影放下黑色的，握白色的小手，黑色的却喊妈妈。梅影很好奇，同时抱起两个，芭比安静了，眼睛却像星星一样不停地闪烁。梅影说："太美了。"

胡安说："我走了，就让她们陪你。"梅影望一眼胡安，发现军装叠得整整齐齐地放在沙发上，电视里正在放《碧海蓝天》，深蓝色的大海好像拥塞了整个客厅。梅影不安地说："假期还长吧？"

胡安愣了片刻，然后狡黠的一笑，说已经接到部队命令，明天就要归队。梅影盯住他看了半天，突然扑进他的怀里，哭起来。胡安吓坏了，用力地抱着她，说："不走了不走了。"梅影却哭得更伤心，天天盼天天望，回来了，好像还没好好地看过他，好好闻闻他身上的味道，总想有时间，还有时间，可都是一眨眼的工夫啊。

胡安不停地吻她，说："骗你的，真的不走，还有两万八千八百分钟在一起，不，长长一的一生在一起。"

梅影停了哭，骂胡安坏蛋，在他肩膀上狠狠地咬了一个印子。

胡安叫了一声，更深地吻她，她回应着，情深意浓地缠在一起，在海浪的拍打声中，激情四溢。

梅影伸出一只手，胡安接住了，手心相互摩挲。梅影醉心于这种时刻，手心相对，才有一种安全与熨帖。梅影另一只手滑过他的额头、鼻子，停留在嘴唇上。梅影说："两万八千八百分钟是多少天？"

胡安说："二十天，和你在一起的日子，我是用分钟计算的。"

梅影说："我是医生，四天值一次夜班，一生就少去了四分之一，而你是军人，一年才一个月的假，又少去多少，算不清了，你要怎么赔我？"

胡安指着自己的心说："你一直在这儿。在多高多高的山上，你都在这儿。"

梅影指着自己的心说："真希望不要这么爱你，知道不，这儿疼。"

两个人的头又靠在一起，梅影说她要喝水。胡安却把她按住了，说："别动，上亿个精子士兵正向前冲。"

梅影笑说："好像比我这妇产科医生还知道得多。"

"她在哪里？"胡安问。

"谁？"

"卵子啊。"

"当兵的，用比喻，好不好？"

"好吧，比喻，像芭比娃娃，两个精子获胜，最好一个儿子一个女儿。"

"允许你做梦。"

"如果是真的呢？"

梅影不说话了，一下想到叶胖子的孩子，她的心本来在云端，突然跌了下来。她说："不贪心，一个够了，健康的一个。"

胡安在梅影身下放了一个靠垫，拉开客厅淡紫色的窗帘，斜阳正好穿过玻璃落到梅影的身上，胡安又把空调调到二十七摄氏度。说："辉煌的造人时光。"

梅影只是笑。胡安让她好好躺着，他煮绿豆稀饭。梅影接着看《碧海蓝天》，主角雅克戏逐海豚，大海发出一种来自深处的声音，雅克一脸的幸福，好像听到一种呼唤，他是属于大海的。最后他舍弃怀孕的妻子，归于大海的深处。梅影已经能背诵台词了，胡安总是看这部电影，梅影说："你会不会有一天，也像雅克一样觉得大海才是家。"

胡安边淘米边说："生活在到处是山的地方，总向往海，很奇怪看了这部电影，总觉得那山就是海。"

梅影说："那山本来就是海变成的。我什么时候去看你的山。"

胡安笑说："那就是真的海了，因为有了美人鱼。"

梅影从沙发上跃起，从背后抱着正在炒菜的胡安，胡安回头在她脸上吻了一下，说有油烟，到客厅去。梅影把头靠在他后背上，随着他的身体摇，说像大海。胡安笑说，大海可不是你在电视上看到的。

梅影想到胡安许多的日子总在像大海一般的天空下，单调的蓝与孤独，终不是抒情诗，她更用力地抱了他一下，好像胡安在下一刻就奔大海而去了。梅影的鼻子又有些酸涩，她甩了甩头，不让自己再想象离别。她离开胡安回到客厅，日光无比眷恋地照着芭比娃娃，光芒里的芭比娃娃美得梅影心颤。她又抱起她们，故意冷落其中之一，让她们不停地喊妈妈，她不知道这其中的奥秘。人类的脚步已经借科学走得太远，中国的神舟八号可以在遥远的太空和天宫一号对接，美国可以向火星发射探测车。可是科学却无法解决这个浩瀚宇宙的生物之一，人，缺两个骨头无法行走，大小便不能自控的荒诞事实。梅影想到叶胖子的孩子，望着太阳西沉的方向，沉默不语。

胡安说吃饭的时候，梅影突然想起断茎的风铃草，跑到阳台一看，风铃草被太阳晒得蔫蔫的，胶布接好的断端，叶片和花蕾耷在一起了无生气。梅影把断端取下，重新给风铃草洒了一点水，希望风铃草能开出一瓣花来。叶胖子，你也不要放弃，哪怕孩子手术只有百分之一的希望。

5

早上查房的时候，梅影发现叶胖子和产妇都不在病房，婴儿断断续续地哭。同病房的病人说，叶胖子昨天出去后，今天早上才回来，和女人嘀咕了一阵，说是出去吃饭，一直没回来。梅影找来林主任和护士长兰瑾，兰瑾到处翻了一阵，大人的东西都不见了，只有各种各样的婴儿毯和婴儿衣物放在衣橱里。林主任说："又是一个弃子。"

兰瑾风一样出了病房，按叶胖子留下的号码打出去，电话已暂停服务。兰瑾哭丧着脸。林主任问梅影："你昨天到底对他们说了什么？"

梅影委屈地说没什么啊。婴儿好像也知道被遗弃了，哇哇大哭。梅影说是不是尿了，打开婴儿包毯，发现一张打印的纸条："律师帮我查过，根据《中华人民共和国母婴保健法》第三章第十八节：经产前检查，胎儿有严重缺陷的，医师应当向夫妻双方说明情况，并提出终止妊娠的医学意见。我们在你们医院检查不下八次，你们却没诊断出来。第一，明一应该为娃儿的出生缺陷负责。第二，梅影不应该抢救这样的娃儿。这是对我们的生活质量不负责任。我们不要娃儿了，你们看着办吧。我们不追究你们的责任，你们也别来找我们。"

林主任看完纸条，只是重重地叹息一声。兰瑾把婴儿抱到护士值班室，在丁点儿的旁边再放了一张婴儿床。

林主任给医院打电话。医务处的人说，有那样一张纸条，如果联系公安局，肯定会为医院找麻烦。暂时放在你们那儿吧。

兰瑾说，这暂时也不知道是多久了，一个丁点儿让护士们的工作量增加不少，现在又是一个，还是个有病的。

林主任通知大家开会，把叶胖子留下的纸条念了一遍，问大家有何想法。

明一很气愤，说恶毒。

一个医生说："兰瑾不是认识很多想收养孩子的吗？"

明一说："你有病啊，那个孩子谁要，烫手山芋。"

林主任说："明一，你就是喜欢找事做，现在被人抓住把柄了。说实话，这个孩子应该产前检查的时候就被淘汰。人家叶胖子倒也不是托词，如果和医院闹起来，医院还不是要赔钱。还有你，梅影，别滥用你的同情，你是医生，生死是常事。"

明一望一眼梅影，闷头不语。

梅影说："林主任，我真的有错吗？就算我先发现孩子有缺陷，我能不救他吗？可是这孩子怎么办啊？"

林主任无法回答，父母抛弃了，民政局不接手，他们又能怎么样。

护士们也叫孩子33，但是不喜欢33，好像33是个脏的不吉利的东西。兰瑾只得专门安排两个办公护士负责，护士争着喂丁点儿牛奶，33常常被遗忘了。梅影和明一仿佛成了罪人，护士们都在怨他们，好像是他们给她们增添了无限的麻烦。

丁点儿是安静的，她常常玩自己的脚，好像知道自己的命运，不哭不闹，有人去看她，她就使劲儿地笑。不管是护士还是医生，无事时都喜欢到她的小床前逗逗她。而33要么沉睡，要么哭。护士们把33的小床移到鞋柜的后面，眼不见心不烦的样子，33被遗忘的时候就更多了。

林主任又找了医院，说是要报告公安局，免得以后惹麻烦。办公室联系公安局，公安局说找民政局，民政局说那么小又有病，最后还是要送到医院，你们看着办吧。

看着办，怎么办。据新华社报道，我国是世界上婴儿出生缺陷的高发国家之一，每年有20万～30万肉眼可见先天畸形婴儿出生，加上出生后数月和数年才显现出来的缺陷，先天残疾儿童总数高达80万～120万。这是一个可怕的数字，意味着每年陷入困境的人群以160万～240万的速度递增，如此庞大的苦难降临到世间，上帝看不到吗？

上帝的眼睛闭着，33除了上帝，还有谁可以依靠。33的哭声让整个产一科坠入地狱。33被遗弃的故事，在每一个病房传递。生产了健康孩子的产妇家属总是谢天谢地来看33，然后发扬爱心，喂33喝一点牛奶。而没生产的产妇陷入极大的恐慌，仿佛33是个魔咒，他们不停地谴责孩子的父母，也谴责医院，怎么让一个怪胎堂而皇之的留下，让他的哭声摧残产妇的神经。

其实33摧残的不只是病人，产一科的医生和护士都被33的哭声闹得心烦。兰瑾每天愁眉苦脸，一向稳健的林主任也束手无策。他们无权决定孩子的生死，也无法解决当前的困境。兰瑾把33交给民政局，民政局又把孩子送了回来。33回到产一科，产一科的笑声没了。爱说爱笑的明一，沉默许多，好像和谐快乐而略有那么一点幸福的上班日子结束了。33哭得声嘶力竭时，明一抱着33不停地转，走到阳台上，对梅影说："你猜我想做什么？"

梅影紧张地走过去，夺过33。明一说："你以为我会摔下他？"

梅影没说话，明一说："是我自己想跳下去，不活了。"

梅影把33放在小床上，又喂了他牛奶。

林主任请来神经科专家会诊，专家说这种严重的椎骨缺损加上脊髓空洞，后果不乐观。为了孩子本身的生活质量，也该放弃。

梅影再喂33牛奶时，兰瑾说："别喂了。"

梅影望着33，眼泪再一次浸了出来。上帝是让33来考验人心吗，让他们面对如此困难的抉择。

所有的医生和护士都害怕值夜班，怕听到33的哭声，怕自己的神经不够坚强，还要去喂33牛奶。林主任和兰瑾多次说，她们这样做，是在延续痛苦。

33的哭声越来越弱了，仿佛下一口气就缓不过来的感觉。梅影觉得那种声音像是生了锈的锯子，在锯自己的心。她偷偷喂一点牛奶到33嘴里，33贪婪地吸，他的生命因此苟延下去。兰瑾看到了就说，还是早一点让他回去吧。可是梅影发现兰瑾也在做同样的事，把生命的能量——牛奶，塞到33嘴里，梅影看见兰瑾伏在林主任肩头哭，梅影悄悄退了出来。

6

梅影告诉胡安说她想把33带回家时，胡安说除非疯了，让她少去看33。还说如果怀了孩子，要多看芭比娃娃。梅影抱着芭比娃娃发神。胡安说我们的孩子要有一双大眼睛，要有一个挺直的鼻子，要有酒窝。梅影说："别说了，我快疯了。你想想那个孩子，他也有一双美丽的眼睛，也有一双可爱的小手，可是我们每一个人都在做杀手，我们是医生护士，却眼睁睁地看着他自生自灭。"

胡安抱着梅影，抚摩她的头发。梅影伸出手，胡安把手掌印上去。梅影心里有了着落，她靠在他胸前，让自己哭了一阵。胡安说："别这样，坚强一些，要不然我走了，怎么放心得下你。那个33的事，不是你解决得了的。你是做一个人的医生，还是做许多人的医生？"

梅影其实根本没想过，如果把33抱回来，她要面对的是什么，放弃医生的职业，仅这一点，对她而言等于剥夺生命。

风铃草，她想起那盆同样被遗弃的花。她可以抱回来，任它自生自灭，但33不是花，他是一条命，他要吃要喝要拉要病，活着的沉重使梅影的同情如一粒尘埃，始终无法落定。

梅影到了阳台上，天啊，风铃草竟然开花了，蓝色的花朵在晚霞中不可思议地美丽。那种一碰就会化为云烟的柔弱，撩得梅影的眼泪又落下来。她决定把风铃草送给33。

也许冥冥之中，遗弃的风铃草就是33的宿命。风铃草开花了，33的生命也是个奇迹，他顽强地活着哭着。护士们说因为33她们快疯了，对病人火气大，病人投诉增加。兰瑾把33放到走廊的最尽头，水房的旁边。33仿佛知道人们的嫌弃之心，哭声没那么高亢了，凄凄切切的，像猫叫一样。梅影把风铃草放在33的床边。风铃草是33的诞生花，如果33要走，也让他得到祝福再走吧，去天堂的路开满风铃草。

梅影摇33的小床，哼唱："那是一次陌生的偶然，我看见美丽的风铃草，仿佛淡淡的馨香在飘，好像甜甜的梦里拥抱。"梅影把自己哼出泪来。明一说开花的风铃草，增加了悲剧感。梅影的歌让悲剧更加浓重。他说他迫切需要心理医生。兰瑾说梅影矫情，说她的生活都在接受赞美，不知道世上还有许多的苦。兰瑾抱着头说，我受不了啦。

梅影说："是一条生命啊！"

明一无话可说的样子。梅影回到办公室时，听到兰瑾对林主任说："梅影把事情搞得很沉重，让产一科的每一个人都内疚，好像只有她梅影才那么关心33。她能把他带回家，或者为他找一个家吗？"

梅影退了出来，到洗手间。是的，她无法带33回家，也无法给33找一个家。如果出生的时候33没有哭，永远也不会哭，那么叶胖子会不会少点内疚，产一科的医生和护士都不会为此事而揪心。可是上帝让他出了母腹，让他来到这个世界，唯一的出路还是只能回到上帝那儿去。33可以活过今天，活过明天，也许还有的明天的明天，结束在哪一天？让他对这个世界有认识时？梅影无法回答自己，无法找到出路。她觉得自己心里一片乱麻。

第二天，明一找来一个和尚，和尚看了看33，只是摸了一下他的头。明一问和尚，带走？和尚只是绕着办公桌反复念阿弥陀佛，然后留下一句"我不入地狱，谁入地狱"飘然而去。弄得大家一头雾水。林主任说："明一，你不是请和尚带走33吗？"

明一委屈地说："是讲好了的，谁知道他变卦。"

兰瑾说："怎么和和尚搅在一起？"

明一说："我在为自己找出路。"

兰瑾说："你准备出家？"

明一说："如果你也去做尼姑的话。"

"你不如现在就当我是尼姑。"兰瑾笑说，可是她的笑声很孤单，大家盯住她。

林主任嗯了一声，说工作。腆着肚子的产妇们在家人的陪同下，在走廊里走来走去。也有家属抱着孩子去婴儿室洗浴，哭的笑的，逗的亲的，产一科生机勃勃。上帝如果给 33 灵性，他会看到这一切，而这一切不属于他，他唯一的依靠只有上帝。

<h1 style="text-align:center">7</h1>

梅影收了两个产妇，也收了一个癌症病人，这个病人四十一岁，叫苏雅君，说是奔林主任来的。林主任说产一科不收妇科病人，苏雅君说，反正她都是要走的人了，了个心愿，当林主任的病人。林主任说他没有具体管床，就让苏雅君住到梅影分管的床上。苏雅君知道自己的病，但是出奇的平静。陪伴她的母亲却一说一抹泪，不停地对梅影说："医生，你要救我女儿。"

母亲攥紧女儿的手，说："雅君，你要好起来。雅君。"

女儿拍了拍母亲的手，没有说话。梅影被母女俩所感动。她给苏雅君讲了多个病人康复的故事，鼓励她树立信心。苏雅君仍只是淡淡的样子。苏雅君喝手里的矿泉水，母亲抢过了，说要喝凉开水。梅影带她去水房打水，亲切地叫她苏妈妈。梅影向苏妈妈了解苏雅君的精神状态，苏妈妈只是哭着说，女儿命苦。苏妈妈打了开水，看到旁边有几个人围着 33 说话，33 的嘴里含着一个奶瓶。33 因为病员家属们的好心，脸色竟然红润起来。梅影对苏妈妈说了 33 的故事，苏妈妈一言不发，脸色越来越难看了，她带着一种无比厌恶的目光看了看 33。

梅影觉得很奇怪，但是不便问。因为病员们的热情，偶尔有家属喂 33 牛奶，33 的生命延续着。哭得很少了，甚至有些时候梅影忘记了 33。刚接生了一个婴儿的梅影走出产房，看到阳光在走廊里跳跃，她轻轻地走过阳光洒下的格子，却突然听到 33 的哭声，可以用洪亮来形容。她跑到 33 床前，风铃草竟然盛放，33 在吮自己的手指。梅影心里不知是悲是喜。

可是到了第二天，通往阳台的门不知被谁打开了，33 被人带到阳台上。这个阳台连接步行楼梯，因为楼层高，没有人走楼梯，一般都关着。现在 33 到了这里。梅影陪着 33 在旁边站了许久，阳台面对一个三角形的空间，只能看到很狭窄的天空。两栋呈六十度排列的大楼，遮挡了阳光。楼下有一株年代久远的杨树，杨树下面总有香在燃着，那是活着的人为死去的亲人点的。也许是因为人们总在这里祭祀死去的人，这棵杨树被贴上某种标签，这个空间也被人遗忘了。33 在被遗忘的空间里，宿命感更强了。

梅影悄悄问明一，是谁把 33 放在这个空间。明一说，护士小米看见癌症病人苏雅君的母亲，把 33 送到阳台上的。

梅影很奇怪。想到苏雅君母亲看 33 的目光，心里更加疑惑。苏雅君是妇科病人，本来不会到产一科，但是因为她是奔着林主任来的，林主任说让她住到梅影管的病床上。苏雅君到现在还不愿手术，林主任也劝过她多次了。苏雅君的母亲苏妈妈总是哭，她有时叫苏雅君雅儿或宝贝。好像苏雅君还是个孩子。我们手术好了，就回家，我带你去丽江，啊，雅儿。苏雅君的表情却是极淡，有时候她说，妈，你醒醒，我已经是母亲。你爱我，我也爱我的女儿，可她没了。苏妈妈说别提小叶子。你看 33 不是被丢了吗？人家父母难道不是父母。苏妈妈开始哭，苏雅君就不说话了，她的眼光望着窗外的天空，说她要看看 33。

苏妈妈制止了，说看到就是恨。但是梅影看到苏雅君蹲在 33 旁边，抚摩 33 的脸，叫 33 小叶子。

梅影夜班，忙过了，到苏雅君病房，和她们闲聊。苏妈妈说看到33的第一眼，就想掐死他。梅影惊讶地看着苏妈妈。

瘫子，拖过今天，明天还是死，苏妈妈用了一个污辱性的字眼。苏雅君叫了声妈，不再说话。

苏妈妈翻出一张照片给梅影看，一个穿白裙的妙龄少女，站在苏妈妈和一个英俊的男人中间，一脸的俏皮。梅影说，挺美的一家人。苏妈妈说做梦都梦不到有今天。苏雅君说："梅医生，别让我妈耽误你时间了，她还活在二十几年前。"

梅影问："这二十几年发生了什么？33和你有什么关联？"

苏妈妈抢着说要告诉梅影。苏雅君却说话了，说命运在她嫁给那个人的时候就开始了。苏雅君与那个人的相识相恋，与许多人的相识相恋一样，都是此生非彼不嫁，非彼不娶。

苏妈妈说，那个人根本配不上雅君。

苏雅君说他们终于结婚了，所有的反对，所有的坎坷，都无法拉回她认定的那个人。苏雅君突然问梅影，结婚没有。

梅影说结了，是个军人。

苏雅君意外地笑了一下说，可以说说你的恋爱吗？

梅影说："一样。"梅影心想，成长的岁月，我们的心智有一半放在父母那里，父母给我们爱，为我们遮挡风雨，我们可以任性地要，再要。身体也在父母的精心喂养下蓬勃生长。我们长大了，我们成人了，突然领悟到一种洪荒般久远的孤独，仿佛生命的另一半散落在世间。我们寻找，呼应，爱情在这个时候降临，我们每一个人是多么欣喜，陶醉着去迎接，把自己这一半也送出去。

苏雅君重复了一句，一样吗？苏雅君说，她最对不起的是母亲，但是最爱她的人还是母亲。等她做了母亲，才明白母亲总是护着她的原因，母爱就是抛开一切的无条件的，以生命相换的。苏雅君说着说着竟然伏在苏妈妈的怀里哭了起来。

苏妈妈对梅影说："都是小叶子害的。你要是知道小叶子的事，就知道33的父母丢下他，是多么明智了。"

"可是33是一条生命啊。"梅影说。

苏妈妈说："33是命，可是大人的命也是命。本来对社会对家庭都可以更好，却因为一个明知道不能长成的瘫子，让家毁了，人毁了，社会也增加无限负担，这是明智吗。"

梅影说："33生下来了，怎么办呢?"

苏妈妈很决绝地说："放弃。假如33长大了，33会成为另一个小叶子。我告诉你家是怎么毁的，人是怎么毁的。"苏妈妈说，苏雅君才二十五岁就当了百货公司的经理。年轻的她带着百货公司的一帮女子，把死气沉沉的百货公司做成了一个大商场。因为年轻气盛，和领导合不来，干脆辞职接替了有病的父亲。雅君是个能干的女子，做事麻利果敢有魄力，三十岁就把父亲留给她的猪皮制革公司，做成向俄罗斯出口的皮革成衣公司。苏妈妈又翻出一张照片给梅影看，身着白色套装裙的苏雅君和俄罗斯商人的合影。

梅影看了一眼苏雅君，枯黄的头发，浮肿的眼袋，色素沉着的脸颊，很难与照片上那个意气风发的苏雅君联系起来。十一年的工夫，风霜刀剑如此残酷。梅影突然对岁月的流逝深怀不安。她下意识地望一眼窗玻璃上年轻的面容，十一年的时空好像折叠过来，一下就看到十一年后的自己。

苏妈妈说："事业顺风顺水的雅君有些霸气，那个人倒是处处让着她，说她不容易。雅君买了临江的别墅，家里也请了保姆，锦衣玉食的生活，两个人变得浪漫起来，为了天津的包子好吃，两个人竟然坐飞机去吃。那个时候我说要个孩子来消费，比去天津吃包子有意义多了。可是雅君啊，早知道那孩子是来收治你的，我宁愿你们还是睡到天亮后，想起哪方好吃就出发的人。"

苏雅君说："妈，我这辈子要是没做过母亲该多遗憾啊。我不后悔，你也别后悔，我求你了，妈，别让我怨叶子。我不久就会看到她了，如果可能再让我照顾她。"

苏妈妈赶紧捂住了女儿的嘴，心都碎了，说："你一定要接受手术，我会好好照顾你，一定要陪着妈过。"

梅影安慰苏妈妈说："苏雅君会同意手术的。"梅影殷殷地望着苏雅君，盼望她能早日同意。她说："我们是在和癌细胞争夺时间和空间。"

苏妈妈说雅君怀孕了，一大家人都像盼望小太阳那样，盼望这个孩子的降临。谁知道盼望的是苦难。产期临近，雅君全身浮肿，没到时间就剖宫产下孩子。可是孩子经过长达七分钟的抢救才有声音。新生儿科医生检查说缺氧导致脑部不可逆损伤，可能导致脑瘫。因为胎盘植入而切了子宫的苏雅君刚刚苏醒，就让一家人面对是否放弃孩子的犹豫变得面目可憎。

苏雅君说，她看见孩子躺在保温箱里，那么可怜的一点点，让她爱啊，恨不得割自己的肉给了孩子的。尽管儿科医生告诉她未来有那么多的不确定，她也毅然地说不放弃。她叫她小叶子，希望能像所有新发的叶子一样，有适当的阳光与雨露就欣欣然地生长。

苏雅君请了一个月嫂，加上一个保姆的精心喂养，小叶子满月的时候，长得人见人爱。苏雅君在皮革公司下设了一个品牌，命名为金叶子，说是为女儿做的。小叶子两个月，三个月，甚至四个月，与其他的孩子都差不多。

苏雅君说她总认为自己的好运气能帮小叶子抗过命运的判决，让自己迟一点去接受可能出现的脑瘫。她自己麻痹自己，小叶子穿的用的都是各种各样的婴儿品牌。在小叶子五个月的一天，她带回一个可以自动旋转发出声音的玩具，她兴致勃勃地逗小叶子玩，小叶子的目光却不会跟踪视物。她的心渐渐地冷起来，伏在床上恸哭。那个人还抱住她，说他们一起给小叶子治病，他们经济好，能治好小叶子的病。

苏雅君说她和那个人第一次带小叶子去省城看病，是自己开的车，华西新生儿科的医生经过多种检查，确诊小叶子患有脑性瘫痪。运动障碍和感觉障碍都可能出现。

苏雅君说她记得是怎么把车开回来的，小叶子不能叫她妈妈，不能走路，不能蹦跳着去上学，不能爱。而这一切曾是她的梦想。

苏妈妈说："孩子把雅君毁了。雅君的心思全部放在小叶子身上，她把公司交给手下的人。她带着小叶子到处求医，报纸上说哪儿好，她就带孩子去哪儿。可是一番折腾之后，小叶子还是那样，木木的，像个植物人。公司的业务也因为她的荒疏，一泻直下。雅君却像中了邪，她固执地坚信，小叶子能站起来。她把公司倒给了别人，一门心思想让小叶子站起来。"

苏雅君说："妈，小叶子不是站起来了吗？她能走，虽然动作不协调，但是她能走。"

苏妈妈反驳说："那叫走吗，往前一步全身都在摇，看着她，替孩子难受。在外面孩子迈一步，鄙视的目光就能杀死她。"

苏雅君说："连外婆都嫌弃她，何况别人。可她是我女儿，我的女儿。我爱她，就像你爱我一样，妈，你知道不？"

苏妈妈红了眼说："我只知道那个小叶子让我的女儿受尽了

苦，让她变成一个人人都嫌弃的人。她那种不离不弃的毅力，做什么不成啊。"

苏雅君说到处求医之后，她也变成了医生。天天早上七点起床，带着小叶子到江边，给她按摩腿脚，上午给她读书一个小时，陪她看一个小时的动画，还有两个小时，她总在小叶子的身上按摩。下午她就教小叶子发音说话。

苏妈妈心疼地说："晚上去看雅君，她一定是头发披散着，带着一脸的倦容。这样的日子天天重复，雅君完全变成了另一个人。她卖了汽车，开始四处借钱。亲戚朋友聚会，她也背着小叶子，像祥林嫂那样，说叶子会发出什么音节的字了，说叶子的手脚有了感觉。亲戚们开始躲开她，朋友们疏远她。但是她好像把抚育小叶子当成了事业。"

"妈，你错了，小叶子不是我的事业，她是我女儿，是我全部的希望。你知道她身上发生的哪怕是一丁点儿的变化，都让我无比的兴奋，让我感受到她也在努力回应我。"

苏妈妈又擦了擦眼睛，说："小叶子爸爸抛弃了她们。雅君听说干细胞对脑瘫治疗有效。又卖了别墅，还了一部分钱，带着小叶子去了北京。折腾啊。"

苏雅君说："只可惜小叶子错过了最佳治疗期。但是仍是奇迹啊，小叶子居然可以迈动腿了，还能够说短句。能说短句的小叶子，说她不想活。苏雅君说等她再好一些，送她去读书。"

苏妈妈说："就因为小叶子可以走路了，雅君把她送到特殊教育学校。雅君为了小叶子还到特殊教育学校做了一名生活老师。雅君在那个学校看到更多不同残疾的孩子身心的绝望，看到家长的苦闷与期望，还和老师们一道编排了一个舞蹈，叫'老师，我听见'，那晚演出，来了好多人，雅君受到很多人的赞美。《感动三江》节目还请她和小叶子上电视，但是她拒绝了。"

苏雅君说："我不想展示小叶子的残疾。我不想感动谁，我只是爱女儿，舐犊之心，人人皆有。"

苏雅君说那晚，她是有点兴奋，是因为想到小叶子可以和她同样命运的孩子们一起，他们也可能有希望与爱。她为小叶子高兴。她帮小叶子洗了手脚，小叶子自己爬到了床上，看着小叶子渐渐发育的身体，她呆呆地望着她，说小叶子很美。小叶子也望着她，小叶子说一句很清晰的话："妈妈，我爱你。"因为这句话她独自喝了酒，痛快地哭了一场，把自己交给了睡眠。等第二天醒来，发现小叶子已经死了，她竟然来了月经，也许是脑部的受损，她第一次月经就像水龙头打开了开关，哗哗地流出来。小叶子可以喊她，但是小叶子不知是故意还是无知，让血流完了。

"小叶子一定是故意的。"苏雅君说，"她可以说话的，虽然说得不清楚，但是我听得懂，妈，她一定是知道的，她就是怕我太累了，她用一种不用自己动手的方式结束了自己。"

苏雅君抓住苏妈妈的手又说："小叶子一定是故意的，我要去找她。她怎么可以这样待我。"

苏妈妈只是拍她的肩，说："忘了她，忘了她，当这十一年是个噩梦。你还她了，不欠了。"

苏雅君失声地哭。

苏妈妈说："梅医生谢谢你，你听我们说了这么久。小叶子走后，她一直闷着，闷出了癌。我一提小叶子，她就吼，今天说出来了，她会好起来，对不对，梅医生。"

梅影含泪点头。

梅影对苏雅君说："等你手术好了，又可以回到特殊教育学校，那些学生需要你。"

苏雅君说，好不了，她上网查过。不过她答应母亲好好地过日子。但是她向母亲提了一个要求，趁她活着，她要养33。

苏妈妈的脸色一下暗淡了，说："你要我的命吗？"

苏雅君说，33让她想到小叶子，33就是她的小叶子。她的小叶子才走四十九天，按佛教的说法，四十九天之后又会投生。也许就是33。苏雅君两眼放出光来。

苏妈妈断然说："除非我先死。"

梅影劝母女俩别争了，33自有33的命运。她们和33并不相遇。苏雅君不愿在手术同意书上签字。

梅影离开病房时，对苏雅君说："你的母亲像你爱小叶子一样爱你，你应该给她安慰吧。"

8

梅影到阳台上，陪33站了一会儿。风吹着杨树的叶子，恍惚中听到许多声音，辨别不清，但的确有许多声音。梅影觉得手臂上起了鸡皮疙瘩，她把33移了进来。

第二天早上，梅影起来查房时，发现33死了，在阳台上。苏雅君和母亲还有一些病员家属围在那儿看。苏雅君在流泪。

33死了。没有人知道33是怎么死的。

33死了，风铃草仍然开着，梅影把它搬回办公室。风铃草天堂一般的颜色，让大家有些心惊，好像是33的眼泪。产一科的所有人都成了疑犯。他们每一个人都在用怀疑的眼光看对方。科里的气氛有些怪异，大家都不提33的事，可是33却好像在时空的某一处停留，他们每个人都感觉到他的存在。忙碌的时候，33退隐了，但是一闲了，33又跳了出来。清洁工打扫卫生时，林主任说，把风铃草带走。梅影看着清洁工，把风铃草丢进垃圾袋里，打了个冷噤，走到空调前，说开低了，调到二十八摄氏度。明一说热，兰瑾却出了口长气，说恰好。兰瑾问小米，33怎么死的，小米说我还想问你呢。她们把眼光丢给梅影，梅影询问地望着林主任，林主任看一眼明一，明一说："谁入地狱？"

　　大家想到那个和尚。明一突然说："这个人有佛心。"大家好像才恍然，谁了结了他们这些日子以来的困境。他们并不是一定要找出这个人来谴责，也不是感激，只不过是想解脱自己而已。他们加倍地疼爱丁点儿，丁点儿成了公主，只要一有空她就在护士和医生们的怀抱里，连林主任都抱着丁点儿，放她在办公桌上玩。丁点儿被大家宠坏了，放在床上总是不安静，她嘴里嗯嗯呃呃的，只要有人在旁边过，她的眼睛就放出光来。

　　苏妈妈看到医生办公室总有一个孩子，很是不解。知道丁点儿的身世后，说她想认领丁点儿，丁点儿或许能够让雅君有活着的兴趣。梅影告诉她，丁点儿是有父母的，只是和医院扯筋，暂时借放的。苏妈妈说哪有这样的母亲。

　　梅影也不知道怎么会有这样的母亲，她还记得丁点儿母亲的样子，圆圆的脸，笑起来有些羞怯。生产的时候，她都没怎么哼哼，也不像其他产妇那样，对丈夫撒娇。她的丈夫是个高高壮壮的东北男人，他只关心儿子什么时候出来。梅影问他怎么那么确信是儿子，他说之前托人算过，也找B超医生看过，是儿子。可是女人生下来的却是女儿，东北男人说医生一定搞错了，要医生们还他儿子。女人生下丁点儿的第二天就失踪了，男人也不着急，只是缠着医生们，要还他儿子。男人经常出去，把女儿留下，偶尔又回来闹，要儿子。后来男人离开的时间越来越长，但是并不说放弃的话，会买很多奶粉来，不说什么人又溜了。兰瑾和林主任商量先在科室里养着，想总是他骨肉，会来带走。可是男人来的时候更少了，女人从没露过面。33死后的第七天，一个声称是丁点儿母亲的人出现了，梅影实在是无法把产妇和这个女人联系起来。兰瑾和林主任不敢把孩子给她，或者是不信，或者是舍不得让丁点儿这么走了。女人拿出一份合约来，说是男人和她签的，她只是代孕，顺利生下儿子她会得到五万元补偿。因为生下的是女儿，男人只给了她五千。她很穷，无法抚养孩子。但是听说男人不要女儿，虽然是代孕，也是她身上的肉，她现在要带走。

兰瑾给男人打电话，还是无法接通。兰瑾说，让男人一起来。女人抱着丁点儿，泪眼婆娑，亲了又亲。丁点儿却哇哇大哭，明一有些粗暴地从女人手中接过丁点儿，丁点儿安静了，眼光却围绕声称是她母亲的那个人。女人咚的一声，跪下了，说谢谢。梅影把女人拉起来，女人的眼光让梅影心怜。她又把丁点儿从明一手中接过，放进女人怀里，说丁点儿乖，这是你母亲。母亲，妈妈。丁点儿好像懂事似的，不哭了。女人对梅影投来感激的一瞥，然后眼光全在丁点儿身上了。

做一个母亲，多好啊。梅影心想。

亲爱的宝贝，也许你还住在星空，隔着万里看我。爸爸说，他也梦见你了。他就是那个站在岸上的英俊男子，是他才能赐我宝宝。可我相信，你与我早就是缘定了的。你必然在某一天，住进我的身体。再在某一天，来到这个世上。又会在某一天看到我给你写的信。

亲爱的宝贝，虽然33在这个世上的短暂一游，显得世事好像冰凉。但是我要告诉你，这个世界依然是值得你来的，温暖与爱，鲜艳与美，永远是这个世界的主基调。宝贝，我是一个医生，每天不同的人带着不同的心，来到这里，他们只是我生命里的过客，他们的生命轨迹是另一时空。我要告诉你的是有一些人，他们把人生的轨迹画给我看，他们让我感动，也会让你感动。

亲爱的宝贝，今夜没有星光，天空混浊。但是我的心能穿透薄薄的阴霾，那云层之上定是星光灿烂。那是你在的地方。我知道你还没有到我身体里来，你也别慌，虽然我是那么盼望你，人世真的充满了不测。同是一个产科，有的人生来好像就是受苦，苦难一个接着一个。而有的人，却一辈子的风调雨顺。你要做好充分的准备，无论平安还是坎坷；我也会做好充分的准备，无论是疾病还是健康，我都会迎接你，安放你，亲爱的宝贝。